Nora Roberts

Herzen in Gefahr

IMPRESSUM

Dieser Roman erscheint in der CORA Verlag GmbH & Co. KG,
20354 Hamburg, Valentinskamp 24

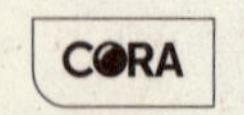

Redaktion und Verlag:
Brieffach 8500, 20350 Hamburg
Tel.: 040/600909-361
Fax: 040/600909-469

Geschäftsführung: Thomas Beckmann
Redaktionsleitung: Claudia Wuttke (v. i. S. d. P.)
Produktion: Christel Borges
Grafik: Deborah Kuschel (Art Director), Svenja Hahn
Vertrieb: MIRA Taschenbuch, Schaafenstr. 25, 50676 Köln
Telefon 01802-937637

Originaltitel: „Irish Rose“
erschienen bei: Silhouette Books, Toronto
Published by arrangement with HARLEQUIN ENTERPRISES II B.V./S.àr.l.
Deutsche Erstausgabe 1989 by CORA Verlag GmbH & Co. KG, Hamburg
Übersetzung: Annette Keil

Fotos: shutterstock

Satz und Druck: GGP Media GmbH, Pößneck
Printed in Germany

Aus Liebe zur Umwelt: Für CORA-Romanhefte wird ausschließlich 100% umweltfreundliches Papier mit einem hohen Anteil Altpapier verwendet.
Der Verkaufspreis dieses Bandes versteht sich einschließlich der gesetzlichen Mehrwertsteuer.

1. KAPITEL

Cathleen McKinnon war Irin. Und sie war so widersprüchlich wie ihr Land. Einerseits rebellisch und leidenschaftlich, andererseits poetisch und schwermütig. Gegensätze waren ihre typischste Eigenschaft. Sie war stark genug, um für ihre Überzeugung einzutreten, und so eigensinnig, dass sie selbst um eine verlorene Sache noch kämpfte, aber trotzdem war sie eine Frau, die lieber gab als nahm. Tatkräftige Entschlossenheit kennzeichnete sie genauso wie romantische Träumerei und hochfliegender Ehrgeiz.

Cathleen war zweiundzwanzig und bisher noch nie aus ihrem Heimatdorf herausgekommen. Daher war die Fahrt zum Flughafen von Cork eine ungewohnte und aufregende Sache für sie gewesen. Schließlich hatte sie den Flughafen erst dreimal in ihrem Leben gesehen. Ihre Nervosität war also verständlich. Doch waren es nicht die vielen Menschen und der Lärm, die sie beunruhigten.

Den Trubel fand sie eher spannend, die Lautsprecheransagen faszinierend.

London, New York, Paris. Durch die dicke Glasscheibe konnte sie beobachten, wie die großen, schlanken Maschinen von der Startbahn abhoben.

Jedes Mal, wenn sie ein Flugzeug aufsteigen sah, versuchte sie, sein Ziel zu erraten, malte sich aus, eines Tages selbst in einem solchen Riesenvogel zu sitzen und in den Himmel hineinzufliegen.

Nein, die startenden Flugzeuge machten sie nicht nervös, sondern eine ganz bestimmte Maschine, die jeden Moment landen musste. Beinahe hätte sie sich vor Aufregung das Haar zerrauft. Im letzten Moment unterdrückte sie ihre Ruhelosigkeit. Das hätte noch gefehlt, dass sie jetzt ihre Frisur durcheinanderbrachte. Unruhig zupfte sie an ihrer Jacke herum. Hoffentlich sehe ich nicht zu ärmlich aus, dachte sie und strich über ihren Rock.

Zum Glück war ihre Mutter eine ausgezeichnete Schneiderin. Das marineblaue Kostüm hatte vielleicht nicht gerade den modischsten Schnitt, schmeichelte jedoch ihrem hellen Teint und harmonierte reizvoll mit der Farbe ihrer Augen. Cathleen hatte sogar ihre widerspenstige rötlich schimmernde Haarpracht gebändigt. Das geschickt hochgesteckte Haar ließ sie älter und, wie sie hoffte, erfahrener wirken. Die wenigen Sommersprossen auf ihrer Nase hatte sie überpudert und die vollen Lippen mit Lipgloss betont, sie war jedoch mit Wimperntusche und Lidschatten sehr sparsam umgegangen. Dafür hatte sie sich von ihrer Mutter die alten Goldohrringe geliehen. Es war ihr sehr wichtig, einen gepflegten Eindruck zu machen. Auf keinen Fall wollte sie aussehen wie die arme Verwandte und womöglich Mitleid erwecken. Schließlich war sie eine McKinnon. Sie würde ihren Weg gehen, selbst wenn sie bisher nicht so viel Glück gehabt hatte wie ihre Cousine.

Das müssen sie sein, dachte Cathleen, als sie ein kleines Charterflugzeug entdeckte, das langsam auf den Flugsteig zurollte. Nur reiche Leute konnten es sich leisten, eine Privatmaschine zu chartern. Cathleen malte sich aus, wie fantastisch es sein müsste, in solch einem Flugzeug zu sitzen, Champagner zu trinken und irgendwelche exotischen Häppchen dazu zu essen. Ihre Fantasie war schon immer sehr rege gewesen. Allerdings fehlten ihr die Mittel, um die zahlreichen Wunschträume Realität werden zu lassen.

Sie beobachtete, wie eine weißhaarige, stämmig aussehende Frau mit einem kleinen Mädchen an der Hand aus dem Flugzeug stieg. Neben ihr wirkte das zierliche Kind mit dem karottenroten Haarschopf zerbrechlich wie eine Porzellanpuppe. Die beiden standen kaum auf irischem Boden, als ein etwa sechsjähriger Junge mit Riesensprüngen hinter ihnen aus dem Flugzeug hüpfte.

An dem tadelnden Gesichtsausdruck der Frau konnte Cathleen erkennen, dass der Junge ermahnt wurde. Als die Frau ihn bei der Hand fasste, verzog er mutwillig sein Gesicht. Cathleen mochte ihn auf Anhieb. Dem Alter nach musste er Brendon, Delias ältester Sohn, sein. Und das Mädchen mit der Puppe im Arm war sicher Lisa, seine jüngere Schwester.

Dann stieg ein Mann aus dem Flugzeug, an den sich Cathleen noch sehr gut erinnern konnte. Es war Travis Grant, der Mann ihrer Cousine Delia, den sie vor vier Jahren kennengelernt hatte, als die beiden zu einem kurzen Besuch nach Irland gekommen waren. Travis war groß und breitschultrig, und sein Lächeln löste bei jeder Frau beunruhigende Gefühle aus. Schon damals war ihr seine ruhige Überlegenheit aufgefallen. Bei ihm konnte sich eine Frau geborgen fühlen, solange sie es verstand, ihm eine gleichwertige Partnerin zu sein.

Travis hatte einen kleinen Jungen auf dem Arm, seinen jüngsten Sohn, der nicht das kastanienbraune Haar der Mutter, sondern den dichten dunklen Haarschopf des Vaters geerbt hatte.

Er stellte das Kind kurz auf seine eigenen kleinen Beine, um seiner Frau aus dem Flugzeug helfen zu können.

Delia sah bezaubernd aus. Das schöne Haar fiel ihr in weichen Wellen über die Schultern und schimmerte rötlich in der Sonne. Ein glückliches Lächeln lag auf ihrem Gesicht. Sogar auf diese Entfernung sah Cathleen, dass ihre Augen glänzten. Delia war eine zierliche Frau, die ihrem Mann kaum bis zur Schulter reichte. Nachdem er sie um die Taille gefasst und aus dem Flugzeug gehoben hatte, legte Travis schützend den Arm um sie. Delia blickte zu ihm auf, berührte liebevoll seine Wange und küsste ihn.

Die beiden wirken wie ein Liebespaar, dachte Cathleen. Die Eifersucht, die sie bei diesem Gedanken durchzuckte, war wie ein stechender Schmerz. Sie versuchte nicht, ihren Neid zu unterdrücken. Cathleen war ein Mensch, der seine Gefühle zeigte und sie, ohne an die Konsequenzen zu denken, auslebte. Und warum sollte sie Dee nicht beneiden? Delia Cunnane, dem armen Waisenkind aus Skibbereen, war es gelungen, den richtigen Mann zu finden und den ärmlichen Verhältnissen, in denen sie groß geworden war, zu entfliehen. Sie hatte ihr Glück gemacht, und Cathleen schwor sich, es ihr gleichzutun.

Sie richtete sich noch ein wenig stolzer auf und wollte gerade auf die Tür zugehen, durch die die kleine Gruppe kommen musste, als sie noch einen Mann aus dem Flugzeug steigen sah. Hatte ihre Cousine zwei Dienstboten mitgebracht? Erstaunt betrachtete sie den Fremden. Nein, dachte sie, dieser Mann ist bestimmt kein Dienstbote. Er sieht nicht so aus, als würde er andere bedienen.

Er sprang aus dem Flugzeug und schaute sich langsam, fast ein wenig misstrauisch um. Es war unmöglich, hinter der dunklen Sonnenbrille, die er trug, seine Augen zu erkennen. Cathleen ahnte jedoch, dass sein Blick scharf und beunruhigend war, daher hatte sie kein Verlangen danach, ihn ohne Brille zu sehen.

Er war so groß wie Travis, jedoch ein wenig schlanker, sehniger und wirkte etwas härter. Cathleen beobachtete, wie er sich zu den Kindern hinunterbeugte, um etwas zu ihnen zu sagen. Die Bewegung wirkte lässig, aber nicht lieblos. Das dunkle Haar reichte ihm bis zum Kragen seines blauen Sporthemdes. Er trug Cowboystiefel und ausgeblichene Jeans, sah aber trotz seiner Kleidung nicht wie ein Farmer aus.

Er machte nicht den Eindruck eines Mannes, der Land bearbeitete, sondern sah aus wie einer, der es besaß.

Warum begleitete dieser Mann Travis und Dee nach Irland? War er vielleicht ein Verwandter von Travis? Er sah ihm allerdings nicht ähnlich. Von dem verbindlichen Charme, den Dees Mann ausstrahlte, konnte Cathleen bei ihm nichts bemerken. Das kantige Gesicht verriet Härte und eine gewisse Rücksichtslosigkeit.

Aber weshalb grübelte sie eigentlich über diesen Fremden nach, der sie nichts anging? Es konnte ihr doch gleichgültig sein, wer er war. Sie atmete tief durch und ging der Reisegruppe entgegen.

Brendon stürmte zuerst durch die Tür. Die weißhaarige Frau eilte hinter ihm her. „Bleib stehen, du Lümmel. Dass du mir nicht noch einmal davonläufst!" Sie fasste ihn und das kleine Mädchen bei der Hand. „Lisa, wir dürfen uns jetzt nicht verlieren."

Das Mädchen schaute sich ebenso neugierig um wie sein Bruder. Bis es plötzlich Cathleen entdeckte. „Dort steht sie ja!", rief Lisa aufgeregt. „Dort steht unsere Cousine. Sie sieht genauso aus wie auf dem Foto." Ohne jede Scheu lief das Kind auf Cathleen zu. „Du bist Cathleen, nicht wahr? Ich bin Lisa. Mom hat uns erzählt, dass du uns abholen wirst."

„Ja, ich bin Cathleen." Sie beugte sich zu dem Kind hinunter, um es liebevoll zu betrachten. Ihre Nervosität war verflogen. „Als ich dich das letzte Mal sah, warst du ein winziges Bündel, und geschrien hast du, als wolltest du Steine erweichen."

Lisa schaute sie mit großen Augen an. „Du sprichst ja genauso wie Mom. Hannah, hör mal, sie spricht wie Mom."

Die weißhaarige Frau reichte Cathleen zur Begrüßung die Hand. „Ich freue mich, Sie kennenzulernen, Miss McKinnon. Mein Name ist Hannah Blakely, ich bin die Haushälterin Ihrer Cousine."

Die Haushälterin, dachte Cathleen, während sie Hannahs Händedruck erwiderte. So etwas gab es früher nicht in Delias Familie. „Willkommen in Irland", sagte sie zu der Frau, um gleich darauf dem Jungen die Hand hinzustrecken. „Du musst Brendon sein. Du bist ja mächtig gewachsen, seit ich dich das letzte Mal gesehen habe."

„Ich bin der Älteste", erklärte Brendon stolz. „Brady ist jetzt das Baby."

„Cathleen!"

Cathleen schaute auf. Freudig lachend eilte ihre Cousine auf sie zu. Obwohl sie schwanger war, bewegte sie sich wie ein junges Mädchen. Glücklich nahmen sich die beiden Frauen in die Arme. „Oh, Cathleen, ich bin ja so froh, zu Hause zu sein und dich wiederzusehen. Komm, lass dich anschauen."

Sie hat sich überhaupt nicht verändert, dachte Cathleen. Delia musste inzwischen fast dreißig sein, sah jedoch viel jünger aus. Noch immer hatte sie diesen makellos schimmernden Teint und trug ihr glänzendes rötliches Haar lang und offen. Ihre Wiedersehensfreude war so aufrichtig, dass Cathleen ihre anfängliche Zurückhaltung sehr schnell aufgab.

„Du siehst fantastisch aus, Dee. Das Leben in Amerika scheint dir gut zu bekommen."

„Und aus dem hübschesten Mädchen von Skibbereen ist eine schöne junge Frau geworden", erwiderte Delia und küsste sie lachend auf beide Wangen. Sie nahm Cathleens Hand und drehte sich um. „Du erinnerst dich an Travis, nicht wahr?"

„Natürlich. Ich freue mich, dich wiederzusehen, Travis."

„Du bist erwachsen geworden in den letzten vier Jahren." Travis küsste sie auf die Wange. „Und das ist Brady, unser Jüngster", sagte er und lächelte seinen Sohn an, der ihm die Arme um den Nacken geschlungen hatte und Cathleen misstrauisch beäugte.

„Er ist dir wie aus dem Gesicht geschnitten, Travis. Du bist ein hübscher Junge, Cousin Brady."

Brady lächelte verschämt und schmiegte das Gesicht an den Hals seines Vaters.

„Und schüchtern ist er", meinte Delia, während sie ihrem Sohn übers Haar strich. „Es ist wirklich lieb von dir, Cathleen, dass du uns abgeholt hast."

„Wir bekommen so selten Besuch", erwiderte Cathleen. „Ich habe den Kleinbus mitgebracht. Weißt du noch, wie schwierig es das letzte Mal war, einen Mietwagen zu bekommen? Diesmal werde ich euch für die Dauer eures Aufenthalts den Bus überlassen." Während sie sprach, spürte sie plötzlich ein Prickeln im Nacken. Langsam drehte sie sich um. Hinter ihr stand dieser fremde Mann, den sie eben beim Aussteigen beobachtet hatte.

„Cathleen, darf ich dir Keith vorstellen", sagte Delia. „Keith Logan, meine Cousine Cathleen McKinnon."

„Guten Tag, Mr. Logan", begrüßte Cathleen den Fremden förmlich. Es verwirrte sie etwas, dass sie in seinen verspiegelten dunklen Brillengläsern nur sich selbst sah.

„Guten Tag, Miss McKinnon", erwiderte der Mann lächelnd.

Zwar konnte sie seine Augen nicht sehen, trotzdem hatte sie das unbehagliche Gefühl, dass ihm nichts entging. „Ich bin sicher, ihr seid müde von der Reise", sagte sie zu Delia, ohne dabei den Blick von Keith Logan abzuwenden. „Der Bus parkt direkt vor dem Ausgang. Lasst uns gehen. Um das Gepäck können wir uns anschließend kümmern."

Keith hielt sich ein wenig abseits, als sie durch die Abfertigungshalle des Flughafens gingen. Er neigte dazu, sich abzusondern, den stillen Beobachter zu spielen. Im Moment beobachtete er Cathleen McKinnon. Gar nicht übel, dachte er, während er ihre langen, wohlgeformten Beine betrachtete. Nervös wie ein Rennpferd vor dem Start. Er wusste nicht viel über sie. Auf dem Flug hatte er lediglich erfahren, dass ihre und Delias Mutter entfernte Cousinen gewesen und auf benachbarten Bauernhöfen zusammen aufgewachsen waren.

Er lächelte, als Cathleen sich umschaute und einen unsicheren Blick in seine Richtung warf. Wenn Delia Cunnane-Grant die McKinnons zu ihrer Familie zählte, dann war das ihre Sache. Ihm persönlich lag mehr daran, Verwandtschaften möglichst zu meiden.

Wenn er nicht bald aufhört, mich anzustarren, dann werde ich ihm gehörig meine Meinung sagen, dachte Cathleen, während sie den Kleinbus startete. Das Gepäck war verstaut, die Kinder plapperten fröhlich, und sie musste sich darauf konzentrieren, den Bus sicher durch den dichten Verkehr zu steuern.

Sie konnte Keith im Rückspiegel deutlich sehen. Er hatte die langen Beine in dem schmalen Gang so gut es ging ausgestreckt und seinen Arm auf die abgeschabte Rückenlehne des Sitzes gelegt. Noch immer beobachtete er sie unverwandt und machte Cathleen damit so nervös, dass es ihr nicht gelang, sich auf Delias Fragen zu konzentrieren. Nur mit halbem Ohr hörte sie ihrer Cousine zu, und entsprechend zerstreut fielen ihre Antworten aus. Ja, der Familie ging es gut. Und auf der Farm lief alles wie immer. Warum starrt er mich so an? dachte sie, während sie sich bemühte, ihre Cousine mit dem neuesten Dorfklatsch zu versorgen. Besaß dieser Typ denn gar keine Manieren?

Entschlossen vermied sie jeden weiteren Blick in den Rückspiegel, widmete ihre Aufmerksamkeit der Straße und den unzähligen Schlaglöchern, denen sie geschickt auswich. Wer war dieser Keith Logan? Bei der ersten Gelegenheit musste sie ihre Cousine über ihn ausfragen. Doch vorläufig blieb ihr nichts anderes übrig, als lächelnd auf Delias Fragen zu antworten.

„Colin ist also noch nicht verheiratet?“, wollte sie gerade wissen.

„Colin?“ Unbeabsichtigt schaute Cathleen doch wieder in den Rückspiegel – und in Keiths Brillengläser. „Nein, er ist immer noch unverheiratet. Mutter ist gar nicht glücklich darüber. Er fährt ab und zu nach Dublin, um seine Songs vorzutragen.“ Sie übersah ein Schlagloch, und prompt wurden alle im Bus durcheinandergeschüttelt. „Oh, entschuldige. Ich sollte besser aufpassen“, sagte sie erschrocken zu ihrer Cousine.

„Das schadet mir gar nichts“, beruhigte Delia sie.

Cathleen warf ihr einen besorgten Seitenblick zu. „Wirklich nicht? Eigentlich solltest du überhaupt nicht mehr reisen.“

„Ich bin kerngesund und robust wie ein Pferd.“ Delia legte die Hand auf ihren gerundeten Bauch. „Außerdem wird es noch ein paar Monate dauern, bis die beiden auf die Welt kommen.“

„Die beiden?“

Delia lächelte. „Diesmal werden es Zwillinge. Du glaubst ja gar nicht, wie sehr ich mir das schon immer gewünscht habe.“

„Zwillinge“, wiederholte Cathleen erstaunt.

Delia schaute sich nach ihren drei Kindern um, denen inzwischen vor Müdigkeit die Augen zugefallen waren. „Ich wollte immer eine große Familie haben.“

„Na, die hast du ja jetzt bald“, bemerkte Cathleen trocken, während sie auf die Hauptstraße ihres Heimatdorfes einbog.

Delia lachte bloß über die nüchterne Erwiderung ihrer Cousine. Aufgeregt schaute sie zum geöffneten Wagenfenster hinaus. Wie vertraut ihr die alte Dorfstraße war. Sie liebte ihre Heimat, hatte sie in all den Jahren nicht vergessen können. Irland, nicht Amerika, war ihr eigentliches Zuhause. „Hier hat sich nichts verändert“, stellte sie überrascht fest.

Cathleen parkte den Bus. Gelangweilt schaute sie sich um. Sie kannte jeden Quadratzentimeter des Dorfes, jede Farm im Umkreis von fast hundert Kilometern. Tatsache war, dass sie nie etwas anderes gekannt hatte als dieses Dorf und die umliegenden Bauernhöfe. „Hast du etwa erwartet, dass sich hier etwas ändern würde? Hier tut sich doch nie etwas."

„Da drüben ist O'Donnellys Textilgeschäft." Delia stieg aus dem Bus. Sie konnte es nicht abwarten, die Luft von Skibbereen zu atmen, auf demselben Straßenpflaster zu stehen, über das sie schon als Kind gelaufen war. „Führt er seinen Laden noch immer selbst?"

„Der alte Geizkragen wird so lange hinter seiner Theke stehen und Geld zählen, bis er umfällt."

Lachend nahm Delia Brady auf den Arm, der sich gähnend an ihre Schulter schmiegte. „Er hat sich also auch nicht verändert."

Cathleen drehte sich um, um beim Abladen der Koffer zu helfen – und prallte fast mit Keith zusammen. Als wolle er sie beruhigen, legte er ihr die Hand auf die Schulter und ließ sie dort für ihren Geschmack viel zu lange liegen. Glaubte der Mann etwa, dass er sie stützen musste? „Pardon", sagte sie scharf und streckte angriffslustig das Kinn vor.

Er schien ihren wütenden Blick gar nicht zu bemerken. „Meine Schuld", sagte er lächelnd. Er ließ ihre Schulter los und wuchtete zwei schwere Koffer aus dem Wagen. „Warum gehst du nicht mit Dee und den Kindern in den Gasthof vor, Travis? Ich kümmere mich um das Gepäck."

Eigentlich war Travis kein Mann, der die schwere Arbeit anderen überließ. Aber da er wusste, dass seine Frau müde und erschöpft war und da er ihren Starrsinn kannte, wenn es darum ging, dass sie sich ausruhen sollte, nahm er Keiths Angebot an. Dee würde sich nur dann hinlegen, wenn er sie persönlich ins Bett brachte. „Danke, Keith. Ich werde in der Zwischenzeit die Formalitäten an der Rezeption erledigen. Cathleen, sehen wir dich und deine Familie heute Abend?"

„Natürlich. Wir kommen alle." Impulsiv küsste sie ihre Cousine auf die Wange. „Ruh dich jetzt aus, Dee. Sonst wird Mutter sich aufregen und dich mit ihrem Getue verrückt machen. Das kann ich dir versichern."

„Musst du denn schon gehen? Kannst du nicht wenigstens für einen Moment mit hereinkommen?"

„Ich habe noch ein paar Dinge zu erledigen. Geh jetzt, sonst schlafen dir deine Kinder noch auf der Straße ein. Wir sehen uns heute Abend." Während Hannah mit Dee und den Kindern in den Gasthof ging, lud Cathleen das restliche Gepäck aus dem Auto. Plötzlich stand sie wieder Keith gegenüber. Hastig wandte sie sich ab. „Es ist nicht mehr viel", sagte sie, ohne ihn dabei anzuschauen. „Nur noch ein paar Taschen."

Bevor er etwas erwidern konnte, eilte Cathleen mit einigen Gepäckstücken in den Gasthof. In der verschlafenen kleinen Pension war es an diesem Morgen alles andere als still. Die Besucher aus Amerika hatten schon eine Woche vor ihrer Ankunft für Aufregung gesorgt. Jeder Winkel war geputzt und poliert worden, das gesamte Wirtshaus blitzte regelrecht vor Sauberkeit. Als Cathleen die Eingangshalle betrat, führte Mrs. Malloy, die Wirtin, ihre Gäste gerade nach oben zu ihren Zimmern. Beruhigt ging Cathleen wieder hinaus. Sie wurde hier nicht mehr gebraucht. Ihre Cousine war bei Mrs. Malloy in guten Händen.

Draußen blieb Cathleen einen Augenblick stehen, um das Dorf zu betrachten, das ihre Cousine vorhin so fasziniert hatte. Sie konnte beim besten Willen nichts Besonderes daran entdecken. Es war ein ganz gewöhnlicher, stiller kleiner Ort, in dem hauptsächlich Bauern und Fischer lebten.

Von der Dorfstraße aus konnte man den Hafen sehen, wo jeden Tag die Fischerboote mit ihrem Fang einliefen. Die Häuser sahen schmuck und sauber aus, und kein Mensch schloss seine Türen ab. Offene Haustüren waren Tradition in Skibbereen. Es gab niemanden hier, den Cathleen nicht kannte, und niemanden, der sie nicht kannte. Es war unmöglich, in diesem Ort ein Geheimnis vor seinem Nachbarn zu haben. Neuigkeiten verbreiteten sich schnell hier, und Klatsch war der liebste Zeitvertreib der Dorfbewohner.

Wie sehr sie sich danach sehnte, hier rauszukommen! Sie wollte die großen Städte sehen, wo es etwas zu erleben gab, wo niemand sie kannte und niemand sich um sie kümmerte. Nur ein einziges Mal wollte sie in ihrem Leben irgendetwas Verrücktes und Unüberlegtes tun, ohne dass es hinterher zum Dorfgespräch wurde.

Als sie die Tür des Busses zuschlagen hörte, schrak sie wie ertappt zusammen. Erst jetzt merkte sie, dass Keith Logan sie beobachtete. Lässig lehnte er am Auto und zündete sich eine Zigarette an. Er ließ Cathleen dabei nicht aus den Augen. „Ich kann keine große Ähnlichkeit zwischen Ihnen und Delia Grant entdecken“, bemerkte er.

Es war das erste Mal, dass er sie direkt ansprach. Dabei fiel ihr auf, dass er einen anderen Akzent hatte als Travis. Er sprach langsamer, irgendwie gedehnt.

„Bis auf das Haar vielleicht“, fuhr er fort. „Aber Dees Haar hat eher die Farbe von Travis’ preisgekröntem Fohlen, während Ihres …“ Er rauchte eine Weile nachdenklich. „Ihr Haar erinnert mich an das tiefe Mahagonirot des alten Nachttisches in meinem Schlafzimmer. Ich habe ihn nur wegen dieser faszinierenden Farbe gekauft.“

„Das ist zwar ein sehr schmeichelhafter Vergleich, Mr. Logan, aber ich bin weder ein Pferd noch ein Tisch.“ Sie zog die Wagenschlüssel aus der Tasche und hielt sie ihm entschlossen hin. „Hier, die überlasse ich Ihnen.“

Doch statt ihr die Schlüssel abzunehmen, schloss er seine Hand um ihre und hielt sie fest.

Es gefiel ihr, dass sie sich von seinem festen Griff nicht einschüchtern ließ, sondern ihn mit erhobenen Brauen hochmütig ansah.

„Wollten Sie noch irgendetwas, Mr. Logan?“

„Ich werde Sie nach Hause fahren“, erklärte er.

„Das ist nicht notwendig.“ Mit zusammengebissenen Zähnen wartete sie, bis die zwei eifrigsten Klatschbasen von Skibbereen an ihr vorbeigegangen waren. Heute Abend würde jeder im Dorf wissen, dass Cathleen McKinnon Händchen haltend mit einem Fremden auf der Dorfstraße gestanden hatte. Das war so sicher, dass sie sich lieber gleich vornahm, den absehbaren Klatsch gelassen zu ertragen. „Ich brauche nur irgendein Auto anzuhalten, um nach Hause zu kommen.“

„Nein. Dafür sorge ich selbst.“ Ohne ihre Hand loszulassen, richtete er sich auf. „Ich habe es Travis versprochen. Keine Sorge, ich bin es schon fast gewohnt, auf der falschen Straßenseite zu fahren.“

„Ihr Amerikaner fahrt auf der falschen Straßenseite.“ Cathleen zögerte einen Moment, bevor sie in den Bus stieg. Doch weil sie noch eine Menge zu erledigen hatte und der halbe Tag schon vorüber war, nahm sie Keiths Angebot an. „Am Ortsausgang gabelt sich die Straße“, erklärte sie, nachdem sie ein kleines Stück gefahren waren. „Sie müssen sich links halten. Danach sind es etwa fünf Kilometer bis zu unserem Hof." Um ihm zu zeigen, dass sie keine große Lust hatte, sich auf eine weitere Unterhaltung mit ihm einzulassen, verschränkte sie die Arme und blickte zum Fenster hinaus.

„Hübsche Gegend", bemerkte Keith und warf einen Blick auf die grünen Hügel mit dem Heidekraut und den Schlehdornhecken, die sich im Westwind stark bogen. „Skibbereen liegt dicht am Meer, nicht wahr?"

„Ziemlich dicht."

„Mögen Sie keine Amerikaner?"

Cathleen wandte den Kopf, um ihn anzusehen. „Ich mag keine Männer, die mich anstarren."

Keith schnippte seine Zigarettenasche aus dem Wagenfenster. „Schade. Ich neige nämlich dazu, mir Dinge, die mich interessieren, eingehend zu betrachten."

„Soll das ein Kompliment sein?"

„Lediglich eine Feststellung. Ist dies die Weggabelung?"

„Ja." Sie atmete tief durch. Der Mann hatte ihr nichts getan. Sie hatte keinen Grund, unfreundlich zu ihm zu sein. „Arbeiten Sie für Travis?", fragte sie.

„Nein. Man könnte eigentlich sagen, dass wir so was wie Kollegen sind. Mir gehört eine Farm in seiner Nachbarschaft."

„Züchten Sie auch Rennpferde?"

„Zurzeit."

Cathleen schaute ihn nachdenklich von der Seite an. Sie konnte ihn sich gut vorstellen als Pferdezüchter. Irgendwie passte dieser Beruf zu ihm. Er war gewiss kein Typ, der gern Akten wälzte und Bücher führte. „Travis' Gestüt ist ziemlich erfolgreich", bemerkte sie.

Keith lächelte belustigt. „Wollen Sie mich indirekt fragen, wie erfolgreich meines ist?"

Sie wandte sich ab und schaute aus dem Fenster. „Das geht mich nichts an."

„Nein, es geht Sie tatsächlich nichts an. Aber keine Sorge, ich bin nicht arm. Der Erfolg wurde mir zwar nicht in die Wiege gelegt, wie das bei Travis der Fall war, aber ich finde, dass er mir ganz gut bekommt. Die Grants würden Sie übrigens sofort mit nach Amerika nehmen. Sie müssten sie nur darum bitten."

Cathleen erfasste seine Worte nicht sofort. Doch dann verstand sie. Überrascht schaute sie ihn an.

Keith blies seinen Zigarettenrauch aus dem Fenster. „Mir können Sie nichts vormachen, Cathleen. Sie wollen aus Ihrem bisherigen ruhigen Leben ausbrechen. Sie sind eine ruhelose Seele und können es kaum erwarten, aus diesem Nest rauszukommen. Wenn Sie mich fragen, hat dieser Ort einen gewissen Charme."

„Ich habe Sie aber nicht gefragt."

„Richtig. Aber man konnte Ihnen an der Nasenspitze ansehen, was Sie dachten, als Sie vorhin auf dem Bürgersteig standen und sich umschauten. Sie hätten am liebsten das ganze Dorf verwünscht."

„Das ist nicht wahr." Cathleen bekam fast ein schlechtes Gewissen, denn im Grunde genommen hatte er ja recht. Ihre Gedanken waren vorhin durchaus in diese Richtung gegangen.

„Okay, wir können es auch anders ausdrücken. Sie haben sich weit weg gewünscht, nicht wahr? Ich kenne dieses Gefühl, Cathleen."

„Woher wollen Sie eigentlich wissen, was ich empfinde? Sie kennen mich doch gar nicht."

„Ich kann Ihre Gefühle ziemlich genau nachempfinden. Sie kommen sich in dieser Gegend eingesperrt und eingeengt vor." Als sie hierauf nichts erwiderte, fuhr er fort: „Seit Sie auf der Welt sind, sehen Sie immer wieder nur dasselbe, fragen sich, ob das alles im gleichen Trott endlos weitergehen soll. Ob das alles gewesen ist, was das Leben Ihnen zu bieten hat. Und manchmal überlegen Sie, ob Sie einfach weggehen sollen, irgendwohin, wo der Zufall Sie gerade hintreibt. Wie alt sind Sie, Cathleen McKinnon?"

Seine Worte hatten sie getroffen. „Zweiundzwanzig", erwiderte sie knapp.

„Ich war knapp zwei Jahre jünger, als ich alles hinter mir ließ, um meinem Fernweh zu folgen.

Ich kann nicht sagen, dass ich es jemals bereut hätte."

Er schaute sie an. Doch wieder sah sie in seinen Brillengläsern nur ihr Spiegelbild. „Nun, das freut mich für Sie, Mr. Logan. Wenn Sie jetzt bitte anhalten würden? Dieser Weg führt zu unserem Hof. Von hier aus kann ich zu Fuß gehen."

„Wie Sie wollen." Er hielt zwar an, doch als sie die Tür öffnen und aussteigen wollte, legte er ihr die Hand auf den Arm, um sie zurückzuhalten. Er wusste nicht genau, warum er ihr angeboten hatte, sie nach Hause zu fahren. Genauso wenig wusste er, warum er dieses Thema überhaupt angeschnitten hatte. Er war ganz einfach einer Ahnung gefolgt, so wie er das meistens in seinem Leben tat. „Ich sehe einem Menschen sofort an, ob er Ehrgeiz besitzt. Der Charakterzug ist mir vertraut. Jeden Morgen, wenn ich in den Spiegel schaue, blicke ich dem Ehrgeiz ins Gesicht. Manche sagen, diese Eigenschaft sei schlecht. Für mich ist sie eher ein großes Glück."

Wie schaffte es dieser Mann, sie dermaßen zu verunsichern? Warum war in seiner Gegenwart ihre Kehle wie zugeschnürt, waren ihre Nerven zum Zerreißen gespannt? „Wollen Sie etwas Bestimmtes damit sagen, Mr. Logan?"

„Sie gefallen mir, Cathleen. Es wäre jammerschade, wenn Ihre Schönheit eines Tages durch einen mürrischen unzufriedenen Gesichtsausdruck zerstört würde." Er lächelte sie an. „Ich wünsche Ihnen einen angenehmen Tag."

Cathleen sprang rasch aus dem Bus, knallte die Tür hinter sich zu und eilte davon. Dabei wusste sie nicht, ob sie vor sich selbst oder vor ihm davonrannte.

2. KAPITEL

Es ging hoch her in der kleinen Pension. Die gesamte Familie McKinnon hatte sich zu einem festlichen Dinner in Mrs. Malloys Gaststube eingefunden, um das Wiedersehen mit Cousine Delia und ihrer Familie zu feiern. Die Stimmung war großartig. Es wurde getrunken und gelacht, und da alle durcheinander sprachen, war manchmal kaum ein Wort zu verstehen. Nur Cathleen beteiligte sich nicht so recht an der fröhlichen Tischrunde. Immer wieder musste sie daran denken, was Keith Logan am Nachmittag zu ihr gesagt hatte.

Es stimmte. Sie war unzufrieden. Aber die Vorstellung, dass ein Fremder ihr ansah, was ihrer Familie nie aufgefallen war, behagte ihr gar nicht. Sie hatte längst gelernt, mit dieser nagenden Unzufriedenheit zu leben. Auch den Neid auf ihre Cousine akzeptierte sie inzwischen. War es nicht ganz natürlich, dass sie Dee beneidete? Gewiss, neidisch sein war nicht schön, aber sie war schließlich nicht vollkommen. Außerdem war es nur zu natürlich, Eifersucht zu empfinden, wenn sie Dee strahlend vor Glück neben ihrem Mann sitzen sah. Sie missgönnte Dee ihr Glück ja nicht. Sie wollte doch nur selbst auch ein bisschen glücklich sein.

Dabei freute sie sich ehrlich über den Besuch ihrer Cousine. So konnte sie wenigstens etwas über deren Leben in Amerika erfahren. Sie konnte Fragen stellen und sich eine Vorstellung von dem großen Haus machen, in dem Dee wohnte, von ihrem aufregenden Leben in der eleganten Gesellschaft der reichen Rennstallbesitzer. Ein paar Tage lang konnte sie träumen, danach würde ihr Leben wieder seinen normalen eintönigen Lauf nehmen.

Aber nicht für immer, das hatte sie sich geschworen. In ein oder zwei Jahren, sobald sie genug Geld zusammengespart hatte, würde sie nach Dublin gehen. Dort würde sie sich einen Job in einem Büro suchen und eine eigene Wohnung nehmen. Eine Wohnung ganz für sich allein. Niemand konnte sie davon abhalten.

Bei diesem Gedanken huschte ein Lächeln über ihr Gesicht. Sie schaute auf – und begegnete Keiths Blick. Heute Abend sah sie ihn zum ersten Mal ohne seine Sonnenbrille. Mit Sonnenbrille ist er mir lieber, dachte sie unwillkürlich. So sehr sie diese verspiegelten Gläser verwirrt hatten, seine schönen dunkelgrauen Augen verwirrten sie fast noch mehr. Sie verrieten Intelligenz, und sie waren von einer beunruhigenden Intensität. Er hat kein Recht, mich so anzustarren, dachte sie verärgert und hob herausfordernd das Kinn, um ebenso ungeniert zurückzustarren.

Sekundenlang vergaß sie ihre Umgebung. War es das belustigte Blitzen in seinen Augen oder die Arroganz, die sie anzog? Oder lag es daran, dass beides zusammen seinem Blick etwas Wissendes gab? Sie war nicht sicher, woran es lag, aber sie spürte deutlich, dass sie in diesem Moment etwas für ihn empfand, etwas, das sie besser nicht fühlen sollte.

Eine irische Rose, dachte Keith. Er hatte zwar noch nie eine irische Rose gesehen, aber er war sicher, dass sie kräftige scharfe Dornen besaß. Eine wilde Blume, unempfindlich und stark, die sich von keinem Gestrüpp unterkriegen ließ. Eine Blume, die er respektieren konnte.

Ihre Familie gefiel ihm. Einfache, bodenständige Menschen, die sich ihren bescheidenen Wohlstand hart erarbeiten mussten. Mary McKinnon, die neben der Farm noch eine kleine Schneiderei besaß, hatte sechs Kinder. Bis auf Colin, ihren ältesten Sohn, waren all ihre Jungs hellhäutig und rotblond. Colin hingegen sah mit seinem dunklen Haar und der leicht gebräunten Haut wie ein irischer Krieger aus, sprach jedoch wie ein Poet. Keith hatte sofort gemerkt, dass Cathleen eine Schwäche für ihren ältesten Bruder hatte. Jetzt beobachtete er sie, um herauszufinden, welche Schwächen sie noch besaß.

Er war froh, dass Travis ihn zu diesem Abstecher nach Skibbereen überredet hatte. Der Trip nach Irland hatte sich für ihn gelohnt. In Kildare hatte er ein paar gute Rennpferde gekauft und einige Anregungen bei dem Besuch der Rennbahn in Curragh mitgenommen. Jetzt wurde es Zeit, den geschäftlichen Teil dieser Reise zu vergessen und ein wenig Spaß zu haben.

„Spielst du etwas für uns, Colin?“ Über den Tisch hinweg griff Delia nach der Hand von Cathleens ältestem Bruder.

„Darum musst du ihn nicht lange bitten“, warf Mary McKinnon ein.

„Schiebt mal die Stühle beiseite“, sagte sie zu ihren zwei jüngsten Söhnen. „Nach einer solchen Mahlzeit muss getanzt werden.“

„Ich habe zufällig meine Flöte dabei.“ Colin griff in seine Westentasche und zog eine schlanke Rohrpfeife heraus. Dann stand er auf und fing an zu spielen.

Es überraschte Keith, dass dieser große breitschultrige Mann dem ungewöhnlichen Instrument so zarte Töne zu entlocken verstand. Er lehnte sich in seinen Stuhl zurück, und während er die angenehme Wärme genoss, die ihm nach jedem Schluck irischen Whiskys durch die Kehle rann, verfolgte er interessiert die weiteren Vorgänge.

Inzwischen war auch die übrige Tischgesellschaft aufgestanden. Mary McKinnon legte ihre Hand in die ihres jüngsten Sohnes, und fast automatisch fingen ihre Füße an, Tanzschritte zu der Musik zu machen. Der Tanz erschien Keith zunächst etwas steif und die Schritte ziemlich kompliziert. Doch dann steigerte sich das Tempo allmählich. Immer schneller wurde der Rhythmus. Mit Zurufen und lautem Händeklatschen feuerten die Zuschauer die Tänzer an. Keith schaute zu Cathleen hinüber. Sie stand neben ihrem Vater, hatte die Hand auf seine Schulter gelegt und lächelte. Es war ein Lächeln, wie Keith es noch nie an ihr gesehen hatte, ein Lächeln, das ihm einen seltsamen Stich versetzte.

„Mutter tanzt immer noch wie ein junges Mädchen", sagte Matthew McKinnon zu seiner Tochter.

„Und sie ist immer noch eine schöne Frau." Cathleen beobachtete, wie ihre Mutter in den Armen des Sohnes herumwirbelte.

„Kannst du mithalten?", fragte ihr Vater.

Lachend schüttelte Cathleen den Kopf. „Ich konnte noch nie so gut tanzen wie Mutter."

„Aber sicher kannst du das“, erwiderte Matthew McKinnon und legte dann seiner Tochter den Arm um die Taille. „Komm schon.“

Bevor sie protestieren konnte, hatte ihr Vater sie auf die kleine Tanzfläche gezogen. Lachend hielt er ihre Hand hoch, und ehe sie sich versah, war sie mitten drin in dem alten Volkstanz, den ihre Eltern ihr beigebracht hatten, kaum dass sie laufen konnte. Die Flötenmusik war fröhlich und mitreißend, die Begeisterung ihrer Familie ansteckend. Den Kopf zurückgeworfen, die Hände in die Hüften gestemmt, gab sich Cathleen dem Rhythmus des Tanzes hin.

„Schaffst du das auch noch?“

Delia schaute auf. Ihr achtzehnjähriger Cousin stand vor ihr. „Ob ich das noch schaffe?“, wiederholte sie und schaute den Jungen entrüstet an. „Der Tag muss erst noch kommen, an dem ich nicht mehr tanzen kann.“

Travis wollte protestieren, als sie ihrem Cousin auf die Tanzfläche folgte, hielt sich dann aber zurück. Dee wusste selbst, was sie sich zumuten konnte. Es erstaunte ihn immer wieder, wie gut sie ihre Kräfte einzuschätzen verstand. „Eine bemerkenswerte Familie, was?“, sagte er leise zu Keith.

„Das kann man wohl sagen.“ Keith zog eine Zigarette aus der Tasche. Dabei ließ er Cathleen keinen Moment aus den Augen. „Dir liegt dieser Tanz wohl nicht?“

Lachend lehnte sich Travis an die Wand. „Dee hat versucht, ihn mir beizubringen, mich dann aber zu einem hoffnungslosen Fall erklärt. Wenn man diesen Tanz nicht schon als Kleinkind lernt, versteht man ihn nie. Dee hat dieses Zusammensein mit ihrer Familie mehr gebraucht, als ich ahnte."

Keith riss sich einige Sekunden von Cathleens Anblick los, um einen schnellen Blick auf Travis zu werfen. „Die meisten Menschen bekommen hin und wieder Heimweh."

„Sie war in den sieben Jahren, die wir verheiratet sind, nur zweimal in Irland, und das war offensichtlich nicht genug", bemerkte Travis. „Dee ist schon eine seltsame Frau. Wenn du dich mit ihr streitest, redet sie dich in Grund und Boden. Auf der anderen Seite stellt sie keinerlei Ansprüche und beklagt sich nie."

Keith erwiderte zunächst nichts auf die Bemerkung seines Freundes. Es erstaunte ihn noch immer, dass sich in nur vier Jahren eine so enge Freundschaft zwischen ihm und Travis entwickelt hatte. Dabei war er gar nicht der Typ, der Freundschaften suchte. Im Gegenteil. Er war stets vor Verantwortung, die Freundschaften mit sich brachten, zurückgeschreckt. Mit seinen zweiunddreißig Jahren war er die meiste Zeit seines Lebens allein gewesen. Er hatte niemanden gebraucht und niemanden gewollt. Das hatte sich erst geändert, als er die Grants kennenlernte.

„Ich verstehe nicht viel von Frauen", sagte er, fügte aber, als er Travis' belustigtes Lächeln sah, hinzu: „Jedenfalls nicht von Ehefrauen. Aber soweit ich das beurteilen kann, ist deine Frau glücklich. Nicht nur hier, auch in Amerika. Wenn sie dich nicht so sehr lieben würde, hätte ich ihr nämlich längst den Hof gemacht."

Travis schaute Delia beim Tanzen zu, hörte ihr helles Lachen und beobachtete, wie sie im Gespräch mit ihrem Cousin den Kopf schüttelte und einen weiteren Tanz ablehnte. Mit ausgestreckten Händen kam sie auf ihn zu. An ihrer Hand funkelte der Brillant, den er ihr vor Jahren zusammen mit dem Ehering an den Finger gesteckt hatte.

„Ich könnte stundenlang weitertanzen", erklärte sie ein wenig atemlos. „Aber diese beiden hier haben genug." Dabei legte sie lächelnd die Hand auf ihren Bauch. „Willst du es nicht auch einmal versuchen, Keith?"

„Das hätte gerade noch gefehlt."

Wieder lachte sie. In einer freundschaftlichen Geste legte sie ihm die Hand auf den Arm. „Ein Mann muss ab und zu den Mut haben, sich lächerlich zu machen." Obwohl sie völlig außer Atem war, klopfte sie mit dem Fuß eifrig den Takt zur Musik. „Colin spielt wunderbar, nicht wahr? Ich bin so glücklich, dass ich hier sein darf." Sie zog

Travis' Hand an ihre Lippen und legte sie dann an ihre Wange. „Mary McKinnon kann noch immer alle an die Wand tanzen, aber Cathleen tanzt auch nicht schlecht, oder?"

Keith trank einen Schluck Whisky. „Es kostet mich keine große Überwindung, ihr dabei zuzuschauen."

Lachend lehnte sich Delia an ihren Mann. „Als ihre ältere Cousine muss ich sie wohl vor dir warnen", sagte sie zu Keith.

Er schwenkte den Whisky in seinem Glas. In gespieltem Erstaunen schaute er sie an. „Warum?"

Den Kopf an Travis' Arm gelegt, schaute sie lächelnd zu Keith auf. „Nun, man hört gewisse Dinge, Mr. Logan. Faszinierende Dinge. Dass zum Beispiel ein Mann nicht nur seine Töchter im Auge behalten muss, wenn du in der Nähe bist, sondern auch seine Frau."

Keith ergriff ihre Hand und zog sie an die Lippen. „Wenn ich mich für verheiratete Frauen interessieren würde, wärst du die erste, die das wüsste."

Mit blitzenden Augen schaute sie ihn an. „Travis, ich glaube, Keith flirtet mit mir", sagte sie dabei zu ihrem Mann.

„Ganz offensichtlich", erwiderte Travis und küsste sie aufs Haar.

„Ich muss dich warnen, Keith. Es ist leicht, mit einer Frau zu flirten, die im fünften Monat schwanger ist und weiß, was für ein Herzensbrecher du bist. Aber nimm dich in Acht. Die Iren sind clever." Sie stellte sich auf die Zehenspitzen und küsste ihn auf die Wange. „Wenn du Cathleen weiterhin mit Blicken verschlingst, wird Matthew McKinnon sein Gewehr laden." Keith beobachtete, wie Cathleen von der Tanzfläche trat. „Anschauen ist doch nicht verboten, oder?"

„In deinem Fall sollte es aber verboten sein." Sie schmiegte sich wieder an Travis. „Es sieht so aus, als hätte Cathleen vor, ein wenig an die frische Luft zu gehen." Herausfordernd lächelte sie Keith an. „Vielleicht willst du ja endlich diese Zigarette anzünden. Außerdem täte dir ein kleiner Spaziergang bestimmt gut."

„Das habe ich mir auch gerade überlegt." Er nickte ihr zu, stand auf und schlenderte zur Tür.

Draußen schlug Cathleen fröstelnd ihre Jacke übereinander. Trotz des milden Winterklimas waren die Februarnächte ziemlich kühl. Sie atmete tief die frische Luft ein. Wie gut, dass ihr Vater sie zum Tanzen überredet hatte. Selten hatten sie Zeit, Feste zu feiern. Die Arbeit auf dem Hof wuchs ihnen allmählich über den Kopf. Da Frank eine eigene Familie gegründet hatte, Sean noch in diesem Jahr heiraten wollte und Colin mehr Interesse an seiner Musik als am Kühemelken zeigte, blieben nur noch Joe und Brian. Und sie selbst.

Der Hof musste überleben, das stand völlig außer Frage. Ohne seine Farm würde ihr Vater verkümmern. So wie sie verkümmerte, wenn sie nicht bald von hier wegging. Es musste also eine Lösung gefunden werden, den Hof zu erhalten und ihr trotzdem ein eigenes Leben zu ermöglichen.

Aber im Moment wollte sie sich über dieses Problem nicht den Kopf zerbrechen. In ein paar Tagen reiste Dee mit ihrer Familie ab, und danach würde ihre Ruhelosigkeit wieder ein wenig nachlassen. Wenn die Zeit reif war, würde ihr schon etwas einfallen. Sie schaute in den klaren Nachthimmel hinauf und lächelte. Hatte sie sich nicht fest vorgenommen, ihr Leben zu verändern?

Sie hörte das Klicken eines Feuerzeugs, sah den roten Schimmer einer Flamme und straffte unwillkürlich die Schultern.

„Eine schöne Nacht."

Cathleen wandte sich nicht um. Sie wollte das freudige Erschrecken, das sie beim Klang von Keiths Stimme durchzuckt hatte, nicht wahrhaben.

Nein, sie hatte sich nicht gewünscht, dass er ihr folgte. Warum auch? „Es ist ziemlich kalt."

„Sie sehen nicht so aus, als ob Sie frieren." Sie gab sich noch immer abweisend. Er fand es spannend, sie herauszufordern, ihre Zurückhaltung langsam zu durchbrechen. „Dieser Tanz hat mir gefallen“, bemerkte er.

Langsam entfernte sie sich vom Gasthaus. Es erstaunte sie nicht, dass er ihr folgte. „Hier draußen sehen Sie aber nicht viel davon“, erwiderte sie.

„Es gibt nichts mehr zu sehen, seit Sie aufgehört haben zu tanzen.“ Er zog an seiner Zigarette. „Ihr Bruder ist sehr musikalisch.“

„Ja, das ist er.“ Gedämpft drangen die Klänge der Flöte zu ihnen hinaus. Die Musik, die eben noch fröhlich gewesen war, klang plötzlich wehmütig. „Dieses Lied hat er selbst geschrieben“, sagte sie. „Es ist so traurig, dass einem das Herz brechen könnte. Mögen Sie Musik, Mr. Logan?“

„Wenn es die richtige Musik ist.“ Das nächste Stück war ein langsamer Walzer, eine getragene Melodie. Ganz plötzlich legte er die Arme um Cathleen und fing an, sich im Takt dazu mit ihr zu drehen.

„Was machen Sie?“

„Ich tanze.“

„Sie hätten mich vorher fragen können.“ Aber sie unternahm keinen Versuch, sich ihm zu entziehen. Es fiel ihr nicht schwer, sich seinen Schritten anzupassen. Lächelnd schaute sie zu ihm auf. „Ich hätte nicht gedacht, dass Sie Walzer tanzen können.“

„Eine meiner wenigen kulturellen Errungenschaften.“ Es gefiel ihm, sie im Arm zu halten. Sie war schlank, aber nicht zerbrechlich, weich, aber nicht anschmiegsam. „Und die Nacht ist wie geschaffen zum Tanzen. Finden Sie nicht auch?“

Eine ganze Weile erwiderte sie nichts. Schweigend gab sie sich dem Zauber des Augenblicks hin. Die Sterne, die traurige Musik, das warme Prickeln auf ihrer Haut, all das ergab eine beunruhigende Mischung. Sie wusste, es konnte einer Frau gefährlich werden, mit einem Fremden unter dem Nachthimmel Walzer zu tanzen. Trotzdem bewegte sie sich mit ihm im Takt der Musik.

Erst als der Walzer in eine andere Melodie überging, befreite Cathleen sich aus Keiths Armen. Er ließ sie ohne Weiteres los, was sie gleichzeitig erleichterte und bedauerte. Langsam gingen sie weiter. „Warum sind Sie hergekommen?“, fragte sie ihn.

„Um mir Pferde anzuschauen. Ich habe einige in Kildare gekauft.“ Er rauchte schweigend. Ihm wurde plötzlich bewusst, wie viel seine Farm und sein Gestüt ihm bedeuteten. „Die irischen Vollblutpferde sind einzigartig. Sie kosten zwar eine Menge Geld, aber für einen Gewinner war mir mein Geld noch nie zu schade.“

„Sie sind also nach Irland gekommen, um Pferde zu kaufen.“ Es störte sie, dass alles, was mit ihm zusammenhing, sie brennend interessierte.

„Und um mir ein paar Rennen anzusehen. Waren Sie schon einmal in Curragh?“

„Nein." Cathleen betrachtete den Mond. Curragh, Kilkenny, Kildare, diese Orte waren für sie so weit entfernt wie die silbrig glänzende Mondsichel. „Hier in Skibbereen werden Sie keine Vollblutpferde finden."

„Nein?" Sein Lächeln verunsicherte sie. „Ich bin auch nur mit hierher gekommen, weil Travis mich dazu überredet hat und weil dies mein erster Besuch in Irland ist."

Sie blieb stehen. „Und wie gefällt es Ihnen?"

„Ich finde es schön hier. Land und Leute sind so widersprüchlich."

„Ihrem Namen nach müssten Sie eigentlich irische Vorfahren haben."

Keith blickte auf sein Zigarette. „Möglich", sagte er knapp.

„Sie sagten doch, Sie seien ein Nachbar von Travis", fuhr sie fort. „Aber Sie sprechen mit einem ganz anderen Akzent als er."

„Akzent?", wiederholte er lachend. „So spricht man im Westen Amerikas."

„Sie kommen aus dem amerikanischen Westen? Wo es die Cowboys gibt?"

Er lachte laut auf. Es war ein volles, tiefes Lachen, das sie dermaßen ablenkte, dass sie kaum merkte, wie er seine Hand an ihre Wange legte. „Heutzutage trägt auch im Westen keiner mehr sechsschüssige Flinten mit sich herum."

Cathleen reagierte gereizt auf seine ironische

Bemerkung. „Sie brauchen sich nicht über mich lustig zu machen."

„Habe ich das?" Weil ihre Haut sich so kühl und weich anfühlte, berührte er erneut ihre Wange. „Und was würden Sie sagen, wenn ich Sie nach Kobolden und Geistern fragte?"

Jetzt musste sie lächeln. „In diesem Landstrich finden Sie höchstens noch Geister und Kobolde, wenn Sie zu tief ins Glas geschaut haben."

„Glauben Sie nicht an Legenden, Cathleen?" Er stand so dicht vor ihr, dass er sehen konnte, wie sich das silberne Mondlicht in ihren Augen spiegelte.

„Nein, das tue ich nicht." Obwohl sie plötzlich wie vor Kälte erschauerte, wich sie nicht vor ihm zurück. Sie wusste sich zu behaupten. Gewinnen oder verlieren; solange man mit beiden Beinen fest auf dem Boden stand, konnte einem nichts passieren. Das war schon immer ihre Lebensweisheit gewesen. „Ich glaube nur das, was ich sehen und berühren kann", erklärte sie.

„Wie schade", meinte er, obwohl er ebenso dachte. „Das Leben ist oft einfacher, wenn man an Fantasiegebilde glauben kann."

„Ich habe mir noch nie ein leichtes Leben gewünscht."

„Was wünschen Sie sich denn?" Er berührte die Haare, die sich an ihren Schläfen kringelten.

„Ich muss jetzt zurückgehen." Es ist kein Rückzug, sagte sie sich. Ihr war plötzlich kalt geworden, eiskalt. Doch als sie umkehren wollte, legte er die Hand auf ihren Arm. Abschätzend schaute sie ihn mit ihren klaren blauen Augen an. „Wenn Sie mich jetzt bitte entschuldigen wollen, Mr. Logan. Es ist windig geworden, und ich friere."

„Ich habe es bemerkt. Aber Sie haben meine Frage noch nicht beantwortet."

„Es war eine sehr persönliche Frage, und die Antwort geht Sie nichts an. Lassen Sie das", sagte sie scharf, als er ihr Kinn umfasste.

„Sie interessiert mich aber. Wenn ein Mann einer Frau begegnet, die er zu kennen glaubt, dann hat er natürlich Interesse an ihr."

„Wir kennen uns nicht." Aber sie wusste genau, was er meinte. Während er mit ihr getanzt hatte, war es ihr auch so vorgekommen, als bestünde eine Seelenverwandtschaft zwischen ihnen. Sie wusste nicht, was es war. Aber sie reagierte stürmisch darauf. Ihr Herz klopfte heftig, und ihre Hände waren kalt. „Ich will offen zu Ihnen sein, Mr. Logan, auch wenn ich unhöflich sein muss. Ich habe keinerlei Interesse daran, Sie näher kennenzulernen."

„Reagieren Sie immer so aufgeregt auf Fremde?"

Sie machte eine ungeduldige Kopfbewegung, konnte jedoch seine Hand nicht abschütteln. „Ich reagiere nicht aufgeregt, sondern verärgert", gab sie zurück und wusste genau, dass sie log. Sie hatte bereits verstohlen auf seinen Mund geschaut und überlegt, ob er sie wohl küssen würde. „Sie scheinen zu glauben, dass ich Ihr Interesse schmeichelhaft finde. Aber ich bin keine naive Unschuld vom Land, die sich bei Mondschein und Musik von jedem küssen lässt."

Er hob die Brauen. „Wenn ich Sie hätte küssen wollen, Cathleen, dann hätte ich das längst getan. Ich verschwende keine Zeit, zumindest nicht mit Frauen."

Plötzlich kam sie sich richtig töricht vor. Sie war wütend auf sich selbst. Natürlich hätte sie ihn gern geküsst. Und das Schlimmste war, dass er es wusste. „Dafür verschwenden Sie meine Zeit", sagte sie schnippisch. „Guten Abend, Mr. Logan."

Warum habe ich sie nicht geküsst? dachte Keith, während er ihr nachschaute. Er hatte sich nur mit Mühe beherrschen können. Als sie eben zu ihm aufschaute und das Mondlicht sich in ihren Augen spiegelte, da hatte er fast ihre weichen Lippen schmecken können.

Aber er widerstand der Versuchung. Irgendetwas hatte ihn gewarnt. Vielleicht hatte er gespürt, dass es noch zu früh war, sich ihr zu nähern. Er wusste ja nicht einmal, ob er sich überhaupt näher mit ihr einlassen wollte. In hohem Bogen warf er seine Zigarette weg. Schließlich war er nach

Irland gekommen, um Pferde zu kaufen. Und das sollte ihm genügen. Doch leider war Keith ein Mann, dem es schwerfiel, sich mit wenig zufriedenzugeben, wenn er mehr haben konnte.

Cathleen kam absichtlich zu spät. Hastig schob sie ihr Fahrrad zum Hintereingang des Gasthauses. Sie wusste, es war falscher Stolz, sich durch den Kücheneingang in die Pension zu schleichen, aber es wäre ihr unangenehm gewesen, wenn Dee herausgefunden hätte, dass sie nebenbei hier arbeitete. Dass sie Mrs. Malloy die Bücher führte, durfte jeder wissen. Darauf war sie sogar stolz. Aber dass sie außerdem in der Küche aushalf, behielt sie lieber für sich.

Sie wusste, dass Dee mit ihrer Familie an diesem Vormittag alte Bekannte im Dorf besuchen wollte, und hatte sich daher mit ihren alltäglichen Pflichten zu Hause etwas mehr Zeit gelassen, bis sie ganz sicher sein konnte, dass Dee fort war. Dann war sie gemütlich mit dem Rad zur Pension gefahren, wo sie das Frühstücksgeschirr abwaschen und die Küche sauber machen sollte. Die Buchhaltung für ihre Kunden hatte sie schon erledigt, sodass sie am Nachmittag genug Zeit hatte, um mit den Grants zu dem Hof hinauszufahren, auf dem ihre Cousine aufgewachsen war.

Ein bisschen unangenehm war es ihr schon, hinter Dees Rücken das Dienstmädchen in der Pension zu spielen. Aber daran ließ sich nichts ändern. Dee sollte kein Mitleid mit ihr haben. Sie arbeitete, um Geld zu verdienen, und das war ja wohl keine Schande. Wenn sie genug gespart hatte, würde sie nach Cork oder Dublin ziehen und einen Bürojob annehmen. Und dann würde sie nur noch ihr eigenes Geschirr spülen.

Während sie Wasser ins Becken laufen ließ und sich den ersten Stapel Teller vornahm, fing sie leise an zu summen. Versonnen schaute sie aus dem Fenster und auf das Feld hinaus, wo sie gestern Abend mit Keith getanzt hatte. Unter den Sternen hatte er mit ihr getanzt. Was für ein Blödsinn, schalt sie sich gleich darauf streng. Der Mann hatte keine Bessere gefunden, um sich die Zeit zu vertreiben. Sie war vielleicht unerfahren, aber nicht naiv.

Wenn sie irgendetwas in jenen Minuten empfunden hatte, dann war es nichts weiter als der Reiz des Neuen gewesen.

Sicher, der Mann verhielt sich ungewöhnlich, aber deshalb war er noch lange nichts Besonderes. Es bestand also kein Grund, mitten am Tag an ihn zu denken.

Cathleen hörte, wie die Küchentür geöffnet wurde. „Ich weiß, ich bin spät dran, Mrs. Malloy", sagte sie entschuldigend, ohne ihre Arbeit auch nur für einen Augenblick zu unterbrechen. „Aber vor dem Mittagessen werde ich auf jeden Fall fertig sein."

„Mrs. Malloy ist auf dem Markt und kauft Gemüse ein."

Es war Keith! Cathleen schloss einen Moment die Augen. Als er hinter sie trat und ihr die Hand auf die Schulter legte, fing sie an, mit einer ungewöhnlichen Hektik zu arbeiten.

„Was machen Sie denn da?"

„Das sehen Sie doch." Sie stellte einen Teller zum Abtropfen in den Spülkorb, um den nächsten in Angriff zu nehmen. „Entschuldigen Sie bitte, aber ich habe es eilig."

Er erwiderte nichts, sondern ging zum Herd, wo eine Kanne mit heißem Kaffee stand. Schweigend goss er sich eine Tasse ein. An den Herd gelehnt, beobachtete er Cathleen, die sich verbissen mit dem Geschirr beschäftigte. Sie trug einen weiten Overall, der einem ihrer Brüder hätte gehören können. Ihr Haar war nicht wie sonst hochgesteckt, sondern nur mit einem Band locker im Nacken zusammengebunden. Da er sie bloß mit aufgestecktem Haar kannte, war er erstaunt, wie lang die rötlich schimmernde Pracht war. In dicken, glänzenden Locken fiel das Haar über ihre Schultern. Nachdenklich trank Keith seinen Kaffee. Dass sie Küchenmädchen in der Pension spielte, löste zwiespältige Gefühle in ihm aus. Nur zu gut konnte er verstehen, wie peinlich ihr es war, von ihm bei dieser Arbeit überrascht zu werden.

„Sie haben gar nicht erwähnt, dass Sie hier arbeiten“, bemerkte er.

„Nein, das habe ich nicht.“ Unsanft stellte sie einen weiteren Teller ab. „Und es wäre mir lieb, wenn auch Sie es für sich behielten.“

„Warum? Sie müssen sich doch dieser Arbeit nicht schämen.“

„Dee braucht nicht zu wissen, dass ich hinter ihr herputze.“

Stolz war ein Gefühl, das er ebenfalls gut nachempfinden konnte. „Okay.“

Über die Schulter warf sie ihm einen prüfenden Blick zu. „Sie werden es ihr nicht sagen?“

„Das habe ich Ihnen doch gerade versprochen.“ Das heiße Wasser roch stark nach Spülmittel. Er konnte den Geruch nicht ausstehen. Obwohl schon so viele Jahre vergangen waren, kam ihm die Wut, wenn er Putzmittel roch.

Cathleen atmete hörbar auf. „Danke.“

„Möchten Sie eine Tasse Kaffee?“

Sie hatte nicht erwartet, dass er ihr die Situation so leicht machen würde. Noch immer vorsichtig, doch bereits etwas weniger zurückhaltend, lächelte sie ihn an. „Nein, ich habe keine Zeit zum Kaffeetrinken.“ Weil es sie verunsicherte, ihn anzuschauen, beugte sie sich wieder übers Spülbecken. „Ich dachte, Sie seien mit Dee und Travis im Dorf.“

„Ich war bereits im Dorf", erwiderte er. Eigentlich hatte er nur schnell eine Tasse Kaffee trinken und sich dann in irgendeine Kneipe setzen wollen, um mit den Einheimischen zu plaudern. Stattdessen beobachtete er Cathleen. „Soll ich Ihnen helfen?"

Cathleen drehte sich um. Erschrocken schaute sie Keith an. „Oh nein! Trinken Sie Ihren Kaffee. Wollen Sie nicht ein wenig Gebäck dazu essen? In der Speisekammer steht welches. Und dann sollten Sie wieder hinausgehen. Es ist so ein schöner Tag heute."

„Wollen Sie mich loswerden?" Keith schlenderte zu ihr herüber und nahm sich ein Handtuch.

„Bitte, Mrs. Malloy kann jeden Moment zurückkommen", wehrte Cathleen ab.

„Mrs. Malloy ist auf dem Markt." Er nahm einen Teller, trocknete ihn ab und stellte ihn beiseite.

Er stand so dicht neben ihr, dass sich ihre Hüften fast berührten. Cathleen widerstand der Versuchung, einen Schritt beiseite zu treten – oder sich näher zu ihm hinzubeugen. Hastig tauchte sie ihre Hände ins Seifenwasser. „Ich brauche keine Hilfe."

Keith griff nach dem nächsten Teller. „Ich habe sowieso nichts Besseres zu tun."

Cathleen säuberte einen weiteren Teller. „Sie sind mir unheimlich, wenn Sie so nett sind."

„Keine Sorge, ich bin nicht oft nett. Was tun Sie sonst noch, außer Geschirrspülen und Tanzen?“

Seine Frage kränkte sie. Mit blitzenden Augen schaute sie ihn an. „Ich bin Buchhalterin, wenn Sie es genau wissen wollen. Und zwar führe ich die Bücher für diese Pension hier, für das Textilgeschäft und für unseren Hof.“

„Sie scheinen ja sehr beschäftigt zu sein“, meinte er und schien nachzudenken. „Sind Sie gut?“

„Ich habe bis jetzt noch keine Beschwerden gehört. Nächstes Jahr werde ich mir einen Job in Dublin suchen.“

„Ich kann Sie mir schlecht in einem Büro vorstellen.“

Sie hatte gerade eine gusseiserne Pfanne in der Hand und war sekundenlang ernsthaft versucht, sie als schlagkräftige Waffe einzusetzen. „Das brauchen Sie auch nicht“, erwiderte sie kurz.

„Ein Büro hat zu viele Wände“, erklärte er und nahm ihr die Pfanne aus der Hand, um sie vorsichtig ins Wasser zu stellen. „Sie würden verrückt werden.“

„Lassen Sie das nur meine Sorge sein.“ Sie umklammerte den Topfkratzer wie eine Waffe. „Ich habe mich getäuscht“, schleuderte sie ihm entgegen. „Sie sind mir nicht bloß unheimlich, Sie sind mir unangenehm.“

Keith tat so, als hätte er diese Bemerkung überhaupt nicht gehört. „Wissen Sie“, sagte er, „Dee würde Sie sofort mit nach Amerika nehmen."

Cathleen warf den Topfkratzer so heftig ins Wasser, dass der Seifenschaum über den Rand des Spülbeckens lief. „Und wovon soll ich dort leben? Von Almosen? Von Dees Wohlwollen? Glauben Sie tatsächlich, dass ich von den Geschenken anderer leben könnte?"

„Nein. Ich wollte Sie nur herausfordern. Mir gefallen Ihre Temperamentsausbrüche."

„Sie sind ein Ekel, Mr. Logan."

„Richtig. Und jetzt, da wir einander nähergekommen sind, sollten Sie mich vielleicht Keith nennen."

„Ich werde mich hüten. Warum verschwinden Sie nicht endlich und lassen mich in Ruhe? Ich habe keine Zeit für Leute wie Sie."

„Dann müssen Sie sich die Zeit nehmen."

Er hatte sie überrumpelt. Das versuchte sie sich jedenfalls später einzureden. Eigentlich hätte sie nämlich damit rechnen müssen. Während ihre Arme bis zu den Ellenbogen im heißen Wasser waren, legte er die Hand in ihren Nacken und küsste sie.

Es ging alles sehr schnell, und sein Kuss war weniger ein zärtliches Versprechen als eine Bedrohung. Seine Lippen waren hart und fest und überraschend warm. Höchstens zwei Sekunden lagen sie auf ihrem Mund, dann gab er sie wieder frei und nahm den nächsten Teller aus dem Spülkorb, als sei nichts gewesen.

Cathleen schluckte. Unter dem Seifenschaum hatte sie die Hände zu Fäusten geballt. „Sie sind vielleicht unverschämt!“, stieß sie hervor.

„Ohne eine gewisse Unverschämtheit bringt ein Mann es nicht weit, schon gar nicht bei den Frauen.“

„Ich möchte eines klarstellen: Wenn ich Sie nicht ausdrücklich darum bitte, möchte ich von Ihnen nicht angefasst werden.“

„Ihre Augen verraten eine ganze Menge, Cathleen. Es ist eine Freude, Sie zu beobachten.“

Sie widersprach ihm nicht. Ein Streitgespräch darüber hätte sie verletzt. Stattdessen zog sie den Stöpsel aus dem Spülbecken und sagte kühl: „Ich muss jetzt den Fußboden wischen. Sie sind mir dabei im Weg.“

„Dann verschwinde ich wohl besser.“ Sorgfältig breitete er das Handtuch zum Trocknen aus und ging ohne ein weiteres Wort aus der Küche. Cathleen wartete zehn Sekunden. Dann griff sie nach dem Putzlappen und warf ihn wütend auf die Stelle, wo Keith eben noch gestanden hatte.

Zwei Stunden später, nachdem Cathleen sich umgezogen und etwas zurechtgemacht hatte, traf sie die Grants im Gesellschaftsraum der Pension. Joes Overall befand sich wohlverpackt in einer Plastiktüte, die sie auf dem Gepäckträger ihres Fahrrads befestigt hatte. Die Spuren, die das heiße Seifenwasser jeden Tag an ihren Händen hinterließ, hatte sie mit Hilfe von Mrs. Malloys Handcreme beseitigt. Natürlich war auch Keith anwesend. Cathleen hatte es nicht anders erwartet. Sie sah über ihn hinweg, so gut es eben ging.

„Mutter hat mir einen Rosinenkuchen für dich mitgegeben", sagte sie zu Dee und reichte ihr einen mit einem Tuch abgedeckten Teller.

„Vielen Dank", meinte Dee erfreut. „Ich kann mich noch gut an den berühmten Rosinenkuchen deiner Mutter erinnern." Sie lüftete das Tuch ein wenig und schnupperte genussvoll an dem Teller. „Ich bin ja so froh, dass du uns heute begleiten kannst."

„Ich fahre aber nur unter der Bedingung mit, dass ihr nachher alle zu uns kommt. Mutter erwartet euch."

„Dann sollten wir jetzt langsam aufbrechen. Brendon, Lisa, macht euch fertig. Wir wollen einen Ausflug machen."

Die Kinder ließen sich das nicht zweimal sagen, und kurz darauf stiegen alle in den Bus. Sie besuchten zuerst den kleinen Friedhof mit seinen verwitterten grauen Grabsteinen. Es waren zwar einige von Cathleens Vorfahren hier begraben, aber einen näheren Angehörigen hatte sie noch nie verloren. Sie wusste deshalb auch nicht, was

Trauer war, konnte sich jedoch vorstellen, wie schrecklich es sein musste, wenn ein geliebter Mensch starb.

Es ist doch schon so lange her, dachte sie, als sie ihre Cousine zwischen den Gräbern ihrer Eltern stehen sah. Überwand man den Verlust nicht mit der Zeit? Dee war schließlich kaum älter als zehn Jahre gewesen, als sie ihre Eltern verlor. Konnte sie sich überhaupt noch an sie erinnern?

„Es tut immer noch weh", murmelte Dee, während sie auf die Steine hinunterblickte, auf denen die Namen ihrer Eltern eingemeißelt waren. Seufzend blickte sie zu Travis auf, der neben sie getreten war. „Ich kann es immer noch nicht verstehen."

Travis ergriff mitfühlend ihre Hand. „Ich wünschte, ich hätte deine Eltern gekannt."

„Sie hätten dich sehr lieb gehabt." Unter Tränen lächelte sie ihn an. „Und die Kinder auch. Sie hätten sie schrecklich verwöhnt."

„Du sollst nicht weinen, Mom." Lisa fasste ihre Mutter bei der anderen Hand. „Schau, ich habe einen Kranz gemacht. Keith hat mir dabei geholfen. Er sagte, sie würden sich darüber freuen. Auch wenn sie im Himmel sind."

Dee betrachtete den kleinen Kranz aus Zweigen und wilden Gräsern. „Ist der aber schön! Komm, wir legen ihn hier in die Mitte." Sie bückte sich, um den Kranz zwischen die Gräber zu legen. „Ja, ich bin sicher, sie freuen sich darüber."

Was ist er doch für ein seltsamer Mann, dachte Cathleen, als sie wenige Minuten später neben Keith im Bus saß und zuhörte, wie er mit Brendon scherzte. Sie hatte ihn eben im Gras sitzen und einen Kranz für Lisa flechten sehen. Und obwohl sie nicht hören konnte, worüber er mit dem Kind sprach, war ihr aufgefallen, wie vertrauensvoll das kleine Mädchen zu ihm aufgeschaut hatte. Dabei war er in ihren Augen alles andere als vertrauenerweckend.

Cathleen kannte die Straße, die zu dem Hof führte, der einmal den Cunnanes gehörte. An Dees Eltern konnte sie sich gar nicht mehr erinnern. Doch dafür umso besser an Lettie Cunnane, die Tante, die nach dem Tod von Dees Eltern für das verwaiste Kind gesorgt hatte. Sie war eine spröde Frau mit ernstem, abweisendem Gesicht gewesen. Ihretwegen hatte Cathleen damals ihre Besuche auf dem Hof der Cunnanes beinahe eingestellt. Aber diese Zeiten lagen glücklicherweise weit zurück. „Siehst du diesen Hügel dort vorn?", sagte sie zu Brendon und deutete zum Fenster hinaus. „Dahinter hat deine Mutter als Kind gewohnt."

„Auf einer Farm", sagte der Junge in altklugem Ton. „Wir haben auch eine Farm. Die beste in ganz Maryland." Dabei grinste er Keith an, der die Herausforderung sofort annahm. Offenbar handelte es sich dabei um ein altes Spiel zwischen den beiden.

„Warte ein paar Jahre, dann habt ihr nur noch die zweitbeste“, erwiderte er lachend und zerzauste dem Jungen das Haar.

„Keith hat seine Farm beim Pokern gewonnen“, verkündete Brendon, als der Bus anhielt. „Er will mir beibringen, wie man pokert.“

„Damit wir später, wenn dir Royal Meadows einmal gehört, zusammen um deine Farm spielen können, was? Pass nur auf, dass du sie nicht an mich verlierst.“ Er stieß die Schiebetür auf und fasste den kichernden Jungen um die Taille.

„Hat er seine Farm wirklich beim Pokern gewonnen?“, fragte Cathleen leise, während sie hinter Hannah und Lisa aus dem Bus stieg.

„Soviel ich weiß, ja. Man sagt, er hätte noch viel mehr verloren und gewonnen als diese Farm.“ Hannah schaute zu Keith hinüber, der gerade Brendon auf seine Schultern hob. „Es fällt schwer, ihm daraus einen Vorwurf zu machen.“

Cathleen wäre die Letzte gewesen, die ihm daraus einen Vorwurf gemacht hätte. Als Irin hatte sie eher Respekt vor einem erfolgreichen Spieler. Langsam stieg sie hinter Dee die kleine Anhöhe hinauf, um auf den Hof in dem kleinen Tal hinunterzuschauen.

„Die Sweeneys sind nette Leute“, bemerkte sie,

nachdem ihre Cousine bloß stumm dastand und auf das alte Bauernhaus blickte. „Sie haben bestimmt nichts dagegen, wenn du dich ein wenig umschaust."

„Nein", sagte Dee hastig und legte gleich darauf fast entschuldigend ihre Hand auf Cathleens Arm. „Ich kann den Hof genauso gut von hier oben betrachten." Der eigentliche Grund war aber der, dass sie es nicht ertragen konnte, den Hof zu betreten, der einmal ihrer Familie gehört hatte und in dem jetzt fremde Leute wohnten. „Weißt du noch, Cathleen, wie du und deine Mutter mich besucht habt, als Tante Lettie so krank war?", fragte sie.

„Ja, du hast Mutter eine Rose von dem Busch dort unten gepflückt." Weil sie wusste, dass Dees Mutter diesen Rosenstrauch gepflanzt hatte, drückte sie tröstend Dees Hand. „Er blüht noch immer jeden Sommer."

Dee lächelte versonnen. „Wie klein der Hof ist. Viel kleiner, als ich ihn in Erinnerung hatte." Sie bückte sich und streckte die Hand nach ihrer Tochter aus. „Siehst du das Fenster dort, Lisa? Das war einmal mein Zimmer. Damals war ich genauso alt wie du jetzt."

Sie richtete sich wieder auf. Cathleen war mit den Kindern ein Stückchen weitergegangen. Hannah und Keith hielten sich abseits. Nur Travis stand neben ihr. „Dee, ich habe dir schon oft gesagt, dass ich gern bereit bin, den Hof für dich zurückzukaufen. Wir brauchen den Sweeneys nur ein gutes Angebot zu machen."

Dee schaute noch einen Augenblick wehmütig auf das alte Haus hinunter. Dann legte sie seufzend den Arm um Travis' Taille. „Weißt du", sagte sie, „als ich damals von hier wegging, dachte ich, ich hätte alles verloren." Sie legte den Kopf zurück und gab ihm einen Kuss. „Aber ich täuschte mich. Lass uns ein wenig spazierengehen. Es ist so schönes Wetter."

Cathleen beobachtete die beiden, wie sie Hand in Hand über die Wiese liefen. Noch war das Gras von einem matten gelblichen Grün. Doch in wenigen Wochen würde die ganze Wiese blühen. Sie hörte, wie jemand hinter sie trat. Auch ohne sich umzudrehen wusste sie, dass es Keith war. „Wenn ich einmal von hier weggehen und mir ein neues Leben aufbauen sollte", sagte sie, „dann würde ich keinen Blick zurückwerfen."

„Wenn Sie sich nicht ab und zu umschauen, wird die Vergangenheit Sie sehr schnell einholen."

Erst jetzt drehte sie sich zu ihm um. Ihr Haar hatte sich gelöst und wehte ihr in der leichten Brise ums Gesicht und über die Schultern. „Ich verstehe Sie nicht. Einmal sprechen Sie wie ein Mensch, der nirgendwo Wurzeln schlägt, und dann wieder hat es den Anschein, als ob Sie Ihre

Wurzeln einfach nach Lust und Laune verpflanzen."

„Solange sie nicht zu tief gehen." Er nahm eine ihrer langen Haarsträhnen zwischen die Finger. Dieses mahagonifarbene Haar faszinierte ihn mit jedem Tag mehr. „Das ist nämlich der Trick dabei. Sie dürfen nicht zu tief gehen. Sie können Ihre Wurzeln herausreißen, Sie müssen es tun, weil Sie sonst ersticken würden. Aber Sie müssen einige davon mitnehmen." Er bückte sich, um eine Handvoll Erde aufzuheben. „Dieser Boden ist eine gute Grundlage."

„Und was ist Ihre Grundlage?"

Er betrachtete den Klumpen Erde in seiner Hand. „Haben Sie jemals Wüstensand gesehen, Cathleen? Nein, natürlich nicht. Er ist dünn, er rinnt Ihnen durch die Finger wie Wasser. Sosehr Sie sich auch bemühen, ihn festzuhalten."

„Warum haben Sie mich heute Morgen geküsst?" Sie hatte die Frage nicht stellen wollen. Er sollte nicht wissen, dass dieser Kuss ihr etwas bedeutete. Am liebsten hätte sie sich die Zunge abgebissen.

Er lächelte. Seine Augen blitzten amüsiert. „Eine Frau sollte sich nie den Kopf darüber zerbrechen, warum ein Mann sie küsst."

Verärgert und zwar vor allem über sich selbst, zuckte sie die Schultern und wandte sich ab. „Es war sowieso kein richtiger Kuss."

„Wollen Sie einen richtigen haben?“

„Nein.“ Sie ging weiter, drehte sich jedoch aus einer Laune heraus noch einmal nach ihm um. „Wenn ich einen haben will, sage ich Ihnen rechtzeitig Bescheid.“

3. KAPITEL

Ein Sturm braute sich zusammen. Düstere Wolken zogen über den Bergen auf und verdunkelten die Sonne. Cathleen wusste, dass sie sich beeilen musste. Mit schnellen, geschickten Bewegungen nahm sie die flatternden Wäschestücke von der Leine und legte sie in den Korb, der neben ihr im Gras stand.

Arbeiten wie diese empfand sie nicht als schlimm. Sie tat sie sogar ganz gern, weil sie dabei ihren Gedanken nachhängen und Pläne für die Zukunft schmieden konnte. Im Moment machte es ihr richtig Spaß, im Freien zu sein, den Wind auf der Haut zu spüren und die aufziehenden Regenwolken zu beobachten. Das Unwetter, das sich um sie herum zusammenzog, entsprach so ganz ihrer eigenen Stimmung. Vielleicht würde auch der Aufruhr in ihrem Innern nachlassen, sobald Sturm und Regen sich ausgetobt hatten.

Wenn sie nur gewusst hätte, was mit ihr los

war. Cathleen nahm eines der Arbeitshemden ihrer Brüder von der Leine und faltete es mechanisch zusammen. Sie liebte ihre Familie, sie hatte Freunde und verdiente ihr eigenes Geld. Warum war sie so ruhelos, so gereizt? Sie hatte doch gar keinen Grund zur Unzufriedenheit. Es war nicht nur wegen des Besuchs ihrer Cousine oder dem unvermuteten Auftauchen Keith Logans. Diese Ruhelosigkeit hatte sie schon vorher empfunden, wenn auch nicht so stark.

Und es gab niemanden, mit dem sie darüber hätte sprechen können. Ihrer Familie wollte sie sich nicht anvertrauen. Die Mutter würde sie nicht verstehen, und ihr Vater, der in seiner Jugend ähnlich wie sie gewesen war, durfte erst recht nichts von ihrer Unzufriedenheit erfahren. Er würde sich die Schuld daran geben, würde sich Vorwürfe machen, dass er ihr kein besseres Leben bieten konnte. Blieben nur ihre Brüder, und die hatten ihre eigenen Probleme.

Keith betrachtete Cathleen schon eine ganze Weile. Er hatte noch nie Hemmungen gehabt, den stillen Beobachter zu spielen. Man konnte viel über einen Menschen lernen, der sich allein glaubte.

Ihre anmutigen Bewegungen verrieten eine angeborene Sinnlichkeit. Nicht nur ihr Haar hatte etwas Feuriges an sich. In ihr selbst war eine Glut, die ihm nicht fremd war, weil sie auch in ihm brannte. Diese Leidenschaft würde mit Sicherheit eines Tages aus ihr herausbrechen, wenn die Zeit reif war und die Umstände stimmten.

Diesmal summte sie nicht vor sich hin. Ab und zu schaute sie herausfordernd zum Himmel hinauf, als wollte sie Wind und Wetter auffordern, es mit ihr aufzunehmen. Ihr langes Haar flatterte im Wind und schien sich jeden Moment aus dem Band zu lösen, mit dem es im Nacken zusammengehalten wurde.

Ihre Locken lassen sich genauso wenig bändigen wie sie selbst, dachte Keith bei diesem Anblick. Was mochte passieren, wenn sie eines Tages ihre Fesseln sprengte? Diese Frage interessierte ihn brennend. Er hatte längst für sich beschlossen, die Antwort darauf höchstpersönlich herauszufinden.

„Ich habe schon lange keine Frau mehr Wäsche abnehmen sehen."

Cathleen wirbelte herum. Einen Augenblick lang starrte sie ihn entgeistert an. Wie gut er aussieht, dachte sie. Er hatte sein Jackett nicht zugeknöpft, dafür aber den Kragen als Schutz gegen den Wind hochgeschlagen. Seine Hände steckten in den Jackentaschen. Lächelnd schaute er sie an. Sie drehte sich wieder um und nahm hastig eine Klammer von der Wäscheleine. Ihre Reaktion auf ihn war beunruhigend. Sie konnte ihr nur Schwierigkeiten einbringen.

„Hängen die Frauen dort, wo Sie herkommen, keine Wäsche auf?“, fragte sie.

„Der Fortschritt verdrängt oft die Tradition.“ Mit den zielstrebigen Schritten eines Mannes, der wusste, was er wollte, kam er auf sie zu. Sie konnte nur verblüfft zuschauen, wie er ein Unterhöschen – ihr Unterhöschen – von der Leine nahm, es zusammenfaltete und in den Wäschekorb legte.

Obwohl sie ihre Verlegenheit albern fand, vermochte sie sich nicht dagegen zu wehren. „Es wäre mir lieber, Sie würden meine Wäsche nicht anfassen“, erklärte sie steif.

„Keine Sorge, ich habe saubere Hände.“ Um es ihr zu beweisen, streckte er ihr seine Hände hin. Dabei sah sie zum ersten Mal, dass eine lange Narbe über seine Fingerknöchel lief.

„Was machen Sie hier?“

„Das sehen Sie doch. Ich besuche Sie.“

Cathleen wusste nichts darauf zu sagen. Was hätte sie auf eine dermaßen direkte Antwort auch erwidern sollen? „Warum?“, fragte sie schließlich.

„Weil ich Sie sehen wollte.“ Er nahm einen anderen Slip von der Leine, um ihn zusammenzufalten und ohne eine Spur von Verlegenheit auf das erste Höschen zu legen.

Cathleen spürte, wie sich ihr Magen zusammenkrampfte. „Warum sind Sie nicht mit Travis und Dee zusammen?“

„Ich glaube, die beiden halten es auch einmal

ohne mich aus. Als wir gestern hier waren, gefiel mir Ihr Hof auf den ersten Blick." Er schaute sich um, betrachtete die sauberen Stallungen und das Wohnhaus mit seinem gelben Strohdach und den dicken Steinmauern. Das Scheunendach musste vor Kurzem frisch gedeckt worden sein, und die Hühner im Stall sahen wohlgenährt aus. Er konnte sich vorstellen, wie viel Arbeit solch ein Hof machte. „Ein schönes Stück Land", bemerkte er. „Ihr Vater scheint sein Handwerk zu verstehen."

„Der Hof ist sein Lebensinhalt", sagte sie, während sie das letzte Wäschestück von der Leine nahm.

„Und was ist Ihr Lebensinhalt?"

„Wie meinen Sie das?"

Bevor sie widersprechen konnte, hatte er den Wäschekorb hochgehoben. „Es gibt Menschen, die das Leben auf einem Bauernhof ausfüllt. Sie aber sind nicht dafür gemacht."

„Woher wollen Sie das wissen? Sie kennen mich doch kaum." Cathleen nahm ihm den Korb aus der Hand und ging damit zur Küchentür. „Ich sagte Ihnen doch bereits, dass ich in etwa einem Jahr von hier weggehen und mir einen Bürojob suchen werde." Sie stieß die Küchentür auf. Ihre Mutter würde entsetzt sein, wenn sie ihn nicht hereinbat und ihm wenigstens eine Tasse Tee anbot. Zögernd drehte sie sich zu ihm um. Doch bevor sie die Einladung aussprechen konnte, ergriff er die Initiative.

„Warum gehen wir nicht ein wenig spazieren? Ich möchte Ihnen einen Vorschlag machen."

Cathleen lehnte sich an die Tür. Mit kühlem Blick musterte sie ihn. „Sicher. Ich kann mir vorstellen, was das für ein Vorschlag ist."

Er nahm ihr erneut den Wäschekorb aus der Hand, stellte ihn in die geöffnete Tür, gab ihm einen Stoß, sodass er in die Küche rutschte. „Ziehen Sie keine voreiligen Schlüsse, Cathleen. Wenn ich mit Ihnen ins Bett gehen will, dann frage ich nicht vorher."

Nein, bestimmt nicht, dachte sie, während sie einander gegenüberstanden und sich prüfend anschauten. Er war nicht der Typ Mann, der einer Frau mit Blumen und schönen Worten den Hof machte. Aber obwohl sie keine Frau war, die viel von Schmeicheleien hielt, ließ sie sich nicht gern überrumpeln. „Was wollen Sie von mir, Keith?"

„Das sage ich Ihnen auf unserem Spaziergang", erklärte er und nahm ihre Hand.

Sie hätte sich weigern können, mit ihm zu gehen. Aber dann hätte sie nicht erfahren, was er ihr zu sagen hatte. Wenn sie ihm die Tür vor der Nase zuschlug, würde er die Hände in die Taschen stecken und davonschlendern. Und sie blieb zurück und müsste zusehen, wie sie ihre Neugier befriedigte. Und was war schon dabei, wenn sie ein Stückchen mit ihm spazieren ging? Ihre Mutter war im Haus, und ihr Vater arbeitete mit ihren Brüdern irgendwo auf dem Hof. Darüber hinaus verstand sie es sehr gut, sich selbst ihrer Haut zu wehren.

„Ich habe nicht viel Zeit", sagte sie knapp. „Es gibt hier noch eine Menge für mich zu tun."

„Es wird nicht lange dauern." Er schwieg, als sie sich vom Haus entfernten, aber er sah alles – die mühevolle Arbeit, die Anstrengung, die Hoffnung. Sechzehn Kühe zählte er auf der Weide. Man kann auch von weniger leben, dachte Keith. Es war noch gar nicht so lange her, dass auch er bis in die Nächte hinein arbeiten musste. Das würde er nie vergessen. Genauso wenig vergaß er, dass ihm das Schicksal wieder nehmen konnte, was es ihm gegeben hatte.

„Wenn Sie den Hof besichtigen wollen ...", fing Cathleen an.

„Das habe ich schon gestern getan", unterbrach er sie und blieb stehen, um ein Feld zu betrachten. „Bauen Sie hier Futterpflanzen für Ihr Vieh an?"

„Ja. Wir werden bald pflügen müssen."

„Arbeiten Sie auch auf den Feldern?"

„Warum nicht?"

Er nahm ihre Hand, drehte sie um und betrachtete die Handfläche. Sie war nicht schwielig, aber man sah ihr die harte Arbeit an. Ihre Fingernägel waren kurz geschnitten und nicht lackiert. „Sie haben Ihre Hände nicht gerade verwöhnt“, bemerkte er.

„Ich schäme mich nicht der Arbeit, die sie getan haben“, entgegnete sie.

„Nein, dazu sind Sie zu praktisch veranlagt.“ Er drehte ihre Hand wieder um und schaute ihr ins Gesicht. „Sie gehören nicht zu den Frauen, die von dem Prinzen träumen, der sie entführt.“

Zwar musste sie über diese Bemerkung lächeln, aber es war ein unsicheres Lächeln. Sein Blick verwirrte sie. „Prinzen fand ich immer schrecklich langweilig. Und von romantischen Entführungen halte ich nicht viel. Ich nehme mein Schicksal lieber selbst in die Hand.“

„Gut. Ich kann nämlich keine romantischen Träumer gebrauchen.“ Noch immer hielt er ihre Hand, beobachtete, wie der Wind ihr Haar zerzauste. „Wollen Sie mit mir nach Amerika kommen, Cathleen?“

Cathleen schaute Keith sprachlos an. In diesem Moment öffnete sich der Himmel, und ein Platzregen prasselte auf sie herunter, der sie in Sekundenschnelle bis auf die Haut durchweichte.

In ihrer Benommenheit wäre Cathleen wohl noch eine ganze Weile fassungslos stehen geblieben, wenn Keith sie nicht beim Arm gepackt und in einen Geräteschuppen gezogen hätte.

Im Schuppen war es fast finster. Der Regen trommelte auf das Blechdach, und der Wind pfiff durch die Ritzen der rohen Bretterwände. Fröstelnd stand Cathleen neben der Tür. Ihr Haar klebte in nassen Strähnen am Kopf. Aus ihrem durchnässten Pulli tropfte das Wasser. Dafür konnte sie allmählich wieder klar denken.

„Sie sind verrückt, Keith Logan. Bilden Sie sich etwa ein, ich würde von heute auf morgen meine Sachen packen und mit Ihnen in ein wildfremdes Land gehen?" Sie fror noch immer, doch je mehr sie sich in ihre Erregung hineinsteigerte, desto weniger spürte sie die Kälte. Mit jedem Wort wurde sie wütender. „Sie selbstgefälliger Esel! Sie glauben wohl, Sie müssten nur mit den Fingern schnippen, und ich laufe Ihnen hinterher! Ich kenne Sie doch nicht einmal." Sie strich sich mit der Hand über das nasse Gesicht. „Und ich habe auch nicht das geringste Bedürfnis, Sie näher kennenzulernen."

Empört wollte sie die Tür aufreißen, um davonzurennen, doch Keith packte sie bei den Schultern.

„Nehmen Sie Ihre Hände weg!", zischte sie wütend. Ohne nachzudenken griff sie nach einem Rechen, um damit auf ihn loszugehen. „Wenn Sie mich noch einmal anrühren, mache ich Kleinholz aus Ihnen."

Besänftigend hob Keith beide Hände. „Sie

brauchen Ihre Ehre nicht zu verteidigen, Cathleen. Ich will sie Ihnen nicht rauben – noch nicht. Es geht mir im Moment nur ums Geschäft."

„Welche Geschäfte sollte ich wohl mit Ihnen machen?" Als er einen Schritt auf sie zukam, hob sie erneut den Rechen. „Wenn Sie noch einen Schritt näher kommen, schlage ich zu."

Er tat so, als würde er den Rückzug antreten, wartete, bis sie ihre Waffe sinken ließ, um dann blitzschnell zu handeln. Cathleen stieß eine unterdrückte Verwünschung aus, als er ihr den Rechen entwand. „Sie müssen vorsichtiger sein, Cathleen", sagte er und warf den Rechen auf den Boden. Sein Gesicht war ihrem so nahe, dass seine dunklen Augen eine noch faszinierendere Wirkung auf sie hatten. Sie versuchte ihm auszuweichen, doch er legte ihr die Hände auf die Schultern und hielt sie fest. „Bevor Sie sich lächerlich machen, hören Sie mir mal eine Minute zu."

Mit dieser Bemerkung reizte er sie erst recht. „Dafür werden Sie irgendwann bezahlen", stieß sie zornig hervor.

„Wir müssen alle bezahlen, Cathleen. Und jetzt halten Sie einfach Ihren Mund und hören mir zu. Ich biete Ihnen einen Job an, das ist alles. Ich brauche jemanden, der clever und aufrichtig ist und gut genug mit Zahlen umgehen kann, um mir die Bücher zu führen."

„Bücher führen?", wiederholte sie verständnislos.

„Es fällt einiges an auf meiner Farm – Ausgaben, Einnahmen, Gehälter. Mein letzter Buchhalter war etwas zu clever. Da er in den nächsten Jahren auf Staatskosten leben wird, brauche ich Ersatz."

Cathleen schwirrte der Kopf. Sie musste erst einmal tief Luft holen, bevor sie etwas erwidern konnte. „Ich soll nach Amerika kommen, um Ihnen die Bücher zu führen?"

Er lächelte belustigt über ihren ungläubigen Ton, in dem fast ein wenig Enttäuschung mitschwang. „Sie bekommen diesen Trip nicht umsonst, Cathleen. Zugegeben, Sie sind äußerst attraktiv. Aber fürs Erste bin ich nur an Ihrem Können und Ihrer Intelligenz interessiert. Und nur dafür werde ich Sie bezahlen."

„Machen Sie Platz", befahl sie, wobei ihre Stimme plötzlich sehr fest klang. „Ich bekomme keine Luft, wenn Sie mich so gegen die Wand drängen."

„Erst müssen Sie mir versprechen, mich nicht wieder mit irgendwelchen Gartengeräten anzugreifen."

„Okay. Und jetzt gehen Sie beiseite." Als er ein paar Schritte zurücktrat, atmete sie nochmals tief durch. Sie durfte jetzt keinen Fehler machen, musste sich bemühen, einen klaren Kopf zu behalten. Sein Vorschlag klang interessant. Im

Grunde genommen bot er ihr die Abwechslung, von der sie immer geträumt hatte. Trotzdem galt es, das Für und Wider sorgfältig abzuwägen. „Sie wollen mich einstellen?“

„Genau.“

„Warum?“

„Das habe ich Ihnen doch gerade gesagt.“

Seine Worte hatten sie nicht ganz überzeugt. Misstrauisch schüttelte sie den Kopf. „Sie sagten, Sie brauchen einen Buchhalter. Ich kann mir vorstellen, dass Sie ebenso gut einen in Amerika finden würden. Und woher wollen Sie wissen, dass ich für diesen Job geeignet bin? Vielleicht kann ich gar nicht so gut mit Zahlen umgehen, wie ich behauptet habe.“

„Mrs. Malloy und Mr. O'Donnelly sind da aber anderer Meinung.“ Keith lehnte sich an eine Werkbank. Sie ist wirklich attraktiv, dachte er. Sogar mit nassem Haar und durchgeweichten Kleidern sah sie noch reizvoll aus.

„Mrs. Malloy? Haben Sie etwa mit ihr gesprochen? Und zu Mr. O'Donnelley sind Sie auch gegangen?“

„Ich habe mir nur Auskünfte und Empfehlungen geben lassen.“

„Wie konnten Sie es wagen, hinter meinem Rücken Erkundigungen über mich einzuziehen?“

„Meine Fragen waren rein geschäftlich. Ich habe herausgefunden, dass Sie ordentlich und zuverlässig sind, dass Ihre Zahlen stimmen und Ihre Buchhaltung keine Unregelmäßigkeiten aufweist. Und das genügt mir."

„Das ist doch verrückt." Aufgeregt strich Cathleen sich das nasse Haar aus dem Gesicht. „Wie können Sie jemanden einstellen, den Sie erst seit ein paar Tagen kennen?"

„Warum nicht? Personalfragen werden im Allgemeinen nach einem zehnminütigen Gespräch entschieden."

„Das ist aber in diesem Fall etwas anderes. Es ist ja nicht so, dass ich in einen Bus steige und in die nächste Stadt fahre, um meinen Job anzutreten, sondern dass ich nach Amerika übersiedeln und eine Arbeit annehmen soll, die umfangreicher ist als die Buchhaltung der Pension, des Hofes und des Textilgeschäfts zusammen."

Keith zuckte hierauf nur gelassen die Schultern. „Ein paar Zahlen mehr oder weniger machen doch nichts aus, oder? Wollten Sie nicht sowieso in einem Jahr von hier wegziehen? Ich biete Ihnen jetzt die Gelegenheit, nach Amerika zu gehen und dort zu arbeiten. Warum wollen Sie den Absprung nicht wagen?"

Panik stieg in Cathleen auf, die ihre Erregung fast verdrängte. Bot Keith ihr nicht die Chance, auf die sie ihr Leben lang gewartet hatte? Warum hatte sie plötzlich solche Angst? Warum ergriff sie nicht sofort glücklich die Gelegenheit?

„Jede Veränderung birgt ein gewisses Risiko." Wieder schaute er sie mit diesem intensiven Blick an. „Ohne Risikobereitschaft kommt man nicht weiter. Ich zahle Ihnen das Flugticket und einen wöchentlichen Lohn." Er dachte einen Augenblick nach und nannte dann eine Summe, die sie in fassungsloses Staunen versetzte. „Wenn ich mit Ihnen zufrieden bin, bekommen Sie in einem halben Jahr eine Gehaltserhöhung von zehn Prozent. Dafür müssen Sie sich um alles Finanzielle kümmern und mir jede Woche einen schriftlichen Bericht vorlegen. In zwei Tagen fliegen wir."

„In zwei Tagen?" Cathleen war über diese kurze Frist entsetzt. „Selbst wenn ich zustimmen würde, könnte ich niemals in zwei Tagen reisefertig sein."

„Sie brauchen lediglich Ihre Koffer zu packen und sich im Dorf zu verabschieden. Den Rest erledige ich."

„Aber ich ..."

„Sie müssen Ihre Entscheidung treffen, Cathleen." Er trat einen Schritt auf sie zu. „Wenn Sie hier bleiben, wenn Sie die Sicherheit Ihres jetzigen Lebens dem Risiko vorziehen, werden Sie sich immer fragen, wie Ihr Leben wohl verlaufen wäre, wenn Sie mit mir nach Amerika gekommen wären."

Er hatte recht. Diese Frage beschäftigte sie schon jetzt. „Wo soll ich wohnen, falls ich Ihr Angebot annehme?“, fragte sie.

„Ich habe genug Platz.“

„Nein.“ In dieser Angelegenheit würde sie fest bleiben, und zwar von Anfang an. „In Ihrem Haus kann ich nicht wohnen. Die Möglichkeit, für Sie zu arbeiten, könnte ich in Erwägung ziehen, ein Zusammenleben mit Ihnen nicht.“

„Die Entscheidung bleibt Ihnen überlassen.“ Wieder zuckte er die Schultern, als interessiere es ihn nicht im Geringsten, wo sie lebte. „Dee hat bestimmt nichts dagegen, wenn Sie bei ihr wohnen. Im Gegenteil, sie würde sich freuen. Und da unsere Farmen aneinander grenzen, hätten Sie es nicht weit zur Arbeit.“

„Ich werde mit ihr darüber sprechen.“ Irgendwann in den letzten Minuten hatte Cathleen ihre Entscheidung getroffen. „Ich weiß zwar noch nicht, wie ich es meiner Familie beibringen soll“, erklärte sie, „aber ich würde Ihr Angebot gern annehmen.“

Keith ließ sich seine Erleichterung nicht anmerken. Er tat sehr gelassen, als sie das Geschäft mit einem Handschlag besiegelten. „Ich zahle Ihnen ein gutes Gehalt, und ich erwarte, dass Sie gute Arbeit dafür leisten“, sagte er beiläufig.

„Das werde ich tun“, versprach sie. „Ich bin Ihnen dankbar, dass Sie mir eine Chance geben.“

„Ich werde Sie daran erinnern, wenn Sie sich über das Durcheinander beschweren, das der letzte Buchhalter hinterlassen hat."

Cathleen brauchte einen Moment, um die volle Tragweite der Entscheidung zu erfassen, die sie gerade getroffen hatte. Aber nachdem sie das Ungeheuerliche richtig begriffen hatte, drehte sie sich lachend um sich selbst. „Ich kann es nicht glauben! Amerika! Es kommt mir vor wie ein Traum. In wenigen Tagen werde ich in einem fremden Land sein, einen neuen Job haben und mein Geld in Dollar verdienen."

Keith wollte sich eine Zigarette anzünden, unterließ es dann aber. „Das Geld scheint Sie am meisten zu reizen", bemerkte er. „Ihre Augen glänzen richtig."

„Die Aussicht, endlich richtig Geld zu verdienen, würde jeden reizen, der einmal arm war."

Mit einem Nicken stimmte Keith ihr zu. Auch er war einmal arm gewesen. Aber obwohl Geld für ihn einen gewissen Stellenwert besaß, nahm er es nicht so wichtig.

In ihrer Begeisterung hatte Cathleen bis jetzt die Realität etwas außer Acht gelassen. Jetzt fiel ihr plötzlich ein, dass man schlecht von einem auf den anderen Tag auswandern konnte. „Ich habe gar keinen Pass", meinte sie erschrocken. „Und Einwanderungspapiere und Arbeitserlaubnis für die Vereinigten Staaten muss ich auch erst beantragen. Der Papierkrieg kann Wochen dauern."

„Ich sagte Ihnen doch schon, dass ich mich um

alles kümmern werde." Er zog ein Formular aus der Tasche. „Füllen Sie diesen Vordruck aus und bringen Sie ihn mir dann in die Pension. Es ist ein Antrag für Ihr Visum. Ich habe bereits dafür gesorgt, dass er gleich morgen bearbeitet wird. Ihr Pass und alle anderen Papiere werden in zwei Tagen in Cork für Sie bereitliegen."

„Sie müssen sich Ihrer Sache sehr sicher gewesen sein."

„Sich seiner Sache sicher zu sein, zahlt sich meistens aus. Vergessen Sie nicht, mir auch zwei Passfotos mitzubringen."

„Und wenn ich Nein gesagt hätte?"

Er lächelte sie vielsagend an. „Dann hätte ich den Antrag eben weggeworfen."

Kopfschüttelnd steckte sie das Formular in ihre Hosentasche. „Aus Ihnen soll einer klug werden. Da machen Sie mir ein so großzügiges Angebot, bieten mir die Chance, auf die ich jahrelang gewartet habe, und im Grunde genommen ist es Ihnen völlig egal, ob ich Ihr Angebot annehme oder ablehne."

Er hatte nicht vergessen, mit welcher Erleichterung er ihre Zusage aufgenommen hatte. Doch er hielt es für besser, nicht über seine seltsame Reaktion nachzudenken. „Die meisten Leute nehmen einfach alles viel zu wichtig", sagte er. „Solange einem alles egal ist, kann man auch nicht enttäuscht werden."

„Wollen Sie damit sagen, dass Ihnen alles egal ist? Alles, sogar Ihre Farm?“

Es überraschte ihn, dass ihre Frage ihn nachdenklich stimmte, ihm sogar etwas unbehaglich war.

„Im Moment verdiene ich mein Geld mit dieser Farm. Außerdem lässt es sich recht angenehm dort leben. Aber ich fühle mich nicht an sie gebunden, so wie Sie beispielsweise mit diesem Hof verwurzelt sind. Ich könnte sie jederzeit aufgeben. Sie können das nicht, Cathleen. Wenn Sie Irland verlassen, wird Ihnen der Abschied wehtun, so sehr es Sie auch in die Ferne ziehen mag.“

„Das ist doch verständlich“, sagte sie leise. „Dies ist mein Zuhause. Ist es nicht normal, wenn man an seinem Zuhause hängt?“

„Manchen Menschen ist der Begriff Heimat oder Zuhause fremd. Es ist ihnen egal, wo sie leben. Sie fühlen sich nirgendwo verwurzelt.“

In diesem Augenblick spürte Cathleen deutlich, dass dieser Mann niemals einen anderen Menschen ganz an sich heranlassen würde. „Es muss traurig sein, wenn man nicht weiß, wo man hingehört.“

„Nicht, wenn man bewusst so lebt“, verbesserte er sie, um gleich darauf das Thema zu wechseln. „Vergessen Sie nicht, mir noch heute Abend den ausgefüllten Antrag zu bringen. Ich will gleich morgen früh nach Cork fahren. Wir treffen uns dann in zwei Tagen dort."

„In Ordnung. Und jetzt muss ich gehen. Ich habe viel zu erledigen."

„Warten Sie. Es gibt da etwas, das wir noch hinter uns bringen sollten." Er schaute sie einen Moment an, packte sie dann bei den Armen und zog sie an sich. „Dies ist eine rein private Angelegenheit. Sie hat nichts mit unserem Abkommen zu tun."

Cathleen war so überrascht, dass sie sich zunächst nicht gegen seine Umarmung wehrte. Nach der ersten Schrecksekunde jedoch versuchte sie Keith wütend von sich zu stoßen, leider mit wenig Erfolg. Hart und ungeduldig presste er seine Lippen auf ihre.

Eigentlich hatte sie ihn kratzen und beißen, sich mit aller Kraft gegen ihn wehren wollen. Doch seine Leidenschaft erstickte jeden Widerstand in ihr. Seine Lippen waren fest. Das wusste sie bereits. Aber dass sie so heiß, so verführerisch, so leidenschaftlich sein konnten, das hatte sie nicht geahnt. Noch nie hatte sie etwas so Wunderbares erlebt. Hingerissen öffnete Cathleen die Lippen, damit er sich mehr nehmen konnte.

Keith hatte gewusst, was er wollte, war sich jedoch nicht sicher gewesen, was er von ihr erwarten durfte. Wut und Empörung hätte er ignoriert und sich einfach von ihr genommen, was er begehrte. Ihren Widerstand hätte er gebrochen und wahrscheinlich sogar Lust dabei empfunden. Er hatte sich alles in seinem Leben erkämpfen müssen, sofern er es nicht im Spiel gewonnen hatte. Tagelang hatte er sich einzureden versucht, dass Cathleen McKinnon nicht anders war als all die Frauen, die er kannte. Aber sie war anders.

Sie gab. Nachdem sie ihren Schreck überwunden hatte, erwiderte sie rückhaltlos seine Leidenschaft. Ihre fast verzweifelte Hingabe verwirrte ihn und weckte ein unsagbares Verlangen nach mehr. Ihr zitternder Körper, ihre Begierde erregten ihn. Er spürte das Feuer in ihr, spürte, dass sie sich ebenso nach ihm verzehrte wie er sich nach ihr.

Er wollte sie nehmen. Auf dem nassen Boden, der nach Regen und Erde roch, wollte er von ihr Besitz ergreifen. Er sehnte sich nach ihren Berührungen, er wollte ihre Hände auf seinem Körper spüren, seinen Namen auf ihren Lippen hören. Er wollte sehen, wie sich ihre Augen verdunkelten, wenn er sie mit seinem Körper bedeckte. Er hätte es tun können. Er fühlte, wie sie ihren Körper an seinen presste, ihre Lippen hingebungsvoll seinen Kuss erwiderten.

Er hätte es tun können. Normalerweise würde er nicht zögern, doch irgendetwas hielt ihn zurück. Sanft löste er sich von ihr und schob sie von sich. Die Hände auf ihre Schultern gelegt, beobachtete er, wie sie langsam die Augen öffnete.

Cathleen sagte nichts. Ihre Empfindungen waren so überwältigend, dass für Worte kein Raum war. Sie hatte nicht gewusst, dass sich ihr Körper völlig von Gefühlen beherrschen ließ, von Gefühlen, auf die das Denken keinen Einfluss hatte.

Jetzt wusste sie es. Wenn ihr jemand gesagt hätte, dass ihre Welt sich von einer Sekunde auf die andere verändern konnte, hätte sie gelacht. Nun glaubte sie es.

Keith sprach kein Wort, und sie nutzte sein Schweigen, um ihre Fassung wiederzugewinnen. So etwas durfte nicht noch einmal passieren. Wenn sie mit ihm nach Amerika gehen und für ihn arbeiten wollte, musste sie Distanz zu ihm wahren. Sie atmete tief durch. Die letzten Minuten hatten ihr die Erkenntnis gebracht, dass Keith Logan etwas von den Frauen und ihren Schwächen verstand. Nein, mit ihm durfte sie sich gewiss nicht einlassen.

„Sie hatten kein Recht, das zu tun." Eigentlich hätte sie ihm ihre Meinung sagen sollen, doch war sie viel zu benommen. Für einen weiteren Wutausbruch fehlte ihr einfach die Energie.

Der Kuss hatte seltsame Gefühle in ihm ausgelöst, Gefühle, die tiefer gingen als alle Empfindungen, die er bisher gekannt hatte. Doch darüber wollte er im Moment nicht nachgrübeln. „Es ging hier nicht um Recht oder Unrecht, sondern um die Befriedigung eines Bedürfnisses. Dies war ein richtiger Kuss, Cathleen. Wir beide haben ihn gewollt, vom ersten Augenblick an. Dieses Begehren mussten wir uns erfüllen, unabhängig davon, ob Sie mit mir nach Amerika kommen oder nicht."

Cathleen nickte. Sie konnte nur hoffen, dass sie nach außen hin genauso nüchtern wirkte, wie sie tat. Niemals hätte sie ihm ihre Unerfahrenheit gestanden. „Dann können wir diese Sache ja als geklärt ansehen", sagte sie beiläufig. „Ich gehe davon aus, dass eine Wiederholung sich erübrigt."

„Verlangen Sie kein Versprechen von mir. Ich könnte Sie enttäuschen." Er ging zur Tür, stieß sie weit auf, um Wind und Regen hereinzulassen und endlich wieder einen klaren Kopf zu bekommen. „Sprechen Sie mit Dee und Travis, wenn Sie heute Abend die Papiere in die Pension bringen. Und grüßen Sie Ihre Familie von mir."

Im nächsten Augenblick war er im strömenden Regen verschwunden. Cathleen wollte hinter ihm herrennen, doch seine Gestalt hatte sich im grauen Zwielicht in einen unbestimmten Schatten aufgelöst.

Ein Schatten, dachte sie, über den ich nichts weiß. Und mit diesem Unbekannten würde sie in ein fremdes Land gehen.

4. KAPITEL

Keith hatte Wort gehalten. Der Papierkrieg war so reibungslos über die Bühne gegangen, dass Cathleen drei Tage, nachdem Keith ihr den Job angeboten hatte, in Amerika war. Am Flughafen in Virginia überließ er sie der Obhut von Dees Familie und verabschiedete sich von ihr mit dem Hinweis, dass er ihr Zeit lassen wolle, um sich einzuleben und sie deshalb erst in ein paar Tagen zur Arbeit erwarte.

Cathleen hatte gehofft, dass er mehr sagen würde. Sie war töricht genug gewesen zu glauben, er würde wenigstens ein bisschen Freude darüber zeigen, dass sie in Amerika war. Zumindest ein Lächeln hatte sie sich erhofft, irgendeine nette Geste. Aber er hatte sie behandelt wie eine Angestellte, und genau das war sie ja auch. Leidenschaftliche Umarmungen würde es zwischen ihnen nicht mehr geben.

Sie wusste nicht, ob sie erfreut oder betrübt darüber sein sollte. Tatsache war, dass Keith Logan ihre Fantasie mindestens genauso stark beschäftigte wie die gesamte Reise nach Amerika.

Sie war sich bewusst, dass ihre Beziehung zu Keith ebenso risikoreich war wie ihr Neuanfang in einem fremden Land. Irgendwie konnte sie das eine schwer von dem anderen trennen und war ehrlich genug, sich einzugestehen, dass sie beides wollte. Aber da das nicht möglich war, entschied sie sich ausschließlich für das Land.

Amerika gefiel ihr auf Anhieb. Die dunklen Berge am Horizont erinnerten sie an ihre Heimat, während die dreispurigen Autobahnen und die Straßenkreuzer, die rechts und links an ihnen vorbeifuhren, für den Reiz des Neuen sorgten.

Delia, die neben Travis auf dem Vordersitz saß, drehte sich um und lächelte ihre Cousine an. „Ich kann mich noch gut daran erinnern, wie Onkel Paddy mich damals, als ich nach Amerika kam, am selben Flughafen abholte. Ich kam mir vor wie im Zirkus."

„Ich werde mich schon einleben", meinte Cathleen und schaute lächelnd aus dem Fenster. „Sobald ich mich überzeugt habe, dass dies kein Traum ist und ich wirklich hier bin."

„Ich bin Keith so dankbar, dass er dich überreden konnte, nach Amerika zu kommen. Als wir nach Irland flogen, hätte ich mir nicht träumen lassen, dass wir Familie mit zurückbringen. Ich komme mir vor wie ein Schulmädchen, das seine Freundin zum Übernachten mit nach Hause bringen darf. Das müssen wir feiern, Cathleen. Was hältst du von einer Party?“ Die Idee war kaum ausgesprochen, da war sie bereits Feuer und Flamme. „Eine richtige große Party! Was meinst du, Travis?“

„Natürlich, sehr gern sogar.“

„Du brauchst meinetwegen keine Party zu geben“, wandte Cathleen ein.

„Wenn du Dee nicht erlaubst, dir einen angemessenen Empfang zu bereiten, brichst du ihr das Herz“, meinte Travis. Sie hatten Virginia verlassen und befanden sich bereits im Staat Maryland. „Nur noch ein paar Kilometer, dann sind wir zu Hause, Liebling“, sagte er zu Dee.

Je näher sie ihrem Ziel kamen, desto aufgeregter wurde Cathleen. „Es ist so lieb von euch, dass ihr mich aufnehmen wollt. Wie kann ich es nur jemals wieder gutmachen, was ihr für mich tut?“

„Du gehörst doch zur Familie“, meinte Dee und richtete sich auf, weil sie in diesem Moment zwischen den beiden Steinsäulen hindurchfuhren, die die Einfahrt zur Farm markierten.

„Willkommen auf Royal Meadows, Cathleen. Ich hoffe, du fühlst dich wohl hier.“

Cathleen hatte nicht gewusst, was sie erwartete. Sie hatte geahnt, dass die Farm ziemlich beeindruckend sein musste, und ihre Vorstellungen wurden nicht enttäuscht. Die Sonne schien auf die geschlossene Schneedecke, auf der Millionen Eiskristalle glitzerten. Die Eiszapfen, die von den Ästen der Bäume herabhingen, ließen diese kalte weiße Winterwelt wie eine Märchenlandschaft erscheinen.

Als das Haus vor ihnen auftauchte, verschlug es Cathleen fast die Sprache. Noch nie hatte sie ein so großes, schönes Haus gesehen. Mit seinen grauen Mauern und den schmiedeeisernen Balkongittern hob es sich majestätisch vom unberührten weißen Schnee ab. „Ist das schön", sagte sie bewundernd. „Ich habe noch nie ein so wunderschönes Haus gesehen."

„Ich war auch überwältigt, als ich es zum ersten Mal sah", meinte Dee und hob Brady vorsichtig aus seinem Kindersitz.

„Onkel Paddy!", riefen Brendon und Lisa in diesem Augenblick. Eilig kletterten sie aus dem Auto, um durch den hohen Schnee auf einen untersetzten, kräftigen Mann mit grauem Haar zuzurennen.

„Geben Sie mir das Baby, Mrs. Grant", sagte Hannah. „Ich werde Ihnen eine Tasse Tee machen. Und dann legen Sie die Beine hoch. Um das Gepäck können sich die Männer kümmern."

„Machen Sie nicht so einen Wirbel, Hannah", meinte Dee und lachte glücklich, als ihr Onkel sie umarmte. „Schau, Onkel Paddy, wen wir aus

Skibbereen mitgebracht haben.“ Sie fasste ihre Cousine bei der Hand. „Erinnerst du dich noch an Cathleen McKinnon, Mary und Matthew McKinnons Tochter?“

„Cathleen McKinnon?“ Der alte Mann runzelte die Stirn. Dann hellte sich sein Gesicht plötzlich auf. „Cathleen! Als ich dich zuletzt sah, warst du noch ein Baby. Ich habe mit deinem Vater so manches Glas Whiskey getrunken. Aber daran erinnerst du dich nicht mehr.“

„Nein, aber man spricht im Dorf noch heute von Paddy Cunnane.“

„Tatsächlich?“ Er grinste vergnügt, als wüsste er genau, worüber die Leute sprachen. „Geht ins Haus, es ist kalt hier draußen.“

„Ich werde helfen, die Koffer hineinzutragen“, erbot sich Cathleen, als Dee ihre Kinderschar ins Haus brachte.

„Es wäre mir lieber, wenn du mit Dee hineingehen würdest“, sagte Travis leise, während er die ersten beiden Gepäckstücke aus dem Kofferraum nahm. „Dee ist zu stolz, um zuzugeben, dass sie müde ist. Wenn du sie bittest, dir dein Zimmer zu zeigen, strengt sie sich wenigstens nicht zu sehr an.“

Cathleen zögerte kurz, weil es ihr unangenehm war, dass andere ihr Gepäck tragen sollten. Doch dann gab sie schließlich nach. „Na gut, wenn du es unbedingt möchtest.“

„Vielleicht kannst du sie ja bitten, eine Tasse Tee mit dir zu trinken."

Ruhig und überlegen, dachte Cathleen. Diese beiden Charaktereigenschaften kamen ihr jedes Mal in den Sinn, wenn sie Travis beobachtete. Spontan beugte sie sich vor, um ihm einen Kuss auf die Wange zu geben. „Dee kann sich glücklich schätzen", sagte sie. „Keine Angst, ich werde dafür sorgen, dass sie sich ausruht." Trotzdem bestand sie darauf, wenigstens ihren Koffer selbst ins Haus zu tragen.

Im Haus war es warm und gemütlich. Die Kinder rannten bereits durch alle Räume, als wollten sie sich versichern, dass sich während ihrer Abwesenheit nichts verändert hatte.

„Du willst bestimmt zuerst nach oben gehen und dein Zimmer sehen", meinte Dee, während sie ihre Handschuhe auszog und auf den Garderobentisch in der Diele legte. Sie nahm Cathleens Arm und führte sie zur Treppe. „Hoffentlich gefällt es dir. Sobald du deine Koffer ausgepackt hast, zeige ich dir den Rest des Hauses."

Cathleen konnte nur nicken. Schon allein die riesige Eingangshalle und die breite Treppe, die ins Obergeschoss führte, ließen sie vor Staunen verstummen. Dee öffnete eine Tür und forderte sie mit einer Handbewegung auf, einzutreten.

„Dies ist das Gästezimmer." Sie schaute sich in dem großen Raum um. „Es tut mir leid, dass ich dir keinen Blumenstrauß zum Empfang hinstellen konnte."

Das Gästezimmer war mit einem dicken Teppichboden ausgelegt und ganz in Rosa gehalten. Bis auf das große Messingbett war der Raum mit alten Mahagonimöbeln eingerichtet. Über der Kommode hing ein großer Spiegel, und überall standen Gläser, kleine Bronze- und Porzellanfiguren. Zwei hohe Flügeltüren führten zu einem Balkon hinaus. Durch die duftigen Vorhänge konnte man die weiße Schneedecke sehen. Sprachlos stand Cathleen mitten im Raum. Vor Staunen vergaß sie sogar, ihren Koffer abzustellen.

„Gefällt es dir?", fragte Dee besorgt.

„Es ist das schönste Zimmer, das ich je gesehen habe. Ich weiß gar nicht, was ich sagen soll."

„Sag, dass es dir gefällt." Behutsam nahm Dee ihr den Koffer aus der Hand. „Ich möchte, dass du dich hier wohlfühlst, Cathleen. Betrachte dieses Haus als dein neues Heim. Ich weiß, wie es ist, alle Brücken hinter sich abzubrechen und in ein fremdes Land zu kommen."

Cathleen holte tief Luft. „Ich verdiene so viel Fürsorge gar nicht, Dee. Ihr seid alle so lieb zu mir, und ich habe das Gefühl, dass ich euch ausnutze."

„Du nutzt uns nicht aus, Cathleen. Im Übrigen gibst du mir doch auch etwas. Du bringst mir meine Heimat ein Stückchen näher, bist meine

Freundin. Seit Travis' Schwester vor zwei Jahren weggezogen ist, fehlt mir eine Freundin, mit der ich über alles sprechen kann. Ich habe von Anfang an gehofft, dass du die Lücke ausfüllen kannst, die sie hinterlassen hat."

„Ich freue mich, dass du das sagst. Wenn auch du etwas davon hast, dass ich hier wohne, dann ist unsere Beziehung wenigstens nicht so einseitig."

„Zerbrich dir nicht unnötig den Kopf. Es wird sich schon alles von allein geben. Und jetzt helfe ich dir, deinen Koffer auszupacken."

In ihrer ersten Nacht in Amerika träumte Cathleen von Irland, von den grünen Hügeln und dem zarten Duft des Heidekrauts. Sie sah die dunklen Berge und die Wolken, die der Wind über den Himmel trieb, den Hof ihrer Eltern mit seinen gepflügten Äckern und grünen Weiden, auf denen Kühe grasten. Im Traum sah sie ihre Mutter, der beim Abschied die Tränen über die Wangen liefen, und ihren Vater, der sie so fest an sich drückte, dass ihr die Rippen wehtaten.

Und als sie aufwachte, weinte sie um alles, was sie zurückgelassen hatte und niemals vergessen würde.

Am nächsten Morgen aber, als sie aufstand, weinte sie nicht mehr. Sie hatte ihre Entscheidung getroffen, ihren Weg gewählt. Jetzt kam es darauf an, einen starken Willen zu zeigen. Und zwar würde sie heute schon damit beginnen.

Gleich am ersten Tag wollte sie ihren neuen Job antreten.

Sie zog bewusst das schlichte Kleid aus grauem Flanell an, das ihre Mutter einmal genäht hatte. Nachdem sie das lange Haar zu einem dicken Zopf geflochten hatte, betrachtete sie sich kritisch im Spiegel. Sie sah gut aus. Seriös, wie sich das für eine Angestellte gehörte. Zufrieden ging sie nach unten.

In der Küche verabschiedete sich Dee gerade von Brendon und Lisa, die sich lautstark beklagten, dass die Ferien vorbei waren und sie wieder zur Schule gehen mussten.

„Beeil dich, Lisa“, ermahnte sie ihre Tochter, „sonst versäumst du noch den Schulbus.“ Sie küsste die beiden Kinder auf die Wange. „Onkel Paddy wird euch zur Straße fahren. Es ist kalt draußen, ihr bleibt im Auto sitzen, bis der Bus kommt.“ Sie wartete, bis die Kinder die Tür hinter sich zugeschlagen hatten, und setzte sich dann mit Cathleen an den Frühstückstisch. „Ich bin froh, dass du mir Gesellschaft leistest. Wenn ich schwanger bin, esse ich immer entsetzlich viel, und ich hasse es, allein zu frühstücken.“

„Möchten Sie Kaffee?“ Mit der Kanne in der Hand stand plötzlich Hannah hinter Cathleen.

„Ja, bitte. Vielen Dank, Hannah.“ Fragend schaute sie Dee an. „Ist Travis etwa noch nicht aufgestanden?“

„Travis ist schon seit über einer Stunde in den Ställen. Wenn er auf Geschäftsreise geht, bin ich mir nie sicher, wen er mehr vermisst, mich oder seine Pferde.“ Mit verlangendem Blick betrachtete sie Hannahs frisch gebackene Brötchen und Hörnchen, die in einem Korb auf dem Tisch standen. Schließlich gab sie der Versuchung nach und nahm sich ein Croissant. „Brendon geht inzwischen in die erste Klasse, und Lisa besucht den Kindergarten“, erklärte sie. „Nur Brady leistet mir noch Gesellschaft.“ Sie deutete auf den kleinen Jungen, der in seinem Kinderstuhl saß und zufrieden vor sich hinplapperte. „Brady ist ein so sonniges Kind“, meinte sie. „Aber nun zu dir. Was möchtest du heute tun?“

„Ich habe vor, zu Mr. Logan hinüberzufahren und meinen neuen Job anzutreten.“

„Heute schon? Du bist doch gerade erst angekommen. Keith lässt dir bestimmt ein oder zwei Tage Zeit, damit du dich hier einleben kannst.“

„Natürlich. Aber ich habe keine Ruhe, ehe ich mich nicht überzeugt habe, ob ich der Arbeit gewachsen bin, die da auf mich wartet.“

„Ich kann mir nicht vorstellen, dass Keith Logan jemanden einstellt, der seinen Job nicht beherrscht.“

„Sicher verstehe ich etwas von meiner Arbeit, aber ich muss doch ziemlich umdenken. Ich bin nicht einmal mit der Währung vertraut. Wenn ich mich erst einmal eingearbeitet habe, wird mir wohler sein."

Dee hatte nicht vergessen, wie nervös sie damals gewesen war, als sie nach Amerika kam. Auch sie wollte allen und sich selbst beweisen, dass sie es schaffen würde, dass sie etwas leisten konnte. „Okay, ich werde dich nach dem Frühstück hinüberfahren", versprach sie.

„Das kommt überhaupt nicht infrage", wandte Hannah ein. „Paddy kann Miss McKinnon fahren."

Dee zog hinter Hannahs Rücken eine Grimasse, fügte sich dann aber. „Ich habe in meinem eigenen Haus nichts mehr zu sagen", klagte sie. „Wenn ich zu den Ställen gehe, lässt Travis mich vom Personal beobachten. Als ob ich noch nie ein Kind auf die Welt gebracht hätte."

„Zwillinge kommen meistens zu früh, das weißt du doch."

„Je früher, desto besser." Sie lächelte. „Nun ja, ich werde zu Hause bleiben und mich mit den Vorbereitungen für die Party befassen. Und dann werde ich ein wenig mit Brady spielen, nicht wahr, Liebling?"

Brady quietschte vergnügt und klatschte mit beiden Händchen in seinen Haferbrei.

„Aber zuerst muss ich ihn baden."

„Lass mich das machen", erbot sich Cathleen und stand auf, um den Kleinen aus seinem Kinderstuhl zu heben.

„Wenn du auch noch anfängst, mich zu verzärteln, werde ich verrückt."

„Keine Angst, das habe ich nicht vor. Ich will mich nur mit Brady anfreunden."

Nachdem sie Brady gewaschen und umgezogen hatte, zog Cathleen sich warm an, um mit Paddy Cunnane zu Keith Logans Gestüt hinüberzufahren. Doch kaum saß sie neben Paddy im Auto, da überfiel sie die alte Nervosität, die sich immer dann einstellte, wenn sie an Keith dachte oder mit ihm zusammen war. Bis in die Fingerspitzen spürte sie die Aufregung. Dabei war es reine Zeitverschwendung, wegen diesem Mann die Nerven zu verlieren. Das versuchte sie sich jedenfalls einzureden.

Was vor ein paar Tagen an jenem stürmischen Morgen in der Scheune passiert war, war nun vorbei und vergessen. Inzwischen war er ihr Chef und sie seine Angestellte. Er verlangte, dass sie etwas leistete für ihr Geld, und sie hatte vor, seinen Erwartungen zu entsprechen. Außerdem freute sie sich auf die Arbeit. Sie war Buchhalterin, hatte einen guten Job und verdiente ein großzügiges Gehalt. In ein paar Wochen konnte sie anfangen, Geld nach Hause zu schicken, und würde trotzdem noch genug übrig behalten, um sich selbst etwas zu kaufen.

Paddy fuhr auf ein großes Schild mit dicken,

schmiedeeisernen Buchstaben zu, das sich in einem Bogen über den Fahrweg spannte. „Three Aces“, stand auf dem Schild. Drei Asse? Nachdenklich biss sich Cathleen auf die Unterlippe. Hatte Keith mit diesem Blatt die Farm gewonnen, oder hatte der frühere Besitzer das Gestüt damit verloren?

Auch hier lag dicker Schnee, und die Hügel waren noch höher. Sie sah eine alte, knorrige Weide, die im Sommer vielleicht anmutig wirken mochte, im Augenblick jedoch mit ihren kahlen Zweigen gespenstisch aussah. Bald darauf konnte Cathleen das Haus erkennen, und wieder musste sie staunen. Sie hatte geglaubt, dass das Anwesen der Grants durch nichts zu übertreffen war. Doch da hatte sie sich getäuscht.

Keiths Haus hatte ein Kuppeldach wie ein Schloss und französische Sprossenfenster. Die kreisförmige Auffahrt führte um eine kleine Insel herum, auf der im Sommer wahrscheinlich viele Blumen wuchsen, im Moment aber war sie mit unberührtem Schnee bedeckt.

„Gibt es wirklich Leute, die in solchen Häusern wohnen?“, sagte Cathleen halblaut zu sich selbst.

„Cunningham, der Mann, dem dieses Anwesen früher gehörte, hielt sich immer für etwas Besseres“, meinte Paddy, der ihre Worte gehört hatte. „Er steckte mehr Geld in seine Villa als in die Ställe und die Farm. Sogar einen Swimming-Pool ließ er sich in sein Haus einbauen."

„Das ist doch nicht möglich."

„Doch. Der Pool befindet sich mitten im Haus. Ruf mich an, wenn du hier fertig bist, Cathleen. Ich hole dich dann wieder ab."

„Das ist lieb von dir, Onkel Paddy."

Es kostete sie einige Überwindung, die Tür des Jeeps aufzustoßen und auszusteigen. Zögernd ging sie die Stufen zum Eingang hinauf. Und was für ein beeindruckender Eingang das war! Die Haustür war so groß wie ein Scheunentor und über und über mit Schnitzereien bedeckt. Vorsichtig strich Cathleen über das polierte Holz. Dann betätigte sie den schweren Messingklopfer.

Die Tür wurde von einer zierlichen, dunkelhaarigen Frau mit großen, ausdrucksvollen Augen geöffnet. Cathleen holte tief Luft und straffte die Schultern. „Ich bin Cathleen McKinnon, die neue Buchhalterin."

Die Frau betrachtete sie einen Augenblick lang und trat zur Seite. Cathleen schaute sich noch einmal nach Onkel Paddy um, brachte ein unsicheres Lächeln zustande und betrat dann entschlossen das Haus.

Ach du liebe Zeit, dachte sie, als sie der Frau in einen lichtdurchfluteten Innenhof folgte. Noch nie in ihrem Leben hatte sie etwas Ähnliches gesehen. Durch hohe Fenster schien die Sonne auf üppig wuchernde Grünpflanzen. Auf halber Höhe befand sich eine breite Galerie mit einem polierten Holzgeländer, das ebenso wie die Haustür mit reichen Schnitzereien versehen war. Unschlüssig ging Cathleen ein paar Schritte in den Raum hinein.

„Ich werde Mr. Logan sagen, dass Sie hier sind."

Cathleen nickte. Der für sie fremde spanische Akzent der Frau trug nicht dazu bei, dass sie sich ein wenig sicherer fühlte. Am liebsten hätte sie sich weit fort gewünscht. Die ganze Situation erschien ihr so unwirklich wie in einem Film.

„Zieht Sie die Arbeit hierher, oder haben Sie Sehnsucht nach mir gehabt?"

Sie wandte sich um. Keith trug ein Sporthemd, Jeans und Cowboystiefel und lächelte sie mit jenem halb belustigten, halb überheblichen Lächeln an, das sie noch so gut in Erinnerung hatte. Schlagartig kehrte ihre Selbstsicherheit zurück. Zuversicht war ihre beste Verteidigung. „Meine Sehnsucht beschränkt sich aufs Arbeiten und Geldverdienen", erwiderte sie kühl.

Cathleens Wangen waren von der Kälte gerötet, und ihre blauen Augen blitzten. Ihre Haltung verriet Entschlossenheit und Tatkraft. Als er sie so mitten in dem großen Raum stehen sah, zweifelte Keith keinen Augenblick an ihrem Durchsetzungsvermögen. „Ich sagte Ihnen doch, Sie können sich ruhig Zeit lassen, bevor Sie mit der Arbeit hier anfangen."

„Das wollte ich nicht. Ich möchte mir meinen Aufenthalt von Anfang an selbst verdienen."

„Schön. Dazu haben Sie hier reichlich Gelegenheit." Mit einer Handbewegung bedeutete er ihr, ihm zu folgen. „Morita, mein letzter Buchhalter, brachte dreißigtausend Dollar auf die Seite, bevor er ins Kittchen ging. Dazu musste er natürlich die Bücher fälschen. Ihre erste Aufgabe ist es, sie wieder in Ordnung zu bringen. Gleichzeitig müssen Sie die Lohnabrechnungen erledigen und die laufenden Rechnungen bezahlen."

„Kein Problem", sagte sie und fragte sich im Stillen, woher sie ihre Zuversicht nahm.

Keith öffnete eine Tür und ließ sie eintreten. „Dies ist Ihr Arbeitszimmer. Ich hoffe zwar, dass Sie mich nicht mit Fragen belästigen werden, aber falls Sie doch einmal irgendetwas wissen möchten, können Sie Rosa jederzeit über die Sprechanlage erreichen. Sie wird sich dann mit mir in Verbindung setzen. Schreiben Sie mir auf, was Sie brauchen, und ich werde Ihnen alles besorgen."

Cathleen nickte. Wieder konnte sie nur staunen. Ihr neues Büro war so groß wie O'Donnelys gesamtes Lager. Die antiken Möbel und der Teppich hätten aus einem Palast stammen können. Entschlossen, sich ihre Verwunderung nicht anmerken zu lassen, ging sie zum Schreibtisch. Keith hatte nicht übertrieben. Sie sah auf den ersten Blick, dass hier ein heilloses Durcheinander herrschte. Cathleen atmete auf. Zum ersten Mal, seit sie das große Haus betreten hatte, kam ihr etwas vertraut vor.

Keith ging hinter den Schreibtisch und fing an, nacheinander alle Schubladen aufzuziehen. „Hier finden Sie Briefmarken, Briefbögen, Arbeitspapier, Scheckbücher. Seit der unglücklichen Angelegenheit mit Morita darf kein Schriftstück ohne meine Unterschrift rausgehen."

„Wenn Sie diese Maßnahme schon früher getroffen hätten, wären Sie jetzt um dreißigtausend Dollar reicher."

„Danke für den Hinweis." Er erwähnte nicht, dass Morita zehn Jahre lang für ihn gearbeitet hatte, auch schon, als es ihm noch nicht so gut ging wie jetzt. „Solange nichts unerledigt bleibt, können Sie sich Ihre Arbeit einteilen, wie Sie es wollen. Rosa wird Ihnen mittags Lunch machen. Es bleibt Ihnen überlassen, ob Sie ihn hier oder im Esszimmer einnehmen. Ab und zu werde ich Ihnen beim Essen Gesellschaft leisten."

„Sind Sie den ganzen Tag unterwegs?"

„Ich bin meistens in den Ställen oder irgendwo auf der Farm." Er lehnte sich an die Schreibtischplatte. „Sie scheinen schlecht geschlafen zu haben."

„Oh, nein, ich ..." Automatisch strich sie sich über die dunklen Ringe unter den Augen. „Es ist wahrscheinlich der Zeitunterschied."

„Fühlen Sie sich wohl bei den Grants?"

„Ja, sie sind alle sehr lieb zu mir."

„Die Grants sind außergewöhnliche Menschen. Man findet solche Leute nicht oft."

„Sie sind ganz anders als Travis." Dies hatte sie nicht sagen wollen. Hastig versuchte sie zu erklären, was sie meinte. „Bei Ihnen weiß man nie, woran man ist. Sie haben etwas Gefährliches an sich."

„Dann passen Sie auf, dass Sie mir nicht zu nahe kommen. Ich könnte sonst auch Ihnen gefährlich werden."

„Das habe ich bereits gemerkt", meinte sie beiläufig und griff nach dem erstbesten Stapel Papier, der auf dem Schreibtisch lag. Doch bevor sie die Papiere aufnehmen konnte, schlossen sich Keiths Finger um ihr Handgelenk.

„Wollen Sie mich provozieren, Cathleen?"

„Nein, aber ich könnte mir vorstellen, dass dazu nicht viel gehört."

„Richtig. Vielleicht sollte ich Sie warnen. Ich neige zu Temperamentsausbrüchen. Zu gefährlichen Temperamentsausbrüchen."

„Ich werde es mir merken", meinte sie und lächelte belustigt. Sie wollte ihm ihre Hand entziehen, doch anstatt sie loszulassen, umschloss er ihr Handgelenk noch fester.

„Da wir gerade davon sprechen, möchte ich

noch eine Warnung hinterherschicken. Es wird Ihnen sowieso zu Ohren kommen. Wenn ich eine Frau begehre, dann finde ich immer Mittel und Wege, sie zu bekommen."

Dies war keine Warnung. Cathleen spürte deutlich, dass sich hinter seinen Worten eine Drohung verbarg. Unter seinen Fingern beschleunigte sich ihr Pulsschlag. Trotzdem hielt sie seinem Blick stand. „Das wusste ich längst, Mr. Logan. Die Erklärung hätten Sie sich sparen können. Ich kann Ihnen versichern, dass ich nicht vorhabe, Ihr Begehren zu reizen."

„Zu spät." Lächelnd ließ er ihr Handgelenk los. „Ich finde Sie so attraktiv, um mit Ihnen im Mondschein zu tanzen, so begehrenswert, um Sie im alten Geräteschuppen zu küssen, und so leidenschaftlich, um mit Ihnen zu schlafen."

Cathleen erschauerte, wusste aber nicht genau, weshalb. Einerseits hatte sie Angst, andererseits sehnte sie sich nach seinen Zärtlichkeiten. „Mit solchen Schmeicheleien können Sie einer Frau gewiss den Kopf verdrehen, Mr. Logan. Sagen Sie, haben Sie mich nach Amerika gebracht, um mit mir zu schlafen, oder wollen Sie, dass ich Ihre Bücher in Ordnung bringe?"

„Beides", erwiderte er. „Aber zuerst werden wir uns mit dem geschäftlichen Teil befassen."

„Wir werden uns ausschließlich mit dem geschäftlichen Teil befassen. Und jetzt würde ich gern mit der Arbeit anfangen."

„Gut." Aber anstatt zu gehen, strich er mit den Händen über ihre Arme. Cathleen zuckte zusammen, wich jedoch nicht zurück. Diesmal würde sie ihm keinen Widerstand entgegensetzen. Sie hatte mit einem leidenschaftlichen Kuss gerechnet, doch er küsste sie nur flüchtig auf die Wange.

Seit seiner Rückkehr hatte Keith an nichts anderes denken können als an sie, an ihr Lächeln, an ihre warme Stimme, an jenen wunderbaren Augenblick, als er Cathleen in den Armen gehalten und geküsst hatte. Er wusste, er konnte sie haben. Ihre leidenschaftliche Reaktion hatte keinen Zweifel daran gelassen. Sie begehrte ihn ebenso wie er sie. Selbst jetzt, bei diesem flüchtigen Kuss, beschleunigte sich ihr Atem. Er hatte noch nie eine so leidenschaftliche Frau gekannt. Jetzt, da sie hier in seinem Haus war, wusste er, dass er nicht eher ruhen würde, bis sie ihm ganz gehörte.

Aber er wollte, dass sie zu ihm kam. Das verlangte sein Stolz. Deshalb beschränkte er sich darauf, spielerisch mit den Lippen ihre Wangen zu berühren. Er wusste genau, dass er sie damit erregte. Und er wusste auch, dass dieses Spiel ihn langsam um den Verstand brachte.

„Ob Sie es wollen oder nicht", flüsterte er und knabberte dabei an ihrem Ohrläppchen, „ich werde mein Ziel erreichen."

Cathleen hatte die Augen geschlossen. Wie war es möglich, so verzweifelt zu begehren, was man nicht haben durfte? Sie legte die Hand auf seine Brust, um ihn abzuwehren. „Sie scheinen es gewohnt zu sein, Ihr Ziel zu erreichen, Mr. Logan. Ich will ja gar nicht abstreiten, dass ich etwas für Sie empfinde. Aber ich bin nicht hierher gekommen, um mich mit Ihnen auf ein Abenteuer einzulassen."

„Vielleicht nicht", sagte er leise. „Ich kann sehr geduldig sein, Cathleen. Es kommt nicht nur darauf an, die richtigen Karten zu haben, man muss auch wissen, in welchem Moment man sie zeigt." Nachdenklich strich er über ihr Haar. „Früher oder später werden wir die richtigen Karten offen auf den Tisch legen. Und jetzt überlasse ich Sie Ihrer Arbeit."

Cathleen wartete, bis er die Tür hinter sich geschlossen hatte, bevor sie langsam tief durchatmete. Trotz seines arroganten Verhaltens musste sie lächeln. Kopfschüttelnd setzte sie sich in den weichen Ledersessel hinter dem Schreibtisch. In einem Punkt hatte Keith recht. Irgendwann mussten sie beide mit offenen Karten spielen. Das Problem dabei war, dass Cathleen befürchtete, dieses Spiel zu verlieren – selbst wenn sie es gewann.

5. KAPITEL

Schon nach einer Woche hatte Cathleen sich so gut eingelebt, dass ihr der neue Tagesablauf zu einer angenehmen Gewohnheit geworden war. Morgens half sie Dee mit den Kindern und fuhr nach dem Frühstück mit einem geliehenen Auto nach Three Aces, wo sie um neun Uhr hinter ihrem Schreibtisch saß.

Keiths Buchhaltung als heilloses Durcheinander zu bezeichnen, wäre stark untertrieben gewesen. Und untertrieben war auch ihre Einschätzung, was sein Vermögen betraf. Während sie über den Büchern saß und Zahlen kontrollierte, versuchte sie die fantastischen Summen als einfache mathematische Größen zu sehen.

Nur selten wurde sie bei der Arbeit gestört. Mittags stellte Rosa ihr schweigend das Essen auf den Schreibtisch, sodass sie ihre Arbeit nicht unterbrechen musste. Am Ende der ersten Woche hatte sie so viel erledigt, dass sie zufrieden mit sich sein konnte. Auf einer kleinen elektrischen Schreibmaschine tippte sie ihren ersten Bericht, den sie, gewissenhaft wie sie war, Keith vorlegen wollte, bevor sie nach Hause ging. Da sie keine Ahnung hatte, wo er sich aufhielt, ging sie zunächst einmal in den Innenhof, um Rosa zu suchen.

Sie hätte die Haushälterin natürlich auch über die Sprechanlage erreichen können, aber sie hatte sich mit dem albernen Ding noch nicht anfreunden können. Unschlüssig blieb sie einen Augenblick stehen und versuchte, sich zu orientieren. Da ihr niemand das Haus gezeigt hatte, kannte sie sich nicht aus. Schließlich schlug sie die Richtung ein, in der sie die Küche vermutete.

Die vielen geschlossenen Türen, an denen sie vorbeikam, machten sie neugierig. Am liebsten hätte sie eine nach der anderen geöffnet, um einen Blick in die Räume zu werfen. Sie hörte ein Geräusch, das wie das Brummen einer Küchenmaschine klang. Vielleicht war es die Geschirrspülmaschine. Also musste hier irgendwo die Küche sein und wahrscheinlich auch Rosa.

Diese Frau war ihr ein Rätsel. Sie sprach fast nie und schien immer genau zu wissen, wo sich Keith gerade aufhielt. Obwohl sie ihn mit Mr. Logan ansprach, spürte Cathleen, dass die förmliche Anrede aufgesetzt war. Es musste irgendeine Beziehung zwischen den beiden geben. Vielleicht hatten sie ein Verhältnis miteinander. Der Gedanke gefiel ihr gar nicht. Energisch versuchte sie ihn zu verdrängen.

Es war nicht die Küche, die sie im südlichen Teil des Hauses fand. Nachdem sie eine Flügeltür geöffnet hatte, stand sie plötzlich in einem tropischen Paradies. Durch ein Glasdach flutete Sonnenlicht in den Raum und brach sich im Wasser des blauen Swimming-Pools. In riesigen Blumenkübeln wuchsen Bäume, wie sie sie noch nie gesehen hatte, und Blumen, unzählige bunte, duftende Blumen. Es war dieser Blumenduft, der sie magnetisch anzog. Durch die Fenster blickte man in die kahle weiße Winterlandschaft hinaus, und hier drinnen blühten Blumen! Es ist herrlich, dachte Cathleen und lächelte beglückt.

Aus halb geschlossenen Augen beobachtete Keith sie. Wie frisch und unberührt Cathleen aussah. Die Sonne fiel auf ihr Haar und ließ es rötlich schimmern. Sie hatte es im Nacken zusammengebunden, so wie damals in Irland, als er sie in Mrs. Malloys Küche überraschte. Er sah, wie sie die Hand nach einer Blume ausstreckte, als könne sie kaum der Versuchung widerstehen, sie abzupflücken. Doch anscheinend traute sie sich nicht, die Blüte zu berühren, denn sie zog ihre Hand wieder zurück, um stattdessen nur vorsichtig an der Blume zu riechen. Ihr leises, entzücktes Lachen verriet ihm, dass sie sich völlig allein glaubte.

Die irische Rose hat also eine Schwäche für Blumen, dachte er, während er beobachtete, wie sie den Kopf schüttelte und sich verwundert umschaute. Und für Geld. Warum auch nicht? Er wäre der Allerletzte gewesen, der ihr daraus einen Vorwurf machte. Höchstens konnte er ihr vorwerfen, dass in ihrer Gegenwart an ein entspannendes Bad im Whirlpool nicht mehr zu denken war.

„Wollen Sie schwimmen gehen, Cathleen?"

Als sie seine Stimme hörte, fuhr sie herum. Sie hatte das Brummen ganz vergessen. Jetzt sah sie, wo es herkam – und dass Keith sich genau dort befand. Noch ein Swimming-Pool? dachte sie. Nein, dazu war das Ding zu klein. Es musste eine von diesen riesigen Badewannen sein, die das Wasser mit Düsen durcheinander wirbelten, bis es blubberte und schäumte. Es war bestimmt angenehm, in so einem Whirlpool zu sitzen.

„Wollen Sie mir Gesellschaft leisten?"

Cathleen zuckte die Schultern. Sein jungenhaftes Lachen verriet ihr, dass er nur Spaß machte. „Danke, aber ich will in ein paar Minuten nach Hause fahren. Ich habe Sie gesucht, um Ihnen meinen ersten Bericht zu bringen."

Keith nickte und deutete dann auf einen weißen Korbstuhl, der neben dem Whirlpool stand. „Setzen Sie sich."

Nur zögernd kam Cathleen seiner Aufforderung

nach. „Sie können es sich vielleicht leisten, Ihre Zeit totzuschlagen, aber ich habe noch eine Menge zu erledigen."

Keith streckte die Arme auf dem Beckenrand aus. Er verzichtete darauf, zu erwähnen, dass er schon im Morgengrauen aufgestanden war und den ganzen Tag auf der Farm gearbeitet hatte. „Ihr Feierabend fängt erst in ein paar Minuten an, Cathleen. Also, wie stehen meine Finanzen?"

„Sie sind ein reicher Mann, Mr. Logan. Ehrlich gesagt ist es mir ein Rätsel, wie das bei Ihrer unmöglichen Buchhaltung möglich ist. Ich habe mich übrigens ein wenig informiert und mir ein neues System ausgedacht." In Wahrheit hatte sie sich zwei Nächte um die Ohren geschlagen, um sämtliche Fachliteratur zu lesen, die sie bekommen konnte. „Ich schätze, dass am Ende nächster Woche sich alles so weit eingespielt haben wird, dass es keine Schwierigkeiten mehr geben kann."

„Das freut mich zu hören. Warum erklären Sie mir nicht Ihr neues System?"

Es war Cathleen peinlich, seine muskulösen nackten Schultern anzuschauen. Krampfhaft bemühte sie sich, einen festen Punkt über seinem Kopf anzustarren. Dies war kein Ort, an dem sie lange bleiben durfte, zumal ihre Gedanken ständig vom Thema abschweiften. „Es steht alles in meinem Bericht", erklärte sie. „Wenn Sie aus dieser Badewanne steigen würden, könnten Sie einen Blick darauf werfen."

„Wie Sie wollen."

Keith stellte die Massagedüsen ab und stand auf. Cathleen wurden vor Schreck die Knie weich. Wie hätte sie auch ahnen können, dass er ohne Badehose im Whirlpool saß? Zum Glück besaß er wenigstens so viel Anstand, sich ein Handtuch um die Hüften zu schlingen. „Sie haben wohl überhaupt keine Hemmungen, Keith Logan?", bemerkte sie tadelnd.

„Nicht im Geringsten", erwiderte er lachend.

„Wenn Sie vorhatten, mich zu schockieren, dann muss ich Sie enttäuschen. Wie Sie wissen, bin ich mit vier Brüdern groß geworden und …" Um ihre Worte zu unterstreichen, schaute sie ihn gewollt gleichgültig an. Dabei fiel ihr Blick auf eine dunkelrote Prellung unterhalb seiner Rippen. „Sie haben sich verletzt", sagte sie erschrocken. Sofort war sie an seiner Seite, um die Wunde vorsichtig zu berühren. „Oh, das sieht aber gar nicht schön aus." Behutsam strich sie über seine Rippen. „Wenigstens haben Sie sich nichts gebrochen."

„Bis jetzt nicht", murmelte er. Er stand ganz still. Die Belustigung, mit der er sie eben noch beobachtet hatte, war verflogen. Ihre Finger fühlten sich so angenehm auf seiner Haut an, ihre Berührung war so sacht. Er hatte fast das Gefühl, dass sie sich Sorgen um ihn machte. Keith Logan konnte sich nicht erinnern, wann sich zuletzt jemand um ihn gesorgt hatte.

„Die Wunde wird morgen noch schlimmer aussehen", meinte sie mitfühlend. „Sie sollten eine Heilsalbe auftragen." Plötzlich merkte sie, dass ihre Hand auf seiner harten und nassen Brust lag. Hastig zog sie die Hand zurück und versteckte sie hinter ihrem Rücken. „Wie ist das passiert?"

„Das Füllen, das ich in Irland gekauft habe, hat mich getreten."

„Vielleicht fühlt es sich zu eingeengt in seiner Box. Sie sollten ihm mehr Freiraum lassen."

„Das werde ich tun", erwiderte er. „Ich habe den größten Respekt vor dem irischen Temperament."

„Der ist auch angebracht. Wenn Sie jetzt den Bericht lesen würden, könnte ich Ihnen noch Ihre Fragen beantworten, bevor ich gehe."

Keith nahm die sauber getippten Bogen in die Hand. Cathleen räusperte sich unsicher und schaute zum Fenster hinaus, das von dem heißen Dampf, der aus dem Whirlpool aufstieg, ein wenig beschlagen war. Dabei nahm sie die weiße Winterlandschaft draußen vor dem Fenster gar nicht wahr. Sie sah noch immer Keith vor sich, seine nackten Arme, die nasse, glänzende Haut, unter der sich harte Muskeln abzeichneten, die schmalen Hüften und die kräftigen Oberschenkel. Sie hätte ihn schlagen können für das Begehren, das er in ihr weckte.

„Aus Ihrem Bericht geht alles hervor, was ich wissen muss. Sie verstehen etwas von Ihrem Job. Aber das war von Anfang an klar, sonst hätte ich Sie gar nicht eingestellt." Nein, er hätte sie nicht als Buchhalterin eingestellt, wenn sie unfähig gewesen wäre. Aber er hätte sich etwas anderes einfallen lassen, um sie nach Amerika zu bringen. „Wissen Sie schon, was Sie mit Ihrem ersten Gehalt machen werden?"

„Oh, ja." Sie hatte sich genügend unter Kontrolle, um ihn anzulächeln, wobei sie jedoch darauf achtete, ihren Blick nicht von seinem Gesicht abzuwenden. Die Hälfte des Geldes würde sie noch diesen Monat ihren Eltern überweisen, und was sie von dem Rest alles kaufen konnte, wagte sie sich gar nicht auszumalen. „Wenn Sie befriedigt sind, kann ich ja jetzt gehen."

„Ich bin alles andere als befriedigt", sagte Keith leise. „Haben Sie schon einmal daran gedacht, wie viel interessanter Ihr Job wäre, wenn Sie mehr von der Materie verstehen würden? Wenn Sie zum Beispiel die Ställe und die Pferde sehen oder ein Rennen besuchen könnten?"

„Nein." Sie dachte einen Augenblick nach. Eigentlich war der Gedanke gar nicht so schlecht. „Aber vielleicht haben Sie recht."

„Eins meiner Pferde nimmt morgen an einem

Rennen teil. Warum kommen Sie nicht einfach mit und schauen sich einmal an, womit ich mein Geld verdiene?“

„Ich soll zu einem Pferderennen gehen?“ Nachdenklich biss sie sich auf die Unterlippe. „Kann ich da auch wetten?“

Er lachte. „Natürlich. Ich werde Sie morgen früh um acht Uhr abholen.“

„Gut. Und jetzt muss ich gehen. Auf Wiedersehen.“ Sie ging zur Tür, drehte sich jedoch im Hinausgehen noch einmal um. „Sie sollten Ihre Verletzung mit Zauberstrauch-Tinktur behandeln.“

Aufgeregt lief Cathleen im Wohnzimmer auf und ab. Heute war nicht nur ihr erster freier Tag, sondern sie würde auch zum ersten Mal zu einem Pferderennen gehen. Sie würde interessante Leute sehen und neue Eindrücke sammeln. Und weil sie Wert darauf legte, an diesem besonderen Tag hübsch auszusehen, hatte sie sich sorgfältig zurechtgemacht. Nicht für Keith. Oh nein! Es gab ihr einfach ein sicheres Gefühl, zu wissen, dass sie gut aussah.

Als sie Keiths Wagen die Auffahrt heraufkommen hörte, rannte sie aus dem Haus, blieb aber sekundenlang überrascht vor der Tür stehen und betrachtete verblüfft den feuerroten Sportwagen. Sie hatte gar nicht gewusst, dass Keith ein solches Auto fuhr. Ihre Brüder würden staunen, wenn sie ihnen das schrieb.

„Sie sind pünktlich", bemerkte Keith, als sie neben ihm einstieg.

„Ich bin aufgeregt", gestand sie ihm lachend. „Ich war noch nie bei einem Pferderennen." Sie betrachtete das Armaturenbrett des Wagens. „Mein Gott, all die vielen Instrumente! Man muss ja ein Ingenieur sein, um dieses Ding zu fahren."

„Wollen Sie es versuchen?"

Sie warf ihm einen schnellen Seitenblick zu. Er schien es tatsächlich ernst zu meinen. Die Versuchung, sein Angebot anzunehmen, war groß. Doch dann fiel ihr der Verkehr ein, der auf der Autobahn geherrscht hatte, als sie vom Flughafen gekommen waren. „Lieber nicht", meinte sie. „Ich will erst einmal zuschauen." Sie lehnte sich in ihren Sitz zurück. Nachdem sie sich einen Moment dem berauschenden Gefühl der Geschwindigkeit hingegeben hatte, schaute sie Keith prüfend von der Seite an. „Sind Sie denn warm genug angezogen?", fragte sie mit einem Blick auf seine Jeans und das Jackett. „Es ist ziemlich kalt draußen."

„Keine Sorge, ich habe genug an", meinte er lächelnd. „Und jetzt erzählen Sie mir, was Ihnen bisher am besten in Amerika gefällt."

„Der Akzent, mit dem die Leute hier reden. Er klingt so charmant."

„Charmant?" Anscheinend fand er ihre Bemerkung sehr komisch, denn er lachte laut auf. Dabei legte er unwillkürlich die Hand auf seine Rippen.

„Haben Sie Schmerzen?“, fragte Cathleen sofort.

„Wie bitte? Oh, nein.“

„Haben Sie die Prellung mit Zauberstrauch-Tinktur eingerieben?“

Keith versuchte nicht noch einmal zu lachen. „Nein, ich konnte keine finden.“

„Sie hätten auch eine Salbe benutzen können, zum Beispiel dieselbe, mit der Sie Ihre Pferde behandeln. Oh, schauen Sie nur! All die kleinen Flugzeuge!“ Als er auf das Flughafengelände fuhr, schaute sie ihn fragend an. „Was wollen wir denn hier?“

„Mit einem der kleinen Flugzeuge fliegen.“

Cathleen verspürte plötzlich ein flaues Gefühl im Magen. „Aber ich dachte, wir gingen zum Pferderennen.“

„Das tun wir auch. Das Rennen findet in Florida statt.“ Keith stellte seinen Wagen ab, stieg aus und öffnete ihr die Wagentür.

Cathleen konnte ihn nur verblüfft anschauen. Viel zu aufgeregt, um etwas einzuwenden, ließ sie sich von ihm zu einer kleinen Sportmaschine führen. Die Kabine war so niedrig, dass sie beim Einsteigen den Kopf einziehen musste. Doch der Sitz, den Keith ihr zuwies, war weich und bequem. Keith setzte sich ihr gegenüber und deutete auf den Sicherheitsgurt. Nachdem sie sich angeschnallt hatte, schaltete er die Sprechanlage ein und sagte zu dem Piloten: „Wir sind so weit, Tom."

„Okay, Mr. Logan. Die Wetterverhältnisse sind gut. Nur über den Garolinas ist es etwas bewölkt."

Als der Motor angelassen wurde und das Flugzeug zu vibrieren begann, hielt sich Cathleen mit beiden Händen an der Armlehne fest. „Ist dieses Ding auch sicher?", fragte sie misstrauisch.

„Was ist schon sicher? Das ganze Leben ist ein Glücksspiel."

Sie bemerkte das vergnügte Blitzen in seinen Augen und versuchte, sich zu entspannen. Langsam setzte sich die Maschine in Bewegung, und nach wenigen Minuten schien der Boden unter ihnen wegzugleiten. Nachdem sie eine Weile fasziniert aus dem Fenster geschaut hatte, wandte sie sich an Keith. „Da wir gerade vom Glücksspiel sprechen", sagte sie, „würden Sie mir eine Antwort geben, wenn ich Ihnen eine persönliche Frage stellte?"

Keith zündete sich eine Zigarette an. „Eine Antwort würde ich Ihnen auf jeden Fall geben, aber die müsste nicht notwendigerweise der Wahrheit entsprechen."

„Haben Sie Ihre Farm wirklich beim Pokern gewonnen?"

Langsam blies er eine Rauchwolke in die Luft. „Ja und nein."

„Das ist doch keine Antwort."

„Ja, ich habe mit Cunningham gepokert – wir haben oft zusammen Karten gespielt – und er hat verdammt hoch verloren. Beim Glücksspiel sollte man immer genau wissen, wann man weiterspielen und wann man aufhören muss. Er wusste es nicht."

„Und deshalb haben Sie seine Farm gewonnen?"

Er sah ihr an, dass ihr der Gedanke gefiel. Wenn es auch nicht ganz so romantisch gewesen war, wie sie sich das vorzustellen schien. „In gewissem Sinne ja", meinte er. „Ich habe Geld von ihm gewonnen, mehr Geld, als er zu verlieren hatte. Er besaß nicht die Mittel, um mich oder seine anderen Gläubiger zu bezahlen. Letztendlich habe ich ihm die Farm spottbillig abgekauft."

„Oh", sagte sie bloß. „Dann müssen Sie ja schon vorher reich gewesen sein."

„Ich hatte damals gerade eine Glückssträhne."

„Man kann doch nicht mit Glücksspiel seinen Lebensunterhalt verdienen."

„Spielen ist immer noch besser als Fußböden putzen."

Da sie ihm in diesem Punkt nicht widersprechen konnte, schwieg sie kurz. „Haben Sie schon vorher etwas von Pferden verstanden?", fragte sie schließlich.

„Ich wusste nur, dass sie vier Beine haben. Aber

Sie lernen schnell dazu, wenn diese Tiere Ihnen ein Vermögen einbringen. Wo haben Sie gelernt, Bücher zu führen?“

„Ich war schon immer gut in Mathematik. Als man uns in der Schule die Möglichkeit bot, Buchhaltung zu lernen, besuchte ich einen Kursus und fing an, die Bücher für unseren Hof zu führen. Es sprach sich schnell herum, dass ich etwas von Buchhaltung verstand, und irgendwann ergab es sich, dass ich für Mrs. Malloy zu arbeiten anfing und wenig später für Mr. O'Donnelly. Francis Duggan, dem der Gemüsemarkt gehört, führte ich auch eine Weile die Bücher. Aber weil sich sein Sohn Donald in den Kopf gesetzt hatte, mich zu heiraten und zehn Kinder in die Welt zu setzen, musste ich diesen Job aufgeben.“

„Wollten Sie Donald Duggan nicht heiraten?“

„Und mein Leben damit zubringen, Kartoffeln und Rüben zu zählen? Nein danke. Donald verfolgte sein Ziel so hartnäckig, dass mir eines Tages nur noch die Wahl blieb, ihm entweder ein blaues Auge zu verpassen oder den Job zu kündigen. Letzteres erschien mir einfacher. Warum lachen Sie?“

„Ich musste daran denken, was für ein Glück Donald Duggan hatte, dass Sie nicht mit dem Rechen auf ihn losgegangen sind.“

Mit schief gelegtem Kopf schaute sie ihn an. „Sie haben Glück gehabt, dass ich mich so gut beherrschen konnte." Entspannt lehnte sie sich in ihrem Sitz zurück. „Erzählen Sie mir etwas über das Pferd, das Sie heute im Rennen haben."

„Double Bluff ist ein zweijähriger Hengst und das geborene Rennpferd."

„Travis sagte das auch. Er meinte, Ihr Pferd sei der beste Renner, den er in den letzten zehn Jahren gesehen hat. Stimmt das?"

„Mag sein. Auf jeden Fall werde ich mich dieses Jahr mit ihm in den großen Rennen zeigen. Der Zuchthengst, von dem er abstammt, hat seinem Besitzer über eine Million Dollar an Preisen eingebracht, und seine Mutter war ein Abkömmling eines Triple-Crown-Gewinners." Er zog an seiner Zigarette, wobei Cathleen zum zweiten Mal die Narbe auffiel, die sich über seine Fingerknöchel zog.

„Sie scheinen sehr stolz auf ihn zu sein."

Keith war tatsächlich stolz auf sein Pferd, eine Tatsache, die ihn immer wieder überraschte. Er zuckte die Schultern. „Er ist ein Gewinner."

„Und was haben Sie mit dem Pferd vor, das Sie in Irland gekauft haben, das Fohlen, das Sie getreten hat?"

„Das setze ich zunächst einmal bei kleineren Rennen ein. Wenn sich meine Ahnung bestätigt, ist es in einem Jahr das Doppelte von dem wert, was ich dafür gezahlt habe."

„Und wenn Sie sich getäuscht haben?"

„Ich täusche mich nicht oft. Und wenn, hätte sich mein Besuch in Irland trotzdem gelohnt."

Unter seinem Blick wurde ihr etwas unbehaglich. „Als Spieler sollten Sie wissen, wie man mit Anstand verliert", sagte sie.

„Vom Gewinnen verstehe ich mehr."

„Woher stammt denn die Narbe, die Sie auf der Hand haben?", fragte Cathleen unvermittelt.

Er blickte nicht auf seine Hand, wie das die meisten Leute getan hätten. Ohne sie aus den Augen zu lassen, drückte er seine Zigarette aus. „Von einer zerbrochenen Bierflasche. Es war in einer Bar außerhalb von El Paso. Ich bin damals mit meinem Spielpartner wegen einer hübschen Blondine und einer Unstimmigkeit beim Kartenspiel aneinandergeraten."

„Haben Sie gewonnen?"

„Das Kartenspiel. Die Frau war es nicht wert."

„Heißt das, Sie würden sich eher wegen einer Partie Poker mit jemanden schlagen als wegen einer Frau?"

„Das kommt darauf an."

„Worauf? Auf die Frau?"

„Auf das Spiel, Cathleen. Es kommt immer auf das Spiel an."

Als Cathleen aus dem Flugzeug kletterte, betrat sie eine fremde Welt. Keith hatte ihr zwar geraten, ihren Mantel in der Kabine zu lassen, aber mit dermaßen sommerlichen Temperaturen hatte sie nicht gerechnet.

„Palmen", sagte sie staunend und fasste lachend nach Keiths Hand. „Das sind ja richtige Palmen."

„Tatsächlich?", bemerkte Keith leicht amüsiert und legte ihr den Arm um die Schultern, um sie zu dem Auto zu führen, das schon für sie bereitstand.

Cathleen bemühte sich zunächst einmal um eine gelassene Haltung, da sie ihn nicht zu weiteren Bemerkungen dieser Art herausfordern wollte. Doch nachdem sie im Wagen saß und aus dem Staunen gar nicht mehr herauskam, gab sie es auf. „Ich kann es nicht glauben", sagte sie aufgeregt. „Es ist so warm hier, und all die Blumen! Vor zwei Wochen habe ich noch Mrs. Malloys Küche geschrubbt, und jetzt fahre ich hier spazieren."

Keith hatte nicht geahnt, dass ihre kindliche Begeisterung ihm so viel Freude bereiten würde. Am liebsten wäre er stundenlang mit ihr herumgefahren, um ihr Lachen zu hören und ihre Fragen zu beantworten. Er hatte fast vergessen, dass es Menschen gab, die sich über all das freuen konnten, was er schon gar nicht mehr wahrnahm. Jetzt, da Cathleen über den weißen Sand staunte und die großen, luxuriösen Hotels bewunderte, erinnerte er sich wieder an die Spannung, die ihn gepackt hatte, als er diese Dinge zum ersten Mal sah.

Cathleen merkte sofort, dass Keith ein bekannter Mann auf der Rennbahn war. Die meisten Leute nickten ihnen zu, als sie über die gepflegte Rasenfläche zu den Ställen gingen. Ein großer Mann mit einem dicken Bauch und einem Strohhut auf dem Kopf eilte sogar auf sie zu, um Keith die Hand zu schütteln.

„Charlie Durnam, Cathleen McKinnon", stellte Keith sie einander vor. „Mr. Durnam gehört eines der größten Gestüte in Lexington."

Der Mann gab ihr die Hand und lächelte sie an. „Es ist mir ein Vergnügen, Madam, ein wirkliches Vergnügen. Logan sucht sich doch immer die hübschesten Füllen aus."

„Ich habe nicht vor, an irgendwelchen Rennen teilzunehmen, Mr. Durnam", bemerkte Cathleen. Sie fand den Diamanten an seinem Finger albern und den Schweißfilm auf seiner Stirn abstoßend. Trotzdem erwiderte sie sein Lächeln. In ihren Augen war der Mann ein harmloser Tölpel.

„Sie kommen wohl aus Irland?"

„Cathleen ist Delia Grants Cousine." Keiths Ton klang nachsichtig, aber sein Blick veranlasste Durnam, ihre Hand loszulassen.

„Na so was. Freunde der Grants sind auch meine Freunde. Großartige Leute, die Grants."

„Vielen Dank, Mr. Durnam."

„Ich will mir jetzt mein Pferd ansehen, Charlie“, sagte Keith zu Durnam. „Bis später.“

„Vergessen Sie nicht, einen Blick auf Charlie’s Pride zu werfen!“, rief Durnam ihnen hinterher. „Damit Sie mal einen richtigen Gaul sehen.“

„Was für ein komischer Mann“, meinte Cathleen.

„Der komische Mann besitzt einen der besten Rennställe des Landes und den Ruf, jungen Mädchen nachzustellen.“

Lachend schaute sie sich nach Durnam um. „Ich kann mir nicht vorstellen, dass er viel Glück bei den Frauen hat.“

„Sie würden sich wundem, wie viel Glück man sich mit zehn oder fünfzehn Millionen erkaufen kann.“ Er nickte einem Stallburschen zu. „Unsere Pferde treten heute gegeneinander an.“

Cathleen warf ihr langes Haar zurück. „Dann müssen Sie ihn eben besiegen.“

Lächelnd legte Keith ihr den Arm um die Schultern. „Genau das habe ich vor.“

Sie gingen an ein paar Ställen vorbei. Der Geruch nach Heu und Pferden war ihr ebenso vertraut wie das flaue Gefühl in der Magengrube, das sie jedes Mal überfiel, wenn sie in die Nähe eines Pferdestalles kam. Tapfer folgte sie Keith zu der Box seines Hengstes.

„Das ist Double Bluff“, sagte er.

Die Schönheit des Tieres fesselte sie zunächst. Doch als es seinen Kopf zurückwarf, erstarrte sie. „Wie groß er ist“, sagte sie. Vor Angst war ihr Mund völlig ausgetrocknet. Trotzdem zwang sie sich, noch einen Schritt näher an das Tier heranzugehen.

„Na, wirst du heute siegen?“ Lachend streckte Keith die Hand aus, um dem Hengst über die Nüstern zu streichen. Der stellte die Ohren auf und tänzelte nervös in seiner Box. „Sehen Sie, wie ungeduldig er ist? Er hasst es zu warten. Er ist ein arroganter Kerl, und ich glaube, er wird die erste Triple Crown für Three Aces gewinnen. Wie finden Sie ihn?“

„Er ist wunderschön.“ Cathleen war einen Schritt zurückgetreten. „Sie können stolz auf ihn sein.“

„Kommen Sie, wir gehen in die Box“, meinte Keith und öffnete die Tür zu dem Holzverschlag. Cathleen folgte ihm mit klopfendem Herzen. Er strich dem Tier über die Flanken. „Sie sollten erleben, wie er sich aufführt, wenn man ihm einen Sattel auflegt. Er möchte am liebsten gleich lospreschen. Er ist so ungeduldig, dass man ihn vom Starttor zurückhalten muss.“

Als hätte es seine Worte verstanden, fing das Tier wieder nervös an zu tänzeln und mit den Hufen zu stampfen. Und dann wieherte es plötzlich laut auf. Sie hörte Keith gerade noch lachen, dann nahm Cathleen gar nichts mehr wahr. Sie war vor Schreck in Ohnmacht gefallen.

Als Cathleen aufwachte, saß sie auf dem Stallboden. Jemand hatte den Arm um sie gelegt. Sie spürte, wie ihr etwas Kühles, Nasses über die Lippen rann. Sie schluckte automatisch und schlug dann die Augen auf.

„Was ist passiert?"

„Das möchte ich auch wissen." Keiths Stimme klang rau. Behutsam streichelte er ihre Wange.

„Wahrscheinlich hat sie zu viel Sonne abbekommen."

Cathleen blickte über Keiths Schulter. Sie sah einen blonden Haarschopf und das Gesicht eines jungen Mannes. Hastig griff sie die Erklärung des Stallburschen auf. „Er hat recht. Ich bin die Sonne nicht gewöhnt. Aber es geht mir schon wieder besser." Sie wollte aufstehen, doch Keith hielt sie zurück.

„Bleiben Sie sitzen", befahl er. Und an den Stallburschen gewandt, fügte er hinzu: „Vielen Dank, Bobby. Ich kann mich jetzt allein um Miss McKinnon kümmern."

„Jawohl, Mr. Logan. Seien Sie vorsichtig, Miss, und bleiben Sie im Schatten."

Cathleen war die Situation so unangenehm, dass sie einen Moment lang die Augen schloss. „Es tut mir schrecklich leid", sagte sie verlegen. „Ich weiß gar nicht, wie mir das passieren konnte."

„Gerade ging es Ihnen noch gut, und in der

nächsten Minute lagen Sie auf dem Boden." Und nichts hatte ihm jemals einen solchen Schrecken eingejagt. „Sie sind noch immer blass. Kommen Sie, wir setzen uns ein wenig in den Schatten."

Sie ließ sich von ihm beim Aufstehen helfen und wollte schon erleichtert aufatmen, als Double Bluff seinen Kopf aus der Box streckte und so laut wieherte, dass die Stalltür vibrierte.

Mit einem unterdrückten Schrei warf sich Cathleen in Keiths Arme und klammerte sich an ihn.

Keith brauchte nicht lange, um die Zusammenhänge zu erfassen. „Ach, du liebe Zeit, Cathleen, warum haben Sie mir nicht gesagt, dass Sie Angst vor Pferden haben?"

„Ich habe keine Angst vor Pferden."

„Unsinn", erwiderte er, nahm sie auf den Arm und trug sie aus dem Stall.

„Sie brauchen mich nicht zu tragen. Ich habe mich heute schon genug blamiert."

„Halten Sie den Mund." Erst als sie sich in sicherem Abstand von den Ställen befanden, setzte er sie unter einer Palme ab. „Wenn Sie mir doch nur etwas davon gesagt hätten", meinte er vorwurfsvoll. „Mir ist fast das Herz stehen geblieben vor Schreck."

„Eine Strafpredigt kann ich jetzt am allerwenigsten gebrauchen." Am liebsten wäre sie aufgesprungen und davongelaufen. Doch sie wusste, sie war noch zu unsicher auf den Beinen. Außerdem gab es nichts zu sagen. „Ich dachte, es würde mir nichts mehr ausmachen."

„Da haben Sie sich offenbar getäuscht." Weil sie noch immer so blass und verängstigt aussah, lenkte er ein. „Warum erzählen Sie mir nicht, was es mit dieser Angst auf sich hat?"

„Weil es kindisch ist."

„Ich würde es trotzdem gern erfahren."

„Wir hatten einmal zwei Ackergäule, große kräftige Tiere." Sie zögerte kurz. Schlimmer konnte es nicht mehr kommen. Sie hatte sich bereits so lächerlich gemacht, dass sie ihm ruhig die ganze Geschichte anvertrauen konnte. „Wir waren mit den Pferden auf dem Feld, als ein Unwetter aufzog. Brian spannte das eine Pferd aus, um es in den Stall zurückzuführen. Es donnerte und blitzte, und die Tiere waren schrecklich nervös. Während Joe den zweiten Gaul ausspannte, hielt ich das Tier am Zaumzeug fest und versuchte, es zu beruhigen. Es ging alles so schnell, dass ich keine Möglichkeit hatte auszuweichen. Ein Blitz musste das Tier erschreckt haben. Jedenfalls bäumte es sich plötzlich auf. Ich sehe noch heute seine Hufe über meinem Kopf." Ein Zittern lief durch ihren Körper. „Ich fiel hin, und es überrannte mich."

„Das ist ja schrecklich", sagte Keith und fasste nach ihrer Hand.

„Ich hatte Glück. Die Verletzungen waren nicht allzu schlimm. Ich kam mit ein paar gebrochenen

Rippen und Prellungen davon. Aber seit dem Tag kann ich mich nicht mehr in die Nähe eines Pferdes wagen, ohne in Panik zu geraten." Sie strich sich das Haar aus dem Gesicht. „Dee und Travis wollen mir so gern die Ställe zeigen, und ich muss jedes Mal eine neue Ausrede erfinden."

„Warum sprechen Sie nicht offen mit ihnen über Ihre Ängste? Es ist doch verständlich, dass Sie nach diesem Unfall Angst vor Pferden haben."

„Vielleicht", sagte sie seufzend und wich seinem Blick aus. Verlegen zupfte sie an einem Grashalm. „Bitte erzählen Sie ihnen nichts davon."

Er fasste sie beim Kinn und drehte ihr Gesicht so, dass sie ihn anschauen musste. Wie verletzbar sie in diesem Moment aussah. Er fand es zunehmend schwerer, ihr zu widerstehen. „Sie sollten sich nicht dauernd den Kopf darüber zerbrechen, was andere Leute über Sie denken", sagte er. „Ich weiß zum Beispiel, dass Sie als Tellerwäscherin gearbeitet haben und dass Sie beim Anblick eines Pferdes in Ohnmacht fallen. Aber ich mag Sie trotzdem."

„Wirklich?" Zögernd lächelte sie ihn an.

„Ich mag Sie sogar sehr." Er war es einfach nicht gewohnt, sich Zurückhaltung aufzuerlegen, wenn es um seine Bedürfnisse ging. Unvermittelt beugte er sich über sie. Sie wollte ihn abwehren, als sie seine Lippen auf ihrem Mund spürte. Doch statt ihn wegzustoßen, legte sie die Hand auf seine Schulter und hielt ihn fest.

Bis jetzt hatten seine Küsse sie jedes Mal aufgewühlt. Doch dieser Kuss war anders. Er beruhigte sie und gab ihr ein Gefühl von Sicherheit. Vielleicht lag es an dem sanften Druck seiner Finger in ihrem Nacken oder daran, dass ihre Lippen sich so weich unter seinen anfühlten und so angenehm prickelten.

Keith wollte sie ganz eng an sich ziehen, sie auf seinem Schoß wiegen und ihr alberne kleine Zärtlichkeiten ins Ohr flüstern. Er hatte diesen Wunsch noch nie zuvor bei einer Frau gehabt. Es war ein Bedürfnis, das ihn verunsicherte und zugleich beglückte.

Er löste sich sanft von ihren Lippen, ließ Cathleen jedoch nicht los. „Ich bringe dich nach Hause."

Da er sie so selbstverständlich duzte, beschloss Cathleen, auf die vertrauliche Anrede einzugehen. Nach all seinen Zärtlichkeiten brauchte sie wirklich nicht bei dem steifen Sie zu bleiben. Selbst wenn er ihr Arbeitgeber war.

„Nach Hause?", erwiderte sie. „Aber ich möchte doch das Rennen sehen!" Sie stand auf. „Es geht mir schon wieder besser, bestimmt, Keith, ich schwöre es dir. Wir können unmöglich zurückfliegen, ohne das Rennen gesehen zu haben. Das Biest da drüben in dem Stall wird doch sicher gewinnen, nicht wahr?"

„Ich habe eine Menge Geld auf Double Bluff gesetzt“, meinte Keith mit zuversichtlichem Lächeln.

„Dann werde ich auch auf ihn setzen.“

Lachend ergriff er ihre Hand. „Na gut. Gehen wir zu den Tribünen.“

Die Zuschauerbänke hatten sich bereits gefüllt. Es war nicht zu übersehen, dass Keith auch hier, unter dem eleganten Rennpublikum, ziemlich bekannt war. Immer wieder nickten ihm schöne junge Frauen zu. Keith erwiderte ihre Grüße freundlich, aber zurückhaltend. Von ihrem Platz in der ersten Reihe aus konnte Cathleen sehr gut das braune Oval der Rennbahn und die Rasenfläche in der Mitte sehen, auf der zwischen tropischen Blumen rosa Flamingos standen. Langsam füllten sich auch die gegenüberliegenden Tribünen.

„Möchtest du ein Bier?“, fragte Keith.

Cathleen nickte abwesend. Sie merkte kaum, dass Keith aufstand. Fasziniert beobachtete sie das Geschehen ringsum. Gerade hatte sie Durnam entdeckt, der mit einer jungen Frau sprach, die geradezu unanständig knappe Shorts trug. Während sie ihn beobachtete, fiel ihr die große schwarze Tafel im Hintergrund auf, auf der bereits die Nummern für das erste Rennen aufleuchteten.

„Du musst mir erklären, was das alles bedeutet“, bestürmte sie Keith, noch bevor er sich wieder gesetzt hatte. „Damit ich weiß, wie das mit dem Wetten funktioniert.“

„Wenn ich dir einen Tipp geben darf, dann warte bis zum dritten Rennen und setz dann auf die Nummer fünf.“

„Warum?“

„Das Pferd läuft für Royal Meadows. Es hat gute Aussichten, das Rennen zu gewinnen.“

„Wirst du auch auf dieses Pferd setzen?“

„Nein. Ich warte, bis Double Bluff läuft.“

Cathleen lehnte sich zurück, um gespannt die Ansagen für das erste Rennen zu verfolgen. „Crystal Maiden klingt hübsch“, sagte sie zu Keith.

„Mit hübschen Namen gewinnt man kein Rennen. Gib dein Geld nicht leichtfertig aus, Cathleen.“

Wieder verfolgte sie fasziniert das Geschehen. Als die Pferde zu den Starttoren geführt wurden, beugte sie sich gespannt vor. „Wie schön sie sind“, meinte sie bewundernd. Obwohl sie sich in sicherem Abstand von den Tieren befand, flößten ihr die Pferde gehörigen Respekt ein. Irgendwie war sie erleichtert, als Keith seine Hand auf ihre legte.

Unter seinen Fingern spürte er ihren heftigen Pulsschlag. Er ahnte, dass ihr Herzklopfen ebenso auf Erregung und Spannung wie auf Angst zurückzuführen war. Erneut fiel ihm ihre Widersprüchlichkeit auf. Als die Starttore geöffnet wurden, umklammerte sie seine Hand.

„Was für ein Lärm", murmelte sie, während ihr Herz fast ebenso laut hämmerte wie die Pferdehufen auf der Rennbahn. Bis zur letzten Minute verfolgte sie atemlos das Rennen.

„Das war das schönste und spannendste Schauspiel, das ich je erlebt habe", sagte sie zu Keith, als es vorüber war. Sie legte die Hand auf ihre Brust. „Ich habe noch immer Herzklopfen. Du brauchst nicht über mich zu lachen", meinte sie vorwurfsvoll, musste jedoch im nächsten Augenblick selbst lachen. „Was für ein Erlebnis! Beim nächsten Rennen will ich auf irgendein Pferd setzen."

Keith trank einen Schluck Bier. „Ich sagte dir doch, du sollst bis zum dritten Rennen warten."

Als es so weit war, bestand sie darauf, die Wette selbst zu platzieren. Sorgfältig steckte sie den Wettschein ein. Nachdem sie sich wieder neben Keith gesetzt hatte, sprach sie über nichts anderes als ihre Wette. „Es macht mir ja nichts aus zu verlieren", meinte sie lachend. „Aber gewinnen ist mir lieber." Kaum war der Startschuss gefallen, sprang sie auf und beugte sich über das Geländer. „Welches Pferd ist es?", fragte sie aufgeregt und fasste Keith bei der Hand, um ihn zu sich an die Brüstung zu ziehen.

„Das vierte auf der Innenbahn."

Eine Weile beobachtete sie das Tier und feuerte

es immer wieder an. „Es läuft gut, nicht wahr?“, rief sie erfreut, als das Pferd aufholte. „Oh, schau, es wird immer schneller!“

„Freu dich nicht zu früh, Cathleen. Das Rennen ist noch nicht entschieden.“

„Aber es holt auf!“ Lachend deutete sie auf das Pferd. „Es liegt schon auf dem zweiten Platz.“

Plötzlich schwoll der Lärm um sie herum an. Zurufe aus dem Publikum übertönten den Kommentar des Ansagers. Beides drohte im Donnern der Pferdehufe unterzugehen. Cathleen war außer sich vor Erregung.

„Es hat die Führung übernommen!“, rief sie. „Schau doch nur!“ Lachend warf sie sich in Keiths Arme. „Ich habe gewonnen!“ Sie gab ihm einen stürmischen Kuss. „Wie viel?“

„Selbstsüchtige kleine Hexe“, bemerkte er amüsiert.

„Mit Selbstsucht hat das nichts zu tun. Ich freue mich einfach, dass ich gewonnen habe. Stell dir doch nur vor, ich kann Dee erzählen, dass ich auf ihr Pferd gesetzt und gewonnen habe. Wie viel?“

„Fünfzig Dollar.“

„Fünfzig Dollar?“ Sie lachte entzückt. „Das nächste Bier gebe ich aus.“ Sie fasste nach seiner Hand. „Wann ist dein Pferd an der Reihe?“

„Im fünften Rennen.“

„Gut. Da bleibt mir ja noch ein wenig Zeit, mich etwas zu erholen.“

Sie kaufte ihm ein Bier, und weil sie so guter Stimmung war, spendierte sie sich und ihm noch zwei Hotdogs. So verschwenderisch war sie bisher nur gewesen, als sie einmal einen Tag auf der Kirmes verbracht hatte. Aber war dieses Rennen mit seinen vielfältigen Eindrücken, den Farben, den Gerüchen, dem Lärm nicht auch ein einziger großer Jahrmarkt? Als das fünfte Rennen angekündigt wurde, hatte sie einen zweiten Wettschein in der Tasche und Keiths Sonnenbrille auf der Nase.

„Ich wünsche mir so sehr, dass Double Bluff gewinnt", sagte sie und biss in ihren Hotdog. „Was ist es für ein Gefühl, ein Vollblutpferd aus einem berühmten Gestüt zu besitzen?"

„Es ist ungefähr so, wie eine teure Geliebte zu haben, die man bei Laune halten und mit Geld überschütten muss, um vielleicht mit ein paar wenigen glücklichen Momenten belohnt zu werden."

Cathleen hatte für diese Äußerung nur Verachtung übrig. „Was für ein Blödsinn."

Nachdenklich beobachtete Keith, wie sein Pferd durch das Starttor preschte. Ja, was für ein Gefühl war es? Was empfand er, der einmal ein armer Teufel aus New Mexiko gewesen war, als da unten sein mit einer sechsstelligen Ziffer bewertetes Pferd im gestreckten Galopp vorbeizog? Es war unglaublich. So unglaublich, dass er es nicht beschreiben konnte. Er wollte auch nicht darüber nachdenken. Denn wer sagte ihm, dass nicht schon morgen alles wieder verloren war?

Und wenn schon? dachte er. Er hatte bereits früh eingesehen, dass man sich nie an etwas klammern durfte. Obwohl er nicht vorgehabt hatte, Three Aces selbst zu führen, widmete er der Farm längst seinen vollen Arbeitseinsatz. Dass er an dem Anwesen hing, war auch nicht geplant gewesen. Schon seit vier Jahren lebte er jetzt auf Three Aces. Viel zu lange für einen Mann wie ihn.

Er hatte bereits daran gedacht, einen Manager einzustellen und sich abzusetzen, vielleicht einen längeren Urlaub in Monte Carlo oder San Juan zu verbringen. Aber stattdessen war er nach Irland geflogen und mit Cathleen zurückgekommen.

Das Seltsame war, dass es ihn seitdem weder nach Monte Carlo noch in irgendein anderes Spielkasino zog. Es fiel ihm immer leichter, an einem festen Platz zu bleiben und nur an eine Frau zu denken.

„Du hast gewonnen!" Plötzlich lag Cathleen an seiner Brust und umarmte ihn lachend. „Double Bluff hat mit zwei oder drei Längen gewonnen. Oh, Keith, ich freue mich so für dich."

„Wirklich?" Er hatte das Rennen, das Pferd und die Wette völlig vergessen.

„Natürlich. Ich finde es toll, dass dein Pferd gewonnen hat." Sie lächelte ihn mutwillig an.

„Schließlich hat es mir auch etwas eingebracht."

Sie konnte nicht weitersprechen, weil er sie plötzlich an sich zog, um sie hart und leidenschaftlich zu küssen. Cathleen blieb keine Zeit zum Protestieren. Seine Leidenschaft war so mitreißend, dass ihr die Knie weich wurden und sie seinen Kuss rückhaltlos erwiderte.

6. KAPITEL

Cathleen war verwirrt. Sie konnte sich Keiths Verhalten ihr gegenüber einfach nicht mehr erklären. Der Tag, den sie zusammen auf dem Rennplatz verbracht hatten, war so schön gewesen. Keith hatte sich so liebevoll um sie gekümmert. Und jetzt, da sie wieder zu Hause waren, ließ er sich kaum mehr bei ihr blicken. Seit ihrem Ausflug nach Florida hatten sich ihre Arbeitstage in eintönigem Trott aneinandergereiht. Sie sagte sich zwar immer wieder, dass dieses neue Leben ganz nach ihrem Wunsch verlief, dass sie ein gutes Gehalt bezog und täglich neue Erfahrungen sammelte, aber leider wurde sie ihre seltsame Unruhe dadurch nicht los. Immer häufiger kam es vor, dass sie die Tür anstarrte und sich wünschte, sie würde aufgehen und Keith würde eintreten.

Sie versuchte sich einzureden, dass ihre Gefühle für ihn nur oberflächlich waren. Er brachte sie zum Lachen, vermittelte ihr neue Eindrücke und konnte nett und freundlich sein, wenn ihm danach zumute war.

Jede Frau musste solch einen Mann mögen, ohne dabei gleich ihr Herz an ihn zu verlieren, ihn küssen, ohne sich sofort in ihn zu verlieben. Und doch wusste sie, dass sie viel zu oft an ihn dachte, dass Keith ihr ernsthaft gefährlich werden konnte.

Nun habe ich mich aber lange genug von Cathleen ferngehalten, dachte Keith, als er aus den Ställen kam und zum Haus ging. Er war ihr ausgewichen, weil sie seine Gefühlswelt völlig durcheinandergebracht hatte. Normalerweise war er ein nüchtern denkender Mensch, der seine Emotionen stets unter Kontrolle hatte. Jetzt verunsicherten ihn seine zwiespältigen Gefühle, die zwischen Verlangen und Zurückhaltung hin und her pendelten.

Immer wieder musste er daran denken, wie sie ausgesehen hatte, als sie auf der Tribüne stand und das Rennen verfolgte. Aufgeregt und aufregend war sie gewesen, sprühend vor Lebendigkeit, eine Frau ganz nach seinem Geschmack. Dann wieder sah er sie blass und verängstigt auf dem Stallboden sitzen, hilflos und schutzbedürftig. Keith wollte sich nie mit einer Frau belasten, die er beschützen und umsorgen musste. Und doch begehrte er Cathleen. Sie war nicht der Typ Frau, mit der man sich eine Nacht amüsierte, um sie dann zu verlassen. Trotzdem wollte er sie.

Begriffe wie Zuhause oder Verantwortung waren ihm immer fremd gewesen. Alles, was seine Freiheit einschränkte, lehnte er ab. Aber er musste Cathleen besitzen. Und er hatte sich lange genug Zurückhaltung auferlegt.

Als er ihr Büro betrat, machte sie gerade eine Eintragung ins Hauptbuch. Cathleen wusste, dass er es war, sie spürte es. Trotzdem schaute sie nicht auf, sondern zwang sich dazu, erst ihre Eintragung zu beenden, bevor sie ihn begrüßte.

„Hallo. Ich habe dich lange nicht gesehen."

„Ich war beschäftigt."

„Das dachte ich mir. Ich merke es an dem Papierkram auf meinem Schreibtisch. Ich habe gerade die Rechnung des Tierarztes vor mir liegen. Sind die Fohlen gesund?"

„Es sieht so aus."

„Und einen neuen Stallburschen hast du eingestellt."

„Um diese Dinge kümmert sich der Pferdetrainer."

Cathleen hob die Brauen. Wenn er vorhatte, sich als Gutsherr aufzuspielen, dann betrachtete sie die Unterhaltung als beendet. Sie nahm ihren Bleistift. „Falls du nicht irgendetwas Bestimmtes mit mir besprechen möchtest, würde ich jetzt gern weiterarbeiten."

„Komm mit", sagte er knapp.

„Wie bitte?"

„Ich sagte, du sollst mit mir kommen." Bevor sie protestieren konnte, hatte er sie beim Arm gefasst und von ihrem Stuhl hochgezogen. „Wo ist dein Mantel?"

„Warum? Was hast du vor?"

Statt einer Antwort drückte er ihr den Mantel in die Hand, den er zusammengelegt auf einem Stuhl entdeckt hatte. „Zieh ihn an", befahl er und zog sie zur Tür.

„Ich kann mich nicht anziehen, wenn du meinen Arm festhältst", sagte sie vorwurfsvoll, während sie versuchte, sich seinem schnellen Schritt anzupassen. Daraufhin ließ er sie zwar los, aber nur so lange, bis sie ihren Mantel übergezogen hatte. Gleich darauf fasste er sie wieder beim Arm, um mit ihr durch den Innenhof zur Haustür zu eilen. „Keith, was ist bloß in dich gefahren?", protestierte sie. „Wenn du mir etwas zeigen willst, komme ich auch freiwillig mit. Du musst mich nicht so am Arm zerren."

„Wie lange arbeitest du jetzt schon für mich?"

„Drei Wochen."

„Und in diesen drei Wochen bist du kaum aus deinem Büro herausgekommen."

„Ich bin schließlich hier, um zu arbeiten."

„Ist dir jemals der Gedanke gekommen, dass du deine Arbeit gar nicht richtig verstehen kannst, wenn du nicht weißt, wo das Geld herkommt und wo es hingeht?"

„Was gibt es da zu verstehen? Solange die Zahlen stimmen, ist doch alles in Ordnung."

Er wusste nicht, was er ihr darauf antworten sollte. Womit sollte er den Wunsch, ihr seinen Besitz zu zeigen, erklären? Er wusste ja selbst nicht genau, weshalb ihm so viel daran lag, sie einzubeziehen, ihr all das, was ihm gehörte, näherzubringen.

Cathleen strich sich eine Haarsträhne aus dem Gesicht und schaute zu ihm auf. Er wirkte verschlossen. Irgendwie schien ein Schatten über seinen Zügen zu liegen. „Hast du Sorgen?", fragte sie. „Beschäftigt dich irgendetwas?"

„Nein", erwiderte er knapp, fast abwehrend. „Ich habe keine Sorgen." Nur Bedürfnisse, fügte er im Stillen hinzu. Bedürfnisse, die ihm dermaßen zusetzten, dass er kaum mehr klar denken konnte. Was passierte mit einem Mann, dessen Gedanken sich nur noch um eine einzige Frau drehten?

Während Cathleen schweigend neben Keith herging, betrachtete sie aufmerksam ihre Umgebung. Sie sah die vielen lila Krokusse auf den nassen, zum Teil noch mit Schnee bedeckten Wiesen, die sanften Hügel, die von den letzten Strahlen der schon tief stehenden Sonne beschienen wurden. Sie betrachtete die Ställe, deren weiß gestrichenes Holz leuchtete, die Pferdekoppeln und den

Reitplatz, auf dem gerade ein junges Pferd zugeritten wurde.

„Wie schön dieses Stück Land ist“, sagte sie leise. „Bist du nicht stolz darauf, dass es dir gehört?“

Keith hatte bisher nie darüber nachgedacht. Aber jetzt, da sie ihm diese Frage stellte, blieb er stehen und schaute sich nachdenklich um. Ja, es war wirklich schön, und all das gehörte ihm. Vielleicht lag es an Cathleen, dass er langsam zu verstehen begann, warum er nach vier Jahren immer noch hier war. Er fasste sie bei der Hand. „Komm mit, ich möchte dir etwas zeigen.“

Sie kamen zu den Ställen, wo es nach Pferden und nassem Gras roch. Zu ihrer großen Erleichterung ging Keith an ihnen vorbei zu einer Pferdekoppel, wo eine Stute mit ihrem rotbraunen Fohlen stand.

„Dies ist der jüngste Bewohner von Three Aces.“

Vorsichtig näherte sich Cathleen der Umzäunung. „Sie sind so niedlich, wenn sie jung sind, nicht wahr?“ Sie überwand ihre Angst vor der Stute und beugte sich über den Zaun, um das Fohlen näher zu betrachten. Die Luft war mild, und man spürte, dass der Frühling nicht mehr weit war. Es war zwar nicht so grün hier wie in Irland, aber die Landschaft war ihr vertraut. Auf einmal fühlte sie sich richtig heimisch. Lächelnd beobachtete sie, wie das Fohlen bei der Mutter trank. „Wenn das mein Bruder Joe sehen könnte“, sagte sie. „Er liebt Tiere.“

„Fehlt dir deine Familie sehr?“

„Es ist seltsam, sie nicht mehr jeden Tag zu sehen. Ich wusste gar nicht …“ Sie zögerte. „Wenigstens bekomme ich nur gute Nachrichten von zu Hause.“ Gedankenverloren betrachtete sie das Fohlen, das auf unsicheren steifen Beinen in der Koppel herumlief. „Wenn ich morgens aufwache, denke ich jedes Mal, ich muss ins Hühnerhaus hinuntergehen. Aber hier gibt es keine Hühner.“ Das Fohlen kam an den Zaun, um sie zu beschnuppern. Ohne nachzudenken, streckte Cathleen die Hand aus und kraulte es zwischen den Ohren.

„Hättest du denn gern Hühner?“

„Ich glaube, ich kann auch ganz gut ohne Hühner leben“, erwiderte sie lachend. Erst jetzt fiel ihr auf, dass sie das Fohlen streichelte. Sofort wollte sie die Hand zurückziehen, doch Keith hielt sie fest und legte sie auf den Kopf des Fohlens zurück.

„Manchmal überwindet man seine Ängste am besten, wenn man sie in kleinen Schritten angeht“, meinte er. „Und der Kleine ist doch solch ein zutrauliches Kerlchen.“

„Vielleicht hast du recht, auch wenn ich seiner Mutter nicht so recht traue.“ Das Fohlen steckte seinen Kopf durch den Zaun und knabberte an ihrem Mantel. „Den darfst du nicht essen“, sagte Cathleen lachend. „Es ist der Einzige, den ich mitgebracht habe.“ Nach wenigen Minuten hatte das Fohlen kein Interesse mehr an ihr und ging wieder zu seiner Mutter. „Wird es einmal ein Champion werden?“, fragte Cathleen.

„Wenn ich Glück habe, ja.“

Cathleen trat von der Umzäunung zurück. Die Hände in die Manteltaschen gesteckt, schaute sie zu ihm auf. „Warum hast du mich hierher gebracht?“

„Ich weiß es nicht.“ Keith hatte vergessen, dass seine Stallburschen und Farmarbeiter ihn beobachten konnten. Als er die Hand an ihre Wange legte, dachte er nur an Cathleen. „Ist das denn so wichtig?“

War sie bereits so weit, dass eine Berührung von ihm genügte, um sie aus der Fassung zu bringen? Cathleen spürte, wie sie feuchte Handflächen bekam. „Ich glaube, ich sollte lieber ins Haus zurückgehen“, sagte sie.

„Du hast heute schon eine Angst überwunden. Warum bewältigst du nicht gleich noch eine?“

„Ich habe keine Angst vor dir.“ Die Behauptung stimmte sogar. Ihr heftiges Herzklopfen hatte nichts mit Angst zu tun.

„Vielleicht nicht“, meinte er versonnen und legte ihr die Hand in den Nacken, um sie an sich zu ziehen. Dafür hatte er Angst, Angst davor, dass ihm die Kontrolle entglitt, dass sie mit ihm machen konnte, was sie wollte.

Sie sehnte sich so nach ihm. Aber sie wollte dieser Sehnsucht nicht nachgeben. „Du darfst mich nicht noch einmal so küssen wie neulich“, wehrte sie ihn ab.

„Okay. Dann küsse ich dich eben anders.“

Spielerisch knabberte er an ihren Lippen. Sie spürte seine Zähne, die feuchte Wärme seiner Zunge. Unwillkürlich legte sie die Hand an seine Wange. Es war ihr einfach nicht möglich, seinen Zärtlichkeiten zu widerstehen. Niemals hätte sie geglaubt, dass er auch geduldig und liebevoll sein konnte. Einladend öffnete sie die Lippen. Nein, sie hatte keine Angst vor ihm. Was er ihr gab, war so überwältigend, dass sie es beglückt annahm. Seufzend legte sie den Kopf zurück, damit er sich nehmen konnte, wonach ihn verlangte.

Keith musste sich eisern beherrschen, um sie nicht auf der Stelle an irgendeinen verschwiegenen Ort zu entführen, wo sie sich gegenseitig ihre Leidenschaft beweisen konnten. Er presste seine Lippen auf ihren Mund und stellte sich vor, Cathleens nackten Körper zu streicheln, ihre weiche Wärme auf seinem Körper zu spüren. Sie schmeckte so gut, sie war so voller Leidenschaft, so voller Hingabe. Er wollte mehr als nur ihren Mund. Als sie leise aufseufzte, wusste er, dass er nicht länger warten konnte.

„Ich möchte, dass du heute Nacht bei mir bleibst“, flüsterte er und zog sie noch enger an sich.

„Ich soll bei dir bleiben?“ Sie war so benommen, dass sie den Sinn seiner Worte nicht sofort erfasste. Verträumt schaute sie ihn an. Die brennende Leidenschaft in seinem Blick erstaunte sie.

„Ja, heute Nacht. Und nicht nur heute Nacht. Verdammt, kannst du nicht endlich ganz zu mir ziehen?“

Ein erregendes Prickeln überlief sie. Sein rauer Befehl, der Ausdruck in seinen Augen hatte etwas in ihr berührt, obwohl sie im nächsten Augenblick wütend wurde. „Ich soll mit dir zusammenziehen?“ Nur mit Mühe gelang es ihr, ruhig zu bleiben. „Du willst, dass ich mit dir unter einem Dach lebe, mit dir esse, in deinem Bett schlafe und außerdem für dich arbeite?“

„Ich will dich bei mir haben. Ich wollte es vom ersten Tag an. Das weißt du ganz genau.“

„Ja, vielleicht wusste ich es. Aber ich habe mich mit dir nur auf ein Arbeitsverhältnis geeinigt.“ Sie warf den Kopf zurück, jedoch diesmal nicht aus Hingabe. Ja, sie war bereit gewesen, die Gefühle zu akzeptieren, die er in ihr weckte. Aber sie war nicht bereit, ihre Prinzipien dafür aufzugeben. „Glaubst du etwa, ich werde deine Geliebte und lasse mich von dir aushalten?“

„Ich habe doch überhaupt nicht gesagt, dass ich dich aushalten will.“

„Nein, du willst nichts geben, sondern nur nehmen. Du willst dich amüsieren, und wenn du genug hast dein Vergnügen woanders suchen. Aber sosehr ich dich auch begehren mag, Keith Logan, ich bin keine Frau, die sich dafür hergibt, die Geliebte eines Mannes zu werden." Cathleen war verletzt und gekränkt, auch wenn sie sich sagte, dass er es nicht wert war. Sie riss sich von ihm los und stellte sich angriffslustig vor ihn. „Wenn ich dich küsse, dann tue ich das, weil es mir Spaß macht. Aber ich werde nicht in deinem Haus leben und meinen und den Namen meiner Familie aufs Spiel setzen. Und jetzt muss ich arbeiten, und du gehst mir am besten aus dem Weg – falls du deinen Männern nicht erklären willst, warum sie diese Woche keinen Lohn bekommen haben."

Damit drehte sie sich um und eilte davon. Nachdenklich lehnte sich Keith an den Zaun der Pferdekoppel. Jeder andere Mann hätte es aufgegeben. Doch er beschloss abzuwarten. Irgendwann würde er dieses Spiel schon gewinnen.

Auch wenn ihr nicht nach Feiern zumute war, konnte sich Cathleen den Vorbereitungen für die Party ihrer Cousine kaum entziehen. Ihre Stimmung war auf dem Nullpunkt. Was hätte man von einem Mann wie Keith Logan anderes erwarten sollen, dachte sie, während sie einen silbernen Servierteller polierte. Hatte sie vielleicht auf eine romantische Liebeserklärung gehofft? Nein, bei ihm reichte es nur zu einem knappen Befehl: Pack deine Koffer, und beeil dich gefälligst. Aber mit ihr konnte er so nicht umspringen!

Sie drehte den Teller um und betrachtete nachdenklich einen Moment ihr Spiegelbild. Er spielte doch nur mit ihr. Hatte sie das nicht von Anfang an gewusst? Nun, was er konnte, das konnte sie schon lange. Sie würde einfach den Spieß umdrehen und zur Abwechslung einmal mit ihm spielen. Und zwar würde sie gleich heute Abend damit anfangen. Es würden genug Junggesellen zu der Party kommen, auch der, dem ihre Rachegelüste galten.

„Wie lange willst du eigentlich noch schmollen?", fragte Dee, die auf der anderen Seite des Tisches die Gläser und das Silber sortierte.

„Überhaupt nicht mehr."

„Gut. Wir haben nämlich nur noch zwei Stunden Zeit, bevor die ersten Gäste kommen. Hast du vielleicht etwas auf dem Herzen, worüber du mit mir sprechen möchtest?"

„Nein."

„Womöglich etwas, das mit deiner schlechten Laune in den vergangenen zwei Wochen zu tun hat?"

Cathleen stützte das Kinn in die Hände. „Die amerikanischen Männer sind noch unhöflicher und arroganter als die irischen."

Dee kam um den Tisch herum, um ihr die Hand auf die Schulter zu legen. „Hat Keith dich irgendwie verärgert?“

„Das kann man wohl sagen.“

Dee musste über den angriffslustigen Ton ihrer Cousine lächeln. „Ja, er hat so eine gewisse Art“, bemerkte sie hintergründig.

„Eine Art, die mir nicht zusagt.“

„Dann brauchen wir uns auch nicht den Kopf darüber zu zerbrechen“, meinte Dee leichthin. „Machen wir uns lieber für die Party zurecht.“

Cathleen nickte und stand auf. Sie sah dem Fest mit gemischten Gefühlen entgegen. Schon als Dee das Silber herausgelegt und die Kristallgläser bereitgestellt hatte, war sie misstrauisch geworden. Als dann kistenweise Champagner angeliefert wurde und der Partydienst die exotischsten Delikatessen ins Haus brachte, wurde ihr klar, dass Dee einen besonderen Abend plante. Noch nie hatte sie so viele Blumen gesehen. In großen Wannen wurden sie ins Haus geschleppt und überall kunstvoll arrangiert.

„Das reinste Irrenhaus, nicht wahr?“, meinte Dee, als sie zusammen die Treppe hinaufgingen. Sie führte Cathleen in ihr Schlafzimmer, wo sie eine große, flache Schachtel vom Bett nahm und ihr reichte. „Hier, das ist für dich.“

„Was ist das?“

„Ein Geschenk. Komm, nimm es endlich.“

„Du brauchst mir keine Geschenke zu machen."

„Ich weiß. Ich tue es auch nur, weil es mir Freude macht. Wir alle wollten dir eine Freude machen. Betrachte es als eine Art Willkommensgeschenk."

„Ich möchte ja nicht undankbar erscheinen, aber ..."

„Gut. Dann tu so, als ob es dir gefällt, auch wenn es vielleicht nicht ganz dein Geschmack sein sollte." Sie setzte sich aufs Bett und deutete auf die Schachtel „Mach sie auf. Ich bin gespannt, was du dazu sagst."

Cathleen zögerte kurz, legte aber schließlich die Schachtel aufs Bett und nahm den Deckel ab. Unter Lagen von dünnem weißen Papier schimmerte smaragdgrüne Seide. „Oh", sagte sie staunend, „was für eine herrliche Farbe."

„Willst du das Kleid nicht herausnehmen?", fragte Dee. „Ich bin so neugierig, wie es dir steht."

Mit den Fingerspitzen berührte Cathleen die Seide, bevor sie das Kleid vorsichtig aus der Schachtel nahm. Es hatte einen tiefen Ausschnitt und einen langen, engen Rock. Dee stand auf, um es ihrer Cousine anzuhalten.

„Ich wusste es", sagte sie strahlend. „Ich war sicher, dass es dir steht. Oh, Cathleen, du wirst umwerfend darin aussehen."

„Es ist das schönste Kleid, das ich je gesehen habe." Fast andächtig strich Cathleen über den

Stoff. „Es fühlt sich richtig verführerisch an.“

Lachend trat Dee einen Schritt zurück. „Und es wird auch verführerisch aussehen. Den Männern werden die Augen aus dem Kopf fallen.“ Sie drückte Cathleen die Schachtel in die Hand. „Komm, zieh es an, mach dich fertig.“

Cathleen küsste ihre Cousine auf beide Wangen. Dann drückte sie sie kurz und fest an sich. „Vielen Dank, Dee. Ich bin gleich fertig.“

„Lass dir Zeit.“

„Nein, ich will das Kleid so schnell wie möglich anziehen, damit ich es länger tragen kann.“

Als Keith bei den Grants vorfuhr, war die Stimmung auf der Party bereits großartig. Eigentlich hatte er gar nicht kommen wollen, sondern vorgehabt, nach Atlantic City zu fahren und ins Spielkasino zu gehen. Am Roulettetisch hätte er seine schlechte Laune am besten abreagieren können. Da wäre er wenigstens in einer vertrauten Umgebung gewesen. Die Gutsbesitzer mit ihrem alten Geld und ihrer Arroganz gegenüber jedem Außenstehenden interessierten ihn nicht.

Nur um die Grants nicht vor den Kopf zu stoßen, war er schließlich doch noch gekommen. Die Tatsache, dass er Cathleen auf der Party treffen würde, hatte seinen Entschluss nicht beeinflusst. Das versuchte er sich jedenfalls einzureden. Seit ihrem letzten Zusammensein war er zu der Überzeugung gelangt, dass der Funke zwischen ihnen zwar ein kurzes Strohfeuer entfacht hatte, doch inzwischen erloschen war. Er sagte sich, dass das überwältigende und beunruhigende Gefühl von tieferen Empfindungen nur in seiner Einbildung existiert hatte.

Travis öffnete ihm. „Dee hat sich schon Sorgen um dich gemacht", begrüßte er seinen Freund.

„Ich hatte noch einiges zu erledigen."

„Irgendwelche Probleme?"

„Nein, keine Probleme." Aber wenn er wirklich keine Probleme hatte, warum war er dann so angespannt, warum schien jeder Muskel in seinem Körper zu vibrieren?

„Ich glaube, du kennst fast jeden hier", sagte Travis, während er ihn ins Wohnzimmer führte.

„Das ist ja ein wahrer Volksauflauf", meinte Keith und ließ seinen Blick über die Menge schweifen, um nach einer ganz bestimmten Person Ausschau zu halten.

„Dee hat sich mal wieder selbst übertroffen, und zwar in jeder Hinsicht", bemerkte Travis und deutete unauffällig zum anderen Ende des Raumes.

Als Keith seinem Blick folgte, sah er, was Travis mit dieser Bemerkung gemeint hatte. Er hatte nicht gewusst, dass Cathleen so aussehen konnte, so kühl und sexy und weltgewandt. Sie trank

Champagner und flirtete über den Rand ihres Sektglases hinweg mit Lloyd Pentel, dem Erben einer der ältesten und angesehensten Farmen in Virginia. Rechts und links von ihr standen zwei Männer, die er ebenfalls kannte. Auch sie stammten aus alteingesessenen Familien, hatten die besten Schulen besucht und wussten, wie man einer Frau den Hof macht. Als sich einer von ihnen zu ihr hinüberbeugte, um ihr etwas ins Ohr zu flüstern, spürte Keith, wie sein Blut in Wallung geriet.

Mitfühlend, aber auch ein wenig belustigt, legte Travis seinem Freund die Hand auf die Schulter. „Willst du ein Bier?"

„Einen Whiskey."

Er kippte das erste Glas in einem Zug herunter. Der Whiskey brannte ihm zwar angenehm in der Kehle, entspannte ihn jedoch nicht. Das zweite Glas trank er etwas langsamer.

Cathleen wusste, dass Keith sie beobachtete. Mit weiblichem Instinkt hatte sie seine Anwesenheit gespürt, kaum dass er den Raum betreten hatte. Jetzt flirtete sie mit Lloyd Pentel und all den anderen Männern, die ihr den Hof machten, und versuchte sich einzureden, dass sie sich großartig amüsiere. Dabei schaute sie immer wieder verstohlen zu Keith hinüber und musterte abschätzend die Frauen, die sich um ihn bemühten.

Er hätte mich wenigstens begrüßen können, dachte sie verärgert. Aber das war wohl zu viel verlangt. Er schien mehr Interesse an der langbeinigen Blondine zu haben als an guten Manieren. Als Lloyd Pentel sie zum Tanzen aufforderte, willigte sie sofort ein. Zwar drückte er sie viel zu eng an sich, aber sie tat so, als merke sie es nicht. Ihr kam es nur darauf an, Keith zu beobachten.

Muss sie sich von dem Typ so anfassen lassen? dachte Keith gereizt. Und verdammt noch mal, wo hatte sie dieses Kleid aufgetrieben? Er stellte sein Glas ab, um sich eine Zigarette anzuzünden. Sie war es nicht wert, dass er sich über sie aufregte. Wenn sie ein Kleid tragen wollte, das schlichtweg unmoralisch war, wenn sie mit ihrem Augenaufschlag den jungen Pentel verrückt machte, dann war das ihre Sache.

Nein, verflucht, er konnte es nicht zulassen! Keith drückte die Zigarette aus und ging auf die Tanzfläche. Die Blondine, die gerade versucht hatte, sich an ihn ranzumachen, schaute ihm verständnislos nach. „Pentel“, sagte er zu dem jungen Mann, „ich muss Ihnen Cathleen einen Moment entführen. Wir haben etwas Geschäftliches zu besprechen.“ Dabei drängte er sich zwischen die beiden, und bevor Cathleen wusste, wie ihr geschah, tanzte sie mit Keith.

„Was bist du bloß für ein unhöflicher, schamloser Mensch, Keith Logan“, sagte sie tadelnd, obwohl sie insgeheim entzückt über seinen Überfall war.

„Solange du diese Kleid trägst, solltest du nicht andere Leute als schamlos bezeichnen."

„Gefällt es dir?"

„Ich möchte wissen, was dein Vater dazu sagen würde."

„Du bist nicht mein Vater." Ihr Lächeln hatte etwas Provozierendes. „Was wolltest du mit mir besprechen, Keith?" Er hatte sie nicht halb so eng an sich gezogen wie Lloyd, aber umso deutlicher spürte sie die Anziehungskraft, die er auf sie ausübte.

„Du hast dich verändert, Cathleen. Wo ist das junge Mädchen geblieben, das mit mir über mondbeschienene Felder tanzte?"

Sie schaute ihn an. „Was willst du damit sagen?"

„Du bist eine ehrgeizige Frau, die hoch hinaus will." Es machte ihn verrückt, ihr so nahe zu sein, den Duft ihres Haars und ihrer Haut einzuatmen. Sie roch genauso wie damals, als er sie in dem dunklen Geräteschuppen in den Armen hielt und der Regen aufs Dach trommelte.

„Na und?", fragte sie schnippisch.

„Lloyd Pentel wäre keine schlechte Wahl. Er kann dir all das geben, was offenbar so wichtig für dich ist. Pentel ist jung und reich und nicht annähernd so gerissen wie sein Vater. Eine intelligente Frau könnte ihn mühelos um den kleinen Finger wickeln."

„Wie nett von dir, mich darauf hinzuweisen." Ihre Stimme klang kalt. „Warum sollte ich mich mit dem Jungen begnügen, wenn ich den Alten haben kann? Lloyds Vater ist Witwer."

Keith verzog den Mund zu einem dünnen Lächeln. „Du verlierst keine Zeit, was?"

„Du auch nicht. Die dünne Blondine drüben schmollt immer noch, weil du sie allein gelassen hast. Es muss schmeichelhaft sein, wenn sich die Frauen dermaßen um dich reißen."

„Es ist nicht ohne Reiz."

„Dann geh doch zu deinen Verehrerinnen zurück." Sie wollte sich von ihm losmachen, doch er presste seine Hand so hart auf ihren Rücken, dass ihre Körper sich berührten. Sofort spürte Cathleen eine erregende Spannung zwischen ihnen. „Lass mich in Ruhe!", zischte sie wütend, als er ihre Hand festhielt.

„Ich bin nicht bereit, dieses Spielchen noch länger mitzumachen", erwiderte er nicht weniger aufgebracht und zog sie von der Tanzfläche. Bevor sie etwas einwenden konnte, hatten sie das Wohnzimmer verlassen und standen in der Diele.

„Was hast du vor?"

„Wir gehen. Wo ist dein Mantel?"

„Ich gehe nirgendwohin!"

Er achtete nicht auf ihren Protest, sondern zog kurzerhand sein Jackett aus und legte es ihr um die Schultern, bevor er die Haustür öffnete und sie mit sich hinauszog. Vor seinem Wagen blieb er stehen. „Steig ein", befahl er.

„Ich denke nicht daran."

Er packte sie bei den Schultern, um sie hart und rücksichtslos zu küssen. Ihr erster Gedanke war zu fliehen. Doch dann flammte so unvermittelt das Verlangen in ihr auf, dass jeglicher Widerstand im Keim erstickt wurde.

„Steig ein, Cathleen", sagte er noch einmal.

Zögernd blieb sie einen Augenblick stehen. Sie wusste, dass er sie trotz aller Entschlossenheit zu nichts zwingen würde. Die Entscheidung lag bei ihr. Langsam öffnete sie die Wagentür und stieg ein.

7. KAPITEL

Den Blick fest auf den Lichtstrahl der Scheinwerfer gerichtet, saß Cathleen neben Keith im Auto. Ihr Herz klopfte so heftig, dass sie glaubte, es müsste meilenweit zu hören sein. Hatte sie den Verstand verloren? Wie kam sie dazu, alle Vorsicht, jegliche Vernunft einfach zu vergessen? Warum sagte sie Keith nicht, dass er anhalten und sie zurückbringen sollte?

Cathleen verkrampfte ihre Finger im Schoß, bis die Knöchel weiß hervortraten. Nicht, weil sie daran zweifelte, dass Keith auf sie hören würde, wenn sie protestierte. Nein, der Grund für ihr Schweigen war ein anderer. Sie hatte nämlich nicht nur den Verstand, sondern auch ihr Herz verloren.

Wobei das eine wahrscheinlich ebenso schlimm war wie das andere. Es war Wahnsinn, einen Mann wie ihn zu lieben. Aber sie liebte ihn. Sie liebte ihn mit einer Leidenschaft, die sie nie für möglich gehalten hätte, mit einer Wildheit, die an Verzweiflung grenzte. Es war eine Liebe, die sie nicht glücklich machte, sondern wehtat.

Dabei hatte sie sich die Liebe immer ganz anders vorgestellt. Wärme, Zärtlichkeit und Geborgenheit hatte sie erwartet, nicht diesen Machtkampf, diese wahnsinnigen Gefühle. Sie hatte versucht, Empfindungen zu analysieren – Zärtlichkeit hatte sie nicht dabei entdeckt. Vielleicht spiegelten ihre Gefühle die seinen wider. Sie warf ihm einen schnellen Seitenblick zu. Nein, er hatte nichts Weiches, Liebevolles. Mit finsterem Blick schaute er starr geradeaus.

Cathleen presste die Lippen zusammen. Wahre Liebe musste nicht romantisch oder sentimental sein. Nur Träumer verfielen diesem Irrtum. Hatte sie nicht von vornherein gewusst, dass ihre Liebe zu Keith niemals einfach und unkompliziert sein konnte? Sie wünschte sich doch gar keine normale Beziehung. Trotzdem hätte sie gern ihre Hand auf seine gelegt und ihm irgendwie gezeigt, wie tief ihre Gefühle für ihn waren und was sie ihm zu geben bereit war. Aber dazu war sie zu stolz. Bemüht, die Realität nicht aus den Augen zu verlieren, sagte sie sich, dass ihre Gefühle für ihn nicht zwangsläufig auf Gegenseitigkeit beruhen mussten.

Warum wurde er das Gefühl nicht los, dass sich in seinem Leben etwas einschneidend veränderte? Als Keith die Lichter seines Hauses in der Ferne auftauchen sah, schrak er zusammen. Er begehrte Cathleen, er begehrte sie mehr, als er es sich eingestehen mochte. Heute Nacht würde er sein Verlangen endlich stillen. Sie hatte kein Wort mit ihm gesprochen. Bedeutete er ihr so wenig? Wie konnte sie ihrer ersten Liebesnacht mit ihm so gelassen entgegensehen?

Was empfand sie? Was ging nur in ihr vor? Merkte sie nicht, dass jeder Tag, jede Stunde mit ihr ihn dem Abgrund näher brachte? Welcher Grenze näherte er sich, die er noch nie überschritten hatte? Welche Konsequenzen würde es für ihn und auch für sie haben, wenn er diese Grenze überschritt?

Was soll diese quälende Fragerei, dachte er und bremste. Ohne Cathleen eines Blickes zu würdigen, stieg er aus und knallte die Tür hinter sich zu.

Cathleen folgte ihm mit weichen Knien. Sie holte tief Luft und betrat das Haus.

Warum sagt er nichts? dachte sie, als sie hinter ihm die Treppe hinaufging. Bestand diese Spannung immer zwischen zwei Liebenden, wenn sie zusammenkamen? Ihre Hand auf dem Treppengeländer war eiskalt. Wie schön wäre es gewesen, wenn sie ihre Hand in seine hätte legen können, damit er sie wärmte. Aber dieser Wunsch war natürlich kindisch. Sie war schließlich kein kleines

Mädchen, das Trost und Wärme brauchte, sondern eine erwachsene Frau.

Keith wünschte sich ein Lächeln von ihr, irgendeine vertrauliche Geste, als er die Tür zu seinem Schlafzimmer öffnete. Doch nachdem er sie hinter ihr geschlossen hatte, blieb Cathleen stocksteif stehen, um ihn mit erhobenem Kopf und trotzigem Blick anzuschauen.

Okay, dachte er. Wenn sie keine Zärtlichkeit braucht, kann ich ebenfalls darauf verzichten. Schließlich waren sie erwachsene Menschen, die beide dasselbe wollten. Er sollte froh sein, dass sie keinen Wert auf Liebesschwüre legte, die sowieso nie eingehalten wurden.

Hart zog er sie an sich. Ihre Blicke trafen sich, und dann lag sein Mund auf ihrem, und die Gelegenheit, ruhige Worte und zärtliche Liebkosungen auszutauschen, war endgültig verpasst.

Seine Leidenschaft muss mir genügen, sagte sich Cathleen, während ihre eigenen Gefühle des Begehrens hell aufloderten. Denn mehr würde er ihr nie geben. Nur weil sie diese Tatsache akzeptierte, vermochte sie ihm alles zu geben. Sie schmiegte sich an ihn, damit er nahm, was ihm längst gehörte. Sie öffnete die Lippen, erwiderte hingebungsvoll seinen heißen, fordernden Kuss. Als seine Hände über ihren Rücken strichen, als sich seine Finger in ihre Hüften gruben, drängte sie sich noch enger an ihn. Er würde sie in das

Geheimnis der Liebe einweihen. Zumindest auf diesem Gebiet hatte sie volles Vertrauen zu ihm.

Keine Frau hatte es je verstanden, ihn dermaßen zu erregen. Eine Berührung von ihr genügte, um ihm den Verstand zu rauben. Wenn sie ihn küsste, konnte er sich einen glücklichen Moment lang der Vorstellung hingeben, der Einzige zu sein.

Eine Nacht mit ihr hätte ihm genügen sollen. Doch wie ein Rauschmittel verwirrte sie sein Denken, und er spürte, wie sehr er sie brauchte.

Keith öffnete den Reißverschluss ihres Kleides, sie schmiegte sich an ihn und flüsterte unverständliche Worte. Er bemerkte ihre Erregung, aber nicht, dass sie verlegen war. Ihr Zittern hielt er für Leidenschaft. Als er sie ausgezogen hatte und sie nackt vor ihm stand, nahm er sich rücksichtslos, was er begehrte. Seine rauen Zärtlichkeiten weckten zugleich Verlangen und Panik in ihr. Kein Mann hatte sie je so berührt, keiner diese beinahe schmerzhafte Sehnsucht in ihr ausgelöst.

Zusammen fielen sie aufs Bett. Er schob sich über sie und streichelte sie, wo noch nie jemand sie berührt hatte. In ihre Erregung mischte sich die Angst vor dem Neuen, Unbekannten. Schwindlig vor Verlangen bog sie sich ihm entgegen. Sie verstand nicht, was mit ihr passierte, ihr Körper schien einer Anderen zu gehören. Etwas Zeit, nur einen kurzen Augenblick, ein ermutigendes Wort, eine zärtliche Berührung hätte genügt. Aber es war zu spät. Die Leidenschaft überwältigte sie beide.

Ohne ihre Lippen freizugeben, streifte Keith sich das Hemd über die Schultern. Er konnte es nicht abwarten, ihre nackte Haut auf seinem Körper zu spüren. Wie oft hatte er sich diesen Moment ausgemalt, diese stumme, wilde Vereinigung herbeigesehnt. Cathleen murmelte seinen Namen. Es war ein atemloses, verzweifeltes Flüstern, das ihm fast die Besinnung raubte. Hastig zog er seine Hose aus. Er war so erregt, dass er nicht mehr klar denken konnte.

Ihr Körper schien unter seinem zu glühen, und mit jeder Bewegung, die er machte, wurde Keith rasender vor Verlangen. Sie grub ihre Fingernägel in seine Schultern, und während er seinen Mund auf ihre Lippen presste, nahm er sie hart und unvermittelt.

Cathleen zitterte am ganzen Körper. Zusammengerollt lag sie am äußersten Ende des großen Bettes. Neben ihr starrte Keith schweigend in die Dunkelheit. Unschuldig, dachte er. Mein Gott, sie ist unschuldig gewesen. Und er hatte sie rücksichtslos und ohne jede Zärtlichkeit genommen. Er hätte es wissen müssen. Aber sie hatte seine Küsse so bereitwillig erwidert, mit solcher Leidenschaft auf ihn reagiert, dass er angenommen hatte, eine erfahrene Frau vor sich zu haben. Nicht im Traum wäre er auf die Idee gekommen, dass sie noch nie mit einem Mann geschlafen hatte.

Mit beiden Händen strich er sich übers Gesicht. Er hatte es nicht gesehen, weil er ein Narr gewesen war. Wenn er sich die Mühe gemacht hätte, etwas näher hinzuschauen, hätte er die Unschuld in ihrem Blick erkannt. Wahrscheinlich wollte er nichts sehen. Jetzt hatte er ihr wehgetan. Zwar war er noch nie ein besonders geduldiger oder rücksichtsvoller Liebhaber gewesen, doch er hatte noch nie eine Frau verletzt. Denn die Frauen, mit denen er bisher zusammen gewesen war, kannten die Spielregeln. Cathleen kannte sie nicht. Niemand hatte sie ihr beigebracht.

In einem unbeholfenen Versuch, sich irgendwie bei ihr zu entschuldigen, berührte er ihr Haar. Doch sie zog sich nur noch mehr zurück.

Sie wollte nicht weinen. Die Augen fest geschlossen, versuchte sie die Tränen zurückzuhalten. Die Situation war ohnehin schon demütigend genug. Was würde er erst von ihr denken, wenn sie jetzt auch noch heulte wie ein kleines Kind? Aber wie konnte sie wissen, dass Sex nichts mit Liebe zu tun hatte?

Das Schlimmste war, dass er nicht die richtigen Worte fand. Keith setzte sich auf und zog die Decke hoch, die ans Fußende des Bettes gerutscht war, um sie damit zuzudecken. Während er nach Worten suchte, strich er ihr sanft übers Haar. „Es tut mir leid, Cathleen." Verdammt, fiel ihm denn nichts Besseres ein?

„Du brauchst dich nicht zu entschuldigen." Sie vergrub das Gesicht im Kopfkissen und hoffte, dass er schwieg. Mitleid und Entschuldigungen konnte sie im Moment am allerwenigsten vertragen.

„Ich wollte dir nur sagen, dass ich nicht ... so rücksichtslos hätte sein dürfen." Zauberhaft, dachte er. Wirklich eine tolle Entschuldigung. „Ich hatte keine Ahnung, dass du noch nie ... dass es das erste Mal für dich war. Wenn ich es gewusst hätte, wäre ich ..."

„Davongelaufen?", fragte sie und setzte sich auf.

Er erriet ihre Absicht und fasste sie beim Arm, noch ehe sie aus dem Bett springen konnte. „Ich kann verstehen, dass du wütend auf mich bist."

„Auf dich?" Sie musste sich dazu zwingen, ihn anzuschauen. Es war so dunkel, dass sie seine Züge nur schattenhaft erkennen konnte. Sie hatten sich im Dunkeln geliebt wie zwei Fremde. Vielleicht sollte sie dankbar sein für die Dunkelheit, in deren Schutz sie ihren Schmerz und ihre Enttäuschung vor ihm verbergen konnte. „Warum sollte ich denn auf dich wütend sein? Auf mich bin ich wütend."

„Wenn du es mir gesagt hättest …"

„Dir gesagt hätte?" Wieder kamen ihr die Tränen. Doch in ihrem Ton schwang Spott. „Natürlich. Ich hätte es dir sagen sollen. Wann und wo? Im Bett vielleicht? ‚Oh, übrigens, Keith, ich mache das heute zum ersten Mal.' Ich möchte nicht wissen, wie du darauf reagiert hättest."

Er musste über ihre Worte lächeln, obwohl sie zusammenschrak, als er ihr wieder übers Haar streichen wollte. „Zugegeben, der Zeitpunkt wäre etwas unpassend gewesen."

„Es ist nun mal geschehen, und es hat keinen Sinn, hinterher in Wehklagen darüber auszubrechen. Ich möchte jetzt nach Hause gehen, bevor ich mich noch mehr blamiere."

„Geh noch nicht, bitte." Es fiel ihm schrecklich schwer, diese Bitte auszusprechen, und es erstaunte ihn, dass es ihm überhaupt gelang. „Dass wir uns geliebt haben, war kein Fehler. Nur wie wir es gemacht haben, war falsch. Und das ist allein meine Schuld." Damit sie sich nicht erneut von ihm abwenden konnte, fasste er sie beim Kinn. „Bitte, Cathleen", sagte er eindringlich, „lass mich meinen Fehler wieder gutmachen."

„Das brauchst du nicht." Sein liebevoller Ton wirkte beruhigend auf sie. „Ich sagte dir doch, dass ich dir keinen Vorwurf mache. Sicher, es war das erste Mal für mich. Aber ich bin doch kein Kind. Ich bin freiwillig mit dir gegangen."

„Und jetzt bitte ich dich, bei mir zu bleiben." Er nahm ihre Hand und zog sie an die Lippen. Als er wieder aufschaute und ihren überraschten Blick bemerkte, hätte er sich ohrfeigen können. „Ich werde dir ein heißes Bad einlassen", sagte er unvermittelt.

„Ein heißes Bad?", wiederholte sie verständnislos.

Die Rolle des fürsorglichen Liebhabers war ihm unbehaglich. „Es wird dich entspannen", sagte er knapp.

Als er in dem angrenzenden Raum verschwand, konnte Cathleen ihm nur verblüfft hinterherschauen. Was war nur plötzlich in ihn gefahren? Sie wickelte sich in ihre Decke und stand auf. Gleich darauf kam Keith im Bademantel aus dem Bad zurück. Sie hörte an dem Rauschen, dass er tatsächlich Wasser in die Wanne laufen ließ. Und noch etwas bemerkte sie. Er schien irgendwie verunsichert zu sein.

„Geh, leg dich in die Badewanne. Es wird dir guttun. Möchtest du irgendetwas? Soll ich dir eine Tasse Tee bringen?"

Cathleen schüttelte nur stumm den Kopf. Verwirrt ging sie ins Bad und stieg in die Wanne. Das heiße Wasser hatte tatsächlich eine entspannende Wirkung. Ihre Verkrampfung löste sich fast sofort, und der Schmerz verschwand auch allmählich. Mit geschlossenen Augen legte sie sich zurück.

Wenn sie doch nur jemanden gehabt hätte, dem sie sich anvertrauen konnte. Sie hatte so viele Fragen. Sie liebte Keith, aber sie fühlte sich leer und unerfüllt, nachdem sie mit ihm geschlafen hatte. Sicher, seine Berührungen, seine Leidenschaft, sein nackter Körper auf ihrem – all das war erregend gewesen. Aber die Wärme, das Glücksgefühl, die Zufriedenheit waren ausgeblieben. Wahrscheinlich war es ihr Problem, wenn sie zu viel von der Liebe erwartet hatte. Nur Dichter und Träumer versprachen ein überschäumendes Glück. Aber sie war weder das eine noch das andere, sondern eine praktisch denkende Frau, die sich von schönen Worten und Wunschvorstellungen nicht blenden ließ.

Keith hatte recht gehabt. Das heiße Bad tat ihr gut. Sie empfand keine Reue mehr. Wenn sie heute Nacht ihre Unschuld verloren hatte, dann, weil sie es wollte. Sie hatte das getan, was ihre Eltern ihr beigebracht hatten: immer auf ihre Gefühle zu hören. Entschlossen stieg sie aus der Badewanne. Sie hatte ihre Kräfte zurückgewonnen. Ohne Tränen, ohne Verlegenheit oder Vorwürfe würde sie Keith gegenübertreten.

Da Cathleen keinen Bademantel finden konnte, wickelte sie sich in ein Handtuch und ging ins Schlafzimmer.

Keith hatte Kerzen angezündet und sie im ganzen Zimmer verteilt. Verblüfft blieb Cathleen an der Tür stehen und starrte in das gedämpfte Licht. Sie hörte leise, romantische Musik, die den Geruch nach Bienenwachs und Blumen zu betonen schien. Das Bett war frisch bezogen, die Decke einladend zurückgeschlagen. Während sie die Laken betrachtete, spürte Cathleen, wie sie erneut unsicher wurde.

Er sah ihren Blick, die plötzliche Panik in ihren Augen. Wieder fühlte er sich schuldig. Aber das beeinträchtigte nicht seinen Entschluss, ihr die Angst zu nehmen – und sich die Schuldgefühle. Er wollte ihr zeigen, wie wunderbar die Liebe sein konnte. „Geht es dir besser?“, fragte er und stand auf, um zu ihr zu gehen und ihr eine Rose zu geben, die er gerade aus seinem Blumengarten am Swimming-Pool geholt hatte.

„Ja.“ Sie nahm die Rose, zerdrückte jedoch vor Nervosität den dünnen Stängel.

„Ich habe uns eine Flasche Wein aufgemacht.“

„Das ist lieb von dir, aber ich …“ Cathleen brachte kein weiteres Wort heraus, als er sie plötzlich in die Arme nahm. „Keith …“

Liebevoll küsste er ihre Stirn. „Du brauchst keine Angst zu haben, ich werde dir nicht wehtun.“ Er nahm sie auf die Arme und trug sie vorsichtig zum Bett. Dann holte er zwei mit Wein gefüllte Gläser. Lächelnd stieß er mit ihr an.

Cathleen nippte ein wenig an dem köstlich schmeckenden Getränk. „Was für ein schönes

Zimmer“, bemerkte sie schließlich, nur um irgendetwas zu sagen. „Mir ist vorhin gar nicht aufgefallen, wie groß es ist.“

„Weil es dunkel war.“ Keith legte ihr den Arm um die Schultern und lehnte sich zurück.

„Ich habe mich die ganze Zeit schon, seit ich hier arbeite, gefragt, wie die übrigen Räume des Hauses wohl aussehen.“

„Warum hast du sie dir nicht angeschaut?“

„Ich wollte nicht neugierig erscheinen.“ Wieder trank sie ein wenig von dem Wein. Was ist das für eine Musik? dachte sie. Sie klingt so wunderbar romantisch. „Ich habe gehört, dass Double Bluff schon wieder ein Rennen gewonnen hat. Alle sprechen nur noch von dem bevorstehenden Kentucky Derby und dass dein Pferd bestimmt siegen wird.“ Sie merkte, dass ihr Kopf an seiner Schulter lag, und räusperte sich verlegen. Sie wollte sich aufsetzen und von ihm wegrücken, doch er legte die Hand auf ihren Kopf und fing an, ihr Haar zu streicheln.

„Habe ich dir schon gesagt, wie bezaubernd du heute Abend auf der Party ausgesehen hast?“, fragte er leise.

„Das lag an meinem Kleid. Dee hat es mir geschenkt.“

„Mir ist fast das Herz stehen geblieben.“

Darüber musste sie herzhaft lachen. „Was für ein Unsinn.“

„Du hast es sogar fertig gebracht, mich damals in diesem viel zu weiten Overall zu betören."

Belustigt schaute sie zu ihm auf. „Bist du sicher, dass du keine irischen Vorfahren hast?"

„Ich entdeckte außerdem eine Schwäche für Frauen, die frische Wäsche von der Leine nehmen."

„Es scheint sich da eher um eine Schwäche für Frauen im Allgemeinen zu handeln."

„Das war einmal. Inzwischen gefallen sie mir nur noch, wenn sie sommersprossig sind."

Unwillkürlich strich sich Cathleen über die Nase. „Wenn du vorhast, mit mir zu flirten, musst du dich schon etwas mehr anstrengen."

„Flirten sollte immer auf Gegenseitigkeit beruhen." Er führte ihre Hand, die noch immer die Rose festhielt, an seine Lippen und küsste sie. „Du könntest zur Abwechslung mal was Nettes über mich sagen."

Cathleen biss sich auf die Unterlippe. „Da muss ich direkt nachdenken." Als er spielerisch sanft in ihren Finger biss, meinte sie lachend: „Dein Gesicht gefällt mir eigentlich ganz gut."

„Ich bin überwältigt."

„Oh, du solltest dich geehrt fühlen. Ich bin nämlich sehr wählerisch. Du bist zwar nicht so kräftig gebaut wie Travis, aber die drahtigen Typen haben mir schon immer besser gefallen."

„Weiß Dee eigentlich, dass du ein Auge auf ihren Mann geworfen hast?"

„Anschauen darf ich ihn doch wohl“, erwiderte Cathleen lachend.

„Warum schaust du nicht mich an?“ Er beugte sich über sie und berührte zart ihre Lippen.

„Wie machst du das bloß?“, murmelte sie.

„Was?“

„Dass mein ganzer Körper zu prickeln anfängt und mir ganz heiß wird?“

Keim nahm ihr das Glas aus der Hand und küsste ihre Augenlider. „Gefällt dir das?“

„Ich weiß es nicht. Mach es noch einmal.“

Er strich liebevoll über ihre Wange und bedeckte ihr Gesicht mit vielen kleinen Küssen. Geduldig wartete er, bis ihre Lippen unter seinen Berührungen weich und warm wurden. Zögernd legte sie die Hand auf seine Schulter. Sie wusste inzwischen, welche Kräfte in ihm schlummerten und was geschah, wenn sie freigesetzt wurden. Und doch verhielt er sich plötzlich ganz anders. Seine Lippen waren so weich, so wunderbar zärtlich. Sie spürte, wie sein Mund auf einmal fordernder wurde, und zuckte zusammen. Sofort wurden seine Liebkosungen wieder spielerischer und sanfter.

Keith wollte dieses Mal behutsam sein, sich sehr viel Zeit lassen. Aber nicht nur ihretwegen. Auch ihm kam es darauf an, den Moment des Entdeckens, des sich Kennenlernens möglichst lange zu genießen. Er hatte noch nie das Bedürfnis gehabt, eine Frau bei Kerzenlicht und leiser Musik zu lieben. Romantik lag ihm im Allgemeinen nicht. Jetzt merkte er plötzlich, wie auch ihn diese ungewohnte Stimmung beeinflusste.

Cathleens Haut duftete so wunderbar frisch und sauber. Seine Seife roch weiblich an ihr und irgendwie geheimnisvoll. Ihr Körper war glatt und fest. Man spürte, dass sie zupacken konnte, wenn es darauf ankam. Keith gefiel ihre Stärke. Schwache, zerbrechliche Frauen hatte er noch nie attraktiv gefunden. Und doch wirkte sie verletzbar. Er spürte, wie sie vor Angst und Nervosität bebte. Diesmal würde er vorsichtig mit ihr umgehen, ihre Unschuld und ihr Vertrauen respektieren.

Ihr Begehren war überwältigend. Cathleen hatte das Gefühl, dass ihr ganzer Körper vor Verlangen zitterte. Doch die Angst hielt sie zurück. Es ist ganz natürlich, miteinander zu schlafen, sagte sie sich. Und jetzt, da sie keine Erwartungen mehr hatte, konnte sie auch nicht enttäuscht werden. Im nächsten Augenblick nahm die Erregung ihr den Atem. Verwirrt legte sie die Hand auf seine Brust.

„Ich werde dir nicht noch einmal wehtun“, flüsterte Keith und strich ihr zärtlich das Haar aus dem Gesicht. Weshalb zitterten seine Finger dabei? Nein, er durfte jetzt nicht die Kontrolle verlieren, er musste sich beherrschen. „Ich verspreche es dir."

Sie glaubte ihm nicht. Er sah es ihr an. Sie hatte Angst, obwohl sie bereitwillig die Arme ausbreitete. Als er sie küsste, war sein einziges Bedürfnis, ihr diese Angst zu nehmen. Keith war noch nie ein selbstsüchtiger Liebhaber gewesen, aber auch kein selbstloser. Jetzt stellte er seine Bedürfnisse zurück, um ihre zu befriedigen. Er streichelte sie nicht, um sein Begehren zu stillen, sondern um ihre Leidenschaft zu wecken. Und seine geduldigen Zärtlichkeiten bewirkten tatsächlich eine Veränderung in ihr. Er spürte, wie sich ihr Körper entspannte und nachgiebig wurde. Verträumt flüsterte sie seinen Namen.

Cathleen wartete darauf, dass er zu ihr kam, versuchte sich auf den heftigen Druck und den Schmerz einzustellen. Doch all das, wovor sie sich fürchtete, blieb aus.

Er weckte eine wunderbare Sehnsucht in ihr, eine nie gekannte Lust. Wie beim ersten Mal berührten seine Hände die intimsten Stellen ihres Körpers, doch diesmal waren seine Zärtlichkeiten anders. Liebevoll und ohne jede Hast streichelte er sie, bis sie das Gefühl hatte zu schweben. Sie spürte seine Lippen auf ihren Brüsten, und die erregenden, herrlichen Liebkosungen lösten eine Wärme in ihr aus, die sie bis in die Fingerspitzen spürte. Stöhnend schlang sie die Arme um ihn.

Sie ist wunderbar, dachte er. Während er mit den Lippen über ihre glatte Haut strich, entdeckte er Cathleens unvergleichlichen Duft. Und er ahnte, dass er ohne diesen Duft nicht mehr leben konnte. Er spürte die Bereitwilligkeit ihres Körpers und wusste, er hätte sie nehmen können und sie beide befriedigt. Doch er wollte ihr mehr geben. Deshalb küsste er sie erneut, um ihnen Zeit zu lassen, ihre Lust zu steigern.

Cathleen schmeckte den Wein auf seinen Lippen und hörte, wie er Worte flüsterte, von denen sie bisher nur geträumt hatte.

Und plötzlich war da das Glücksgefühl, von dem sie in Romanen gelesen hatte. Sie sah bunte Farben und hörte zauberhafte Klänge, und alles war genauso, wie sie es sich immer vorgestellt hatte. All ihre Hoffnungen und Erwartungen gingen in Erfüllung. Sie hatte Keith schon vorher geliebt. Jetzt spürte sie, wie sich diese Liebe vertiefte.

Behutsam zeigte er ihr, wie wunderbar die Liebe sein konnte. Die leidenschaftliche Hingabe, mit der sie darauf reagierte, entschädigte ihn tausendfach für seine Geduld. Zitternd drängte sie sich ihm entgegen. Als er sie das erste Mal auf den Höhepunkt ihrer Leidenschaft brachte, sah er das Erschrecken in ihren Augen, aber auch die Lust.

Atemlos hielt sie sich an ihm fest. Sie konnte nicht mehr denken, nur noch empfinden und fühlen. Cathleen spürte das Glück so intensiv, dass sie es kaum ertragen konnte. Als eine neue Welle der Erregung sie erfasste, bäumte sich ihr Körper auf. Konnte es wirklich noch eine Steigerung geben? Die Farben waren fast zu grell geworden, und die Lust hatte einen Punkt erreicht, der an der Schmerzgrenze zu liegen schien. Sie presste sich an ihn, rief laut seinen Namen aus. Nein, es konnte keine Steigerung geben. Aber dann, als ihre Körper eins wurden, wusste sie, dass dies der Gipfel ihrer Leidenschaft war.

Cathleen bebte wie zuvor am ganzen Körper. Aber diesmal hatte sie sich nicht von Keith abgewandt. Den Kopf an seine Schulter gelegt, schmiegte sie sich an ihn. Keith hatte die Arme um sie geschlungen und hielt sie fest. Er war so benommen, dass er keine Worte fand.

Was war mit ihm passiert? Er lag doch wirklich nicht zum ersten Mal mit einer Frau im Bett. Warum hatte er plötzlich das Gefühl, dass jemand die Spielregeln verändert hatte? Er beobachtete das Schattenspiel der flackernden Kerzenflamme. Nicht irgendjemand, er selbst hatte die Regeln verändert. Gedämpftes Licht, leise Musik, zärtliche Worte. Nichts davon entsprach seinem Stil. Aber es hatte ihm gefallen, verdammt noch mal.

Bisher hatte er das Leben immer in vollen Zügen ausgekostet. Keine Frau hatte ihn halten, ihm seine Rastlosigkeit nehmen können. Jetzt wollte er plötzlich nur noch an einem Ort bleiben – solange Cathleen bei ihm war. Der Gedanke schockierte ihn. Wollte er etwa mit ihr zusammenleben? Seit wann hatte er das Bedürfnis nach Zweisamkeit? Vom ersten Augenblick an. Seit er sie zum ersten Mal gesehen hatte. Diese Erkenntnis nahm ihm fast den Atem. Er war verliebt! Er, der für keine Frau mehr als nur oberflächliches Interesse empfinden konnte, hatte sich Hals über Kopf in eine Frau verliebt, die völlig unerfahren war.

Er konnte sich nicht auf eine Beziehung einlassen, dazu war sein Leben zu unruhig. Und er liebte dieses unstete Leben. Er traf seine eigenen Entscheidungen, musste niemandem Rechenschaft ablegen. Es war seine Sache, wenn er in den Tag hineinlebte. Er hatte Pläne. Er hatte … nichts. Ohne Cathleen hatte er gar nichts.

Keith schloss die Augen. Es war verrückt, absolut verrückt. Wie konnte er wissen, ob er sie wirklich liebte? Es hatte in seinem Leben bisher nur eine Person gegeben, die er liebte. Und das lag schon lange zurück. Das Beste war, er verschwand für eine Weile. Wenn er sich und ihr einen Gefallen tun wollte, dann trat er gleich morgen früh diese Reise nach Monte Carlo an, die er schon so lange hinausgeschoben hatte. Zum Kuckuck mit der Farm, mit der ganzen Verantwortung. Er würde einfach weiterziehen, so wie er das immer getan hatte. Was hielt ihn denn schon hier?

Aber ihre Hand lag auf seinem Herzen, und er wusste, er würde nirgendwohin gehen. Aber vielleicht sollte er den Einsatz verdoppeln und seine Karten ausspielen.

„Wie fühlst du dich?", fragte er. Lachend schlang sie ihm die Arme um den Nacken. „Ich habe das Gefühl, die begehrenswerteste Frau der Welt zu sein."

„Damit liegst du gar nicht so falsch", meinte er und wusste im selben Augenblick, dass jeder Versuch, gegen seine Gefühle anzukämpfen, sinnlos war. Er hatte sich bereits zu intensiv auf sie eingelassen.

„Ich wünschte, ich könnte immer so glücklich sein." Sie schmiegte sich an ihn, bedeckte seinen Hals mit zärtlichen kleinen Küssen.

„Immer ist vielleicht zu viel verlangt. Aber ich kann versuchen, dich möglichst oft so glücklich zu machen. So oft du willst. Gleich morgen früh werden wir deine Sachen zu mir herüberholen."

„Welche Sachen?" Sie hielt inne, um ihn lächelnd anzuschauen.

„Deine Kleider und was du sonst noch hast. Heute Nacht können wir sie nicht mehr holen. Wenn du morgen umziehst, reicht es auch noch."

„Umziehen?" Sie rückte ein wenig von ihm ab. „Keith, ich habe dir schon einmal gesagt, dass ich nicht bei dir wohnen möchte."

„Die Situation sieht doch jetzt ganz anders aus“, wandte er ein und nahm sein Weinglas vom Nachttisch. Ein Whiskey wäre ihm im Moment lieber gewesen.

„Mag sein. Aber mein Standpunkt ist derselbe geblieben. Was heute Nacht geschehen ist …“ Diese Nacht war die schönste ihres Lebens gewesen, und sie wollte sie nicht verderben, indem sie ein Streitgespräch über ihre Moralvorstellungen mit ihm anfing. „Ich werde diese Nacht nie vergessen, und ich wünsche mir, dass ein Tag kommt, an dem wir uns noch einmal so lieben werden. Aber das heißt nicht, dass ich all meine Prinzipien über Bord werfe und als deine Mätresse hier einziehe.“

„Geliebte, nicht Mätresse.“

„Du kannst es nennen, wie du willst, der Tatbestand bleibt derselbe.“

Sie wollte sich aufrichten, doch er packte sie bei den Schultern. Dabei fiel das Weinglas zu Boden und zerbrach.

„Ich brauche dich, verstehst du das nicht? Ich will dich nicht jedes Mal von den Grants wegschleifen müssen, wenn ich den Wunsch habe, eine Stunde mit dir allein zu sein.“

„Du wirst mich nirgendwohin schleifen. Glaubst du etwa wirklich, ich ziehe hier ein, damit du nach Lust und Laune deine Bedürfnisse befriedigen kannst? Geh doch einfach dorthin, wo der Pfeffer wächst, Keith Logan!“

Sie stieß ihn von sich und wollte gerade aus dem Bett springen, als sie rückwärts auf die Matratze zurückfiel. Im nächsten Moment war er über ihr. „Ich bin deine Verwünschungen langsam leid."

„Du solltest dich lieber daran gewöhnen. Und jetzt lass mich los. Ich will nach Hause."

„Du bleibst hier."

Ihre Augen funkelten vor Empörung. „Du wirst mich nicht gegen meinen Willen zurückhalten."

„Warte es ab." Sie wand sich unter ihm, und bevor er merkte, was sie vorhatte, biss sie ihn in die Hand. Fluchend versuchte er, sie mit seinem Gewicht unter sich festzuhalten.

„Das nächste Mal beiße ich fester zu", zischte sie. „Und jetzt lass mich gefälligst los."

„Halt den Mund, du irischer Hitzkopf."

„Jetzt beschimpfst du mich auch noch, was?" Ihre nächsten Worte verstand er nicht, weil sie plötzlich Keltisch sprach.

Keith fand die Situation auf einmal unheimlich komisch. Selbst wenn seine Belustigung im Moment unangebracht war. „Was sollte denn das heißen?", fragte er.

„Das war eine Verwünschung. Die Leute im Dorf sagen, meine Großmutter sei eine Hexe gewesen. Wenn du Glück hast, stirbst du schnell."

„Damit ich dich zur Witwe mache? Ich denke nicht daran."

„Vielleicht wirst du am Leben bleiben, aber

du wirst solche Schmerzen haben, dass du dir wünschst … Was hast du da gerade gesagt?“

„Wir werden heiraten.“ Da sie schlagartig aufgehört hatte zu kämpfen, ließ er sie los, um die kleine Bisswunde an seiner Hand zu betrachten. „Wenigstens hast du gute Zähne.“ Er nahm sich eine Zigarette vom Nachttisch. „Hast du nichts dazu zu sagen, Cathleen?“

„Du willst heiraten?“

„Richtig. Wir können morgen nach Las Vegas fliegen, aber das würde Dee mir niemals verzeihen. Wahrscheinlich lassen sich die nötigen Papiere auch hier innerhalb von wenigen Tagen beschaffen.“

„Innerhalb von wenigen Tagen?“ Cathleen schüttelte verwirrt den Kopf. „Ich habe wohl zu viel getrunken?“ Oder er ist betrunken, dachte sie. „Ich verstehe dich nicht.“

„Ich begehre dich.“ Er zündete seine Zigarette an. Wahrscheinlich verstand sie ihn am besten, wenn er nüchtern und sachlich mit ihr sprach. „Du begehrst mich ebenfalls, willst aber nicht mit mir zusammenleben. Also werden wir heiraten. Es ist die einzige Lösung. Sozusagen die logische Konsequenz.“

„Die logische Konsequenz?“

„Willst du den Rest des Abends damit verbringen, meine Worte zu wiederholen?“

Wieder schüttelte sie den Kopf. Während sie

sich bemühte, nach außen hin ruhig zu bleiben, versuchte sie, aus seinem verschlossenen Gesichtsausdruck wenigstens irgendetwas herauszulesen. Doch er zeigte nicht einmal einen Anflug von Gefühlen. „Warum willst du mich heiraten?"

„Ich weiß es nicht. Ich war noch nie verheiratet. Und ich habe auch nicht vor, eine Gewohnheit daraus zu machen. Dieses eine Mal sollte mir genügen."

„Du solltest die Sache nicht dermaßen auf die leichte Schulter nehmen."

„Ich nehme sie nicht auf die leichte Schulter." Keith betrachtete einen Augenblick seine Zigarette und beugte sich dann vor, um sie auszudrücken. „Dies ist das erste Mal, dass ich einer Frau einen Heiratsantrag mache."

Liebst du mich? wollte sie fragen. Doch sie hatte nicht den Mut dazu. Was hätte ihr auch eine Antwort genützt, in die er sich hineingedrängt fühlen musste? „Glaubst du, unsere Beziehung reicht als Grundlage für eine Ehe aus?", fragte sie.

„Nein", erwiderte er. „Aber wir passen zueinander, und wir verstehen uns. Du hast Sinn für Humor, bist intelligent, siehst wunderschön aus und wirst mir treu sein. Mehr kann ich nicht verlangen." Mehr wagte er vor allen Dingen nicht zu verlangen. „Dafür biete ich dir all das, was du dir immer gewünscht hast: ein schönes Zuhause und ein angenehmes Leben. Und du wirst die wichtigste Person in meinem Leben sein."

Bei seinen letzten Worten schaute sie auf. Vielleicht war es doch genug. Falls sie ihm tatsächlich etwas bedeutete. „Meinst du das ehrlich?"

„Wenn ich es nicht ehrlich meinte, hätte ich es nicht gesagt." Er konnte dem Bedürfnis nicht widerstehen, ihre Hand zu ergreifen. „Das Leben ist ein Glücksspiel, Cathleen. Sagte ich dir das nicht schon einmal?"

„Ich glaube ja."

„Die meisten Ehen scheitern daran, dass jeder Partner den anderen nach seinen Vorstellungen zu formen versucht. Ich will nichts an dir verändern. Du gefällst mir so, wie du bist."

Er zog ihre Hand an die Lippen und küsste sie, und in diesem Moment siegten ihre Gefühle über ihren Verstand. „Dann werde ich auch versuchen, dich so anzunehmen, wie du bist."

8. KAPITEL

„Das geht alles so schnell." Dee saß in Cathleens Schlafzimmer, wo die Schneiderin gerade das Hochzeitskleid aus weißem Satin absteckte. „Bist du sicher, dass du dir nicht noch ein bisschen Zeit lassen willst?"

„Wozu?", fragte Cathleen und schaute mit starrem Blick aus dem Fenster. Sie war überzeugt, dass sie nur träumte und die Schneiderin sie bloß aus Versehen mit einer ihrer Nadeln zu stechen brauchte, um sie in die Wirklichkeit zurückzuholen.

„Um die ganze Sache noch einmal zu überdenken."

„Es gibt nichts zu bedenken." Vorsichtig strich sie über das perlenbestickte Oberteil des Kleides. Wer hätte gedacht, dass sie jemals einen solchen Traum besitzen würde? Und in zwei Tagen sollte sie es anziehen und Keiths Frau werden. Ein Schauer lief ihr über den Rücken, ein Zittern, das die Schneiderin sofort missverstand und sich bei ihr entschuldigte.

„Schauen Sie in den Spiegel, Miss McKinnon. Ich glaube, die Länge wird Ihnen zusagen. Das Kleid passt wunderbar zu Ihrem Typ. Nicht jede Frau kann diesen Stil tragen."

Mit angehaltenem Atem stellte sich Cathleen vor den hohen Ankleidespiegel. Das Kleid war ein Traum. Tausende von Perlen schimmerten auf dem matten Satin. Mit seinen engen Ärmeln, die über ihren Händen spitz zuliefen, und dem weiten, aus vielen Metern Satin gearbeiteten Rock wirkte es wie das Gewand einer Prinzessin aus dem Mittelalter.

„Es ist wunderschön, Mrs. Viceroy", sagte Dee, nachdem ihre Cousine nur sprachlos in den Spiegel schaute. „Wir sind Ihnen sehr dankbar, dass Sie uns das Kleid so kurzfristig liefern können."

„Das tue ich doch gern für Sie, Mrs. Grant." Prüfend betrachtete sie Cathleen, die noch immer in ihr Spiegelbild versunken war. „Wünschen Sie irgendeine Änderung, Miss McKinnon?"

„Nein, nicht die geringste." Mit den Fingerspitzen berührte Cathleen vorsichtig den Rock. „Es ist das schönste Kleid, das ich je gesehen habe, Mrs. Viceroy."

Die Schneiderin lächelte geschmeichelt. Eifrig machte sie sich am Rocksaum zu schaffen. „Ich glaube, Ihr zukünftiger Gatte wird zufrieden sein. Und jetzt lassen Sie mich Ihnen beim Umziehen helfen.“

Nachdem Mrs. Viceroy ihr beim Ausziehen geholfen hatte und Cathleen in ihrer schlichten Unterwäsche dastand, musste sie an das Märchen von Aschenputtel denken. Sie verstand auf einmal, wie dem armen Mädchen nach Mitternacht zumute war, nachdem es das Ballkleid ablegen und aus dem Königspalast verschwinden musste.

„Wenn ich Ihnen einen Vorschlag machen darf“, fuhr die Schneiderin fort, „dann tragen Sie unter dem Schleier eine schlichte Frisur. Etwas Altmodisches würde am besten zum Stil des Kleides passen. Und auf Schmuck sollten Sie weitgehend verzichten.“

Da Cathleen auf die Bemerkung der Schneiderin gar nicht einging, sondern wieder mit leerem Blick zum Fenster hinausstarrte, übernahm es Dee, sich bei der Frau zu bedanken. „Vielen Dank, Mrs. Viceroy“, sagte sie und stand auf. „Ich werde Sie nach unten begleiten.“

„Oh, nein, das ist nicht nötig. In Ihrem Zustand sollten Sie das Treppensteigen möglichst vermeiden. Ich finde den Weg schon allein. Das Kleid wird übermorgen um zehn Uhr geliefert.“

Übermorgen, dachte Cathleen, und wieder lief ihr ein Schauer über den Rücken. Ging es bei Keith immer nur nach dem Motto ‚Jetzt oder nie‘?

„Was für eine nette Frau“, sagte Dee, nachdem

sie die Schlafzimmertür hinter Mrs. Viceroy geschlossen hatte.

„Es war sehr zuvorkommend von ihr, die Anprobe hier vorzunehmen."

„Geschäft ist Geschäft", meinte Dee trocken und setzte sich aufs Bett. „Als die zukünftige Mrs. Logan bist du eine hoch geschätzte Kundin. Cathleen, ich freue mich natürlich sehr für dich. Aber bist du sicher, dass du diese überstürzte Heirat auch wirklich willst?"

„Wie kann ich mir sicher sein?", erwiderte Cathleen und ließ sich aufs Bett fallen. „Ich habe schreckliche Angst. Ich komme mir vor wie eine Schlafwandlerin, die jeden Moment aus ihrem Traum aufwachen kann."

Liebevoll drückte Dee ihre Hand. „Es ist kein Traum."

„Ich weiß. Deshalb habe ich ja solche Angst. Aber ich liebe ihn. Ich wünschte nur, ich würde ihn besser kennen, ich wünschte, er würde mit mir über seine Familie sprechen und vor allem über sich selbst. Ich wünschte, Mutter wäre hier und der Rest der Familie. Aber ... ich liebe ihn. Und das ist doch genug, oder?"

„Für den Anfang reicht es." Dee war es schließlich nicht anders ergangen. Auch sie hatte sich Hals über Kopf in Travis verliebt. „Er ist kein einfacher Mann", meinte sie nachdenklich.

„Aber du magst ihn doch?"

„Ich hatte von Anfang an eine Schwäche für ihn. Er hat ein gutes Herz, auch wenn er es nicht zeigt. Er ist ein harter Bursche, doch ich bin sicher, er würde der Frau, die er liebt, niemals wehtun."

„Ich weiß nicht, ob er mich liebt."

„Wie bitte?"

„Es macht nichts", sagte sie hastig und stand auf, um im Zimmer auf und ab zu laufen. „Ich habe genug Liebe für uns beide."

„Warum sollte er dich heiraten, wenn er dich nicht liebte?"

„Weil er mich begehrt." Cathleen hielt nichts davon, ihrer Cousine etwas vorzumachen. Genauso wenig gab sie sich irgendwelchen Illusionen hin.

„Ich verstehe." Und weil sie tatsächlich verstand, wählte Dee ihre Worte mit Bedacht. „Es ist ziemlich unwahrscheinlich, dass ein Mann eine Ehe auf bloßem Begehren gründet. Vor allem für einen Mann wie Keith. Wenn es ihm schwerfällt, die richtigen Worte zu finden, dann könnte es daran liegen, dass er nie gelernt hat, sie auszusprechen."

„Das macht nichts. Ich brauche keine Worte."

„Natürlich brauchst du sie."

„Okay, du hast recht." Seufzend wandte sie sich ab. „Aber ich kann warten."

„Manchmal muss ein Mensch sich erst sicher

fühlen, bevor er seine Gefühle äußern kann."

„Wenn ich dich nicht hätte, Dee." Überschwänglich fasste sie ihre Cousine bei den Händen. „Ich bin glücklich, und ich werde auch ihn glücklich machen."

Als Cathleen zwei Tage später am Arm von Onkel Paddy auf der obersten Treppenstufe stand, bezweifelte sie, dass ihre Beine sie bis zum Innenhof tragen würden. Die Trauung und der anschließende Empfang, den Dee organisiert hatte, fanden in Keiths Villa statt. Die Kapelle stand bereit, und als die ersten Klänge des Hochzeitsmarsches ertönten, setzte sich Cathleen wie eine Schlafwandlerin in Bewegung.

Keith hatte das Gefühl, in seinem Smoking ersticken zu müssen. Wenn es nach ihm gegangen wäre, dann hätte er eine Unterschrift auf dem Standesamt geleistet, und die Sache wäre erledigt gewesen. Dee war es, die ihn zu dieser Hochzeit überredet hatte. Eine einfache kleine Feier, hatte sie gesagt. Jede Frau hätte einmal im Leben das Recht auf weiße Spitze und Blumen. Keith verzog das Gesicht. Er hatte nachgegeben, weil er nicht angenommen hatte, dass sie das Fest in so kurzer Zeit auf die Beine stellen konnte. Er hätte es besser wissen müssen. Schließlich kannte er Dee gut genug.

Die einfache kleine Feier war zu einem Volksfest

geworden. Das Haus war voller Rosen, und zweihundert Leute warteten darauf, dass er und Cathleen ihre Vorstellung gaben. Dee hatte ihm einen Smoking aufgezwungen und eine fünfstöckige Hochzeitstorte bestellt, und mit dem Champagner, den man ihm ins Haus geschleppt hatte, hätte er seinen Swimming-Pool füllen können. Reichte es nicht, dass er dabei war, eine Verpflichtung einzugehen, die er für den Rest seines Lebens einzuhalten gedachte? Mussten unbedingt Geigen dazu spielen?

Mit ausdruckslosem Gesicht stand er da und fragte sich im Stillen, wie er das ganze Theater überhaupt zulassen konnte. Dann sah er Cathleen.

Unter weißem Tüll schimmerte ihr Haar in einem tiefen, warmen Rot. Sie sah blass aus, doch ihr Blick begegnete seinem ohne Zögern. Sekundenlang überkam ihn Panik. Dann lächelte sie, und er streckte die Hand aus.

Ihre Finger waren eiskalt. Irgendwie fand sie es tröstlich, dass auch seine Hände kalt waren. Fest umschloss Cathleen sie und trat mit ihm vor den Pfarrer.

Es dauerte nicht lange und sie waren Mann und Frau. Sie spürte, wie Keith ihr den Ring über den Finger streifte. Aber sie war so aufgeregt, dass sie weder den Ring noch Keith anschauen konnte. Sie wunderte sich selbst, dass ihre Hände nicht zitterten, als sie Dee den einfachen Goldring abnahm, um ihn Keith an den Finger zu stecken.

Und dann war die Zeremonie auch schon vorüber. Keith hob ihren Schleier, um beide Hände an ihre heißen Wangen zu legen. Dann küsste er sie zärtlich. Ganz leicht berührten seine Lippen ihren Mund. Als sich ihr Druck verstärkte, schlang Cathleen ihm die Arme um den Nacken und drückte ihn an sich.

Innerhalb kürzester Zeit waren sie von Gratulanten umringt, die ihnen Glück wünschten und der Braut Komplimente machten, in denen nur allzu oft ein neidischer Unterton mitschwang. Ehe sie sich versah, wurde Cathleen von Keiths Seite gedrängt, musste wildfremden Leuten zuprosten und lächelnd tausend Fragen beantworten. Geduldig ließ sie den Rummel über sich ergehen und atmete erleichtert auf, als Keith plötzlich wieder bei ihr war und sie auf die Tanzfläche zog.

Glücklich schmiegte sie sich an ihn. „Von solch einem Tag habe ich immer geträumt", sagte sie seufzend. „Sind wir wirklich verheiratet, oder bilde ich mir das alles nur ein?"

Er griff nach ihrer Hand. „Der Ring sieht jedenfalls echt aus."

Sie schaute auf ihren Ringfinger hinunter – und hielt unwillkürlich den Atem an. „Oh, Keith, ist der schön." Staunend betrachtete sie die Diamanten und Saphire, beobachtete fasziniert, wie die Steine im Licht funkelten. „So etwas hatte ich nicht erwartet."

„Du trägst ihn doch schon seit einer Stunde. Hast du ihn dir nicht angeschaut?"

„Nein." Es war kindisch, aber ihr kamen in diesem Moment die Tränen. „Danke", flüsterte sie und war froh, dass in diesem Moment die Musiker eine Pause einlegten, sodass sie von der Tanzfläche verschwinden konnte, bevor sie vor Glück und Rührung in Tränen ausbrach. „Ich bin gleich wieder da", sagte sie zu Keith und war im nächsten Augenblick die Treppe zum Obergeschoss hinaufgerannt. Sie brauchte eine Minute für sich allein, einen kurzen Augenblick, um ihr Glück zu fassen.

Sie ging in Keiths Schlafzimmer, wo sie sich aufatmend gegen die Tür lehnte. Heute Nacht würde dies ihr Zimmer sein. In diesem Bett würde sie mit Keith schlafen und morgen früh neben ihm aufwachen. Und eines Tages würde all das Neue zu einer Selbstverständlichkeit geworden sein. Nein, dachte sie und lachte leise auf. Sie würde ihr Glück nie als Selbstverständlichkeit betrachten. Ab heute sollte jeder Tag in ihrem Leben etwas Besonderes sein. Denn sie hatte einen Mann, den sie über alles liebte und zu dem sie gehörte.

Nachdem sie sich vergewissert hatte, dass ihre erhitzten Wangen sich abgekühlt hatten, öffnete sie die Tür. Draußen gingen gerade drei Frauen vorbei, die offensichtlich auf dem Weg nach unten waren. Ungewollt hörte Cathleen ihre Unterhaltung mit an.

„Warum? Wegen seines Geldes natürlich." Die Frau, die das sagte, war auch auf Dees Party gewesen. Cathleen erinnerte sich gut an ihr schneeweißes Haar. „Schließlich kannte sie den Mann doch kaum. Aus welchem Grund hätte sie ihn sonst heiraten sollen? Du glaubst doch nicht, sie ist mit ihm nach Amerika gegangen, um hier seine Buchhalterin zu spielen?"

„Wie kann Keith nur ein so unbedarftes junges Ding heiraten, er hätte so viele Frauen aus der besseren Gesellschaft haben können." Die Worte einer langbeinigen Blondine, die Cathleen ebenfalls kannte. Sie war neulich auf der Party keinen Schritt von Keiths Seite gewichen.

Die dritte Frau zuckte bloß die Schultern. „Ich finde, die beiden geben ein wunderbares Paar ab. Wirklich, Dorothy, ein Mann heiratet nicht ohne triftigen Grund."

„Die Kleine muss ziemlich gerissen sein. Einen Mann zu verführen, ist kein Kunststück. Aber ihn vor den Altar zu schleppen, dazu gehört schon einiges. Ich glaube jedoch nicht, dass sie ihn lange halten kann. In einem Jahr ist er fertig mit ihr. Dann wird sie eine hübsche Abfindung einstreichen – angefangen mit jenem Ring, den er ihr geschenkt hat.

Er soll ihn bei Cartier bestellt haben. Angeblich hat er über zehntausend Dollar dafür bezahlt. Nicht schlecht für so ein hergelaufenes Ding."

„Wahrscheinlich wird sie in den nächsten Monaten verzweifelt versuchen, sich gesellschaftlich anzupassen", meinte die Blondine und befingerte prüfend ihre Frisur.

Die weißhaarige Frau machte eine wegwerfende Bewegung. „Sie passt nicht in unsere Kreise."

Den Türknauf in der Hand, stand Cathleen da und beobachtete, wie das Trio die Treppe hinunterging. Nachdem sie ihren ersten Schock überwunden hatte, fing sie vor Wut an zu zittern. Glaubten etwa alle, sie hätte Keith seines Geldes wegen geheiratet? Glaubte er es womöglich auch? Bei diesem Gedanken durchzuckte sie erneutes Erschrecken. Du lieber Himmel, war es möglich, dass er ihre Gefühle missdeutete?

Sie presste die Hände an die Wangen, die vor Erregung glühten. Konnte er tatsächlich glauben, dass ihre Gefühle nicht ihm, sondern seinem Besitz galten? Was soll er sonst glauben, dachte sie im nächsten Moment betroffen, weil ihr plötzlich klar wurde, dass sie ihm nicht ein einziges Mal ihre Gefühle gezeigt hatte. Aber das sollte sich ändern. Entschlossen verließ sie das Zimmer. Sie würde ihm beweisen, dass sie ihn um seinetwillen, nicht wegen seines großen Hauses oder der Farm geheiratet hatte.

Als sie diesmal die Treppe hinunterkam, sah sie nicht wie die süße unschuldige Braut aus. Ihre Augen blitzten. Noch gehörte sie nicht zu diesen Kreisen, aber sie würde dafür sorgen, dass sie sehr bald dazugehörte. Keith sollte stolz auf seine Frau sein.

Während sie sich zu einem Lächeln zwang, ging sie geradewegs auf die weißhaarige Frau zu.

„Ich bin so froh, dass Sie heute kommen konnten."

Die Frau nahm ihre Worte mit einem anmutigen Nicken zur Kenntnis. „Diese Hochzeit hätte ich mir niemals entgehen lassen, meine Liebe", erwiderte sie und nippte an ihrem Champagner. „Sie sind eine bezaubernde Braut."

„Ich danke Ihnen. Aber wissen Sie, eine Braut ist man nur einen Tag lang, eine Frau das ganze Leben. Wenn Sie mich jetzt entschuldigen würden." Mit wehendem Rock eilte sie durch den Raum. Obwohl Keith mit einigen Gästen zusammenstand, ging sie direkt auf ihn zu, legte ihm die Arme um den Nacken und küsste ihn, bis die Umstehenden leise Bemerkungen machten und zu lachen anfingen. „Ich liebe dich, Keith", sagte sie. „Und ich werde dich immer lieben."

Er hatte nicht gewusst, dass diese drei Worte ihn so zu bewegen vermochten. Lächelnd sagte er: „Ist dir diese Erkenntnis eben gekommen?"

„Nein, die kam mir schon vor einiger Zeit. Ich hatte sie dir nur noch nicht mitgeteilt."

Keith hatte schon die Hoffnung aufgegeben, seine Gäste noch einmal loszuwerden. Wenn es freien Champagner gab, war niemand so bereitwillig zur Stelle wie die Mitglieder der oberen Zehntausend. Aber irgendwann ging auch der letzte Besucher, und Keith schloss aufatmend die Haustür.

„In den nächsten vierundzwanzig Stunden wird niemand dieses Haus betreten", sagte er zu Cathleen, die mit verschränkten Armen in der Halle stand und auf ihn wartete.

Sie lächelte ihn an. „Ich sollte vielleicht nach oben gehen und mich umziehen."

„Warte einen Moment." Er kam zu ihr und fasste sie bei den Händen, um sie zurückzuhalten. „Ich habe dir noch gar nicht gesagt, wie bezaubernd du heute ausgesehen hast. Du kannst dir nicht vorstellen, wie nervös ich war, als ich da unten an der Treppe stand und auf dich wartete."

„Du warst nervös?" Glücklich lächelnd schmiegte sie sich an ihn. „Ich war mehr als nervös. Ich hatte eine Riesenangst. Am liebsten hätte ich meine Röcke gerafft und wäre davongelaufen."

„Dann hätte ich dich eingefangen und wieder zurückgebracht."

„Hoffentlich. Es gibt nämlich keinen Ort, an dem ich lieber wäre als hier mit dir."

Mit beiden Händen umfasste er ihr Gesicht. „Du

hast wenig Vergleichsmöglichkeiten gehabt."

„Das macht nichts."

So ganz beruhigte ihn ihre Antwort nicht. Er war der einzige Mann, mit dem sie je zusammen war. Jetzt hatte er das einzig Mögliche getan, um es auch zu bleiben. Das mochte selbstsüchtig gewesen sein. Aber etwas anderes als diese verzweifelte Maßnahme war ihm nicht eingefallen. Er küsste sie, und während seine Lippen auf ihren lagen, nahm er sie auf die Arme. „Es gibt keine Schwelle, über die ich dich tragen kann."

„Oh, doch! Dein Schlafzimmer hat eine."

„Ich wusste von Anfang an, dass du eine Frau nach meinem Geschmack bist", sagte er und trug sie die Treppe hinauf in sein Schlafzimmer, wo Rosa in einem Eiskübel Champagner für sie bereitgestellt hatte.

„Keith", sagte sie, nachdem er sie auf dem Bett abgesetzt hatte. „Könntest du mich vielleicht zehn Minuten allein lassen?"

„Und wer soll dir aus dem Kleid helfen?"

„Das schaffe ich selbst. Es bringt bestimmt Pech, wenn der Bräutigam der Braut beim Ausziehen hilft. Nur zehn Minuten", wiederholte sie. „Ich beeile mich."

„Okay", meinte er und nahm seinen Bademantel aus dem Schrank. „Ich kann diese Zwangsjacke auch woanders ausziehen."

„Danke."

Keith ließ ihr keine Sekunde länger als die versprochenen zehn Minuten, aber Cathleen erwartete ihn bereits. Sie war noch immer in Weiß, doch das Gewand, das sie jetzt trug, war duftig und durchsichtig. Sie hatte ihr Haar gelöst, sodass es ihr lockig über die Schultern fiel. Leise schloss Keith die Tür hinter sich. Er vermochte den Blick nicht von ihr zu wenden.

„Ich hätte es nie für möglich gehalten, dass du noch schöner aussehen kannst als vorhin bei der Hochzeit."

„Dies ist unsere Hochzeitsnacht, deshalb wollte ich mich ganz besonders schön für dich machen. Ich weiß, wir haben schon ... wir waren schon zusammen, aber ..."

„Aber dies ist das erste Mal, dass wir als verheiratetes Paar eine Nacht gemeinsam verbringen."

„Ja." Sie streckte beide Hände nach ihm aus. „Und ich möchte, dass du mich liebst. Ich habe jetzt noch größere Sehnsucht nach dir als zuvor. Du musst mir ..." Es war albern zu erröten. Schließlich war sie seine Frau, „du musst mir zeigen, was ich tun soll, um dich glücklich zu machen."

„Cathleen!" Er war so bewegt, dass ihm die Worte fehlten. Liebevoll küsste er sie auf die Stirn. „Ich habe etwas für dich."

Als er ein Etui aus der Tasche seines Bademantels zog und es ihr reichte, strich sie sich verlegen mit der Zungenspitze über die Lippen. „Keith, du sollst dich nicht verpflichtet fühlen, mir Geschenke zu machen."

„Ich mache mir selbst eine Freude damit. Es gibt für mich nichts Schöneres, als dich mit diesen Geschenken zu schmücken." Weil sie sich nicht traute, das Etui zu öffnen, nahm er es ihr aus der Hand und klappte selbst den Deckel auf. Auf dunklem Samt schimmerte ein Brillantencollier mit einem großen Saphir in der Mitte.

„Oh, Keith!" Sie wäre fast in Tränen ausgebrochen, so schön war das Schmuckstück. „Es passt zu meinem Ring."

„Es ist ja auch als Ergänzung zu deinem Ring gedacht." Gespannt schaute er sie an. „Gefällt es dir nicht?"

„Oh, doch! Aber es ist viel zu kostbar. Ich fürchte, ich kann so etwas Wertvolles nicht tragen."

Lachend fasste er sie bei den Schultern und führte sie zum Spiegel. „Es ist dazu da, um getragen zu werden. Siehst du?" Er legte ihr das Collier um den Hals. Der Saphir hob sich dunkel von ihrer hellen Haut und den blitzenden Diamanten ab. „Du wirst noch viel mehr Schmuck von mir bekommen. Wir können zum Beispiel auf unserer Hochzeitsreise ein paar schöne Stücke kaufen." Er küsste sie auf den Hals. „Wo möchtest du hinfahren? Nach Paris? Oder Aruba?"

Nach Irland, dachte sie, sprach jedoch aus

Angst, er könnte sie auslachen, diesen Wunsch nicht aus. „Ich glaube, wir sollten mit der Hochzeitsreise noch warten, bis die Rennsaison vorbei ist", meinte sie zögernd. „Du darfst doch das Kentucky Derby nicht versäumen. Können wir die Reise nicht um ein paar Monate verschieben?"

„Wenn das dein Wunsch ist." Er legte das Collier ins Etui zurück und drehte sie dann zu sich herum, damit sie ihm ins Gesicht schauen musste. „Was ist los, Cathleen? Stimmt etwas nicht?"

„Es ist alles so neu und … Oh, Keith, ich schwöre dir, dass ich dir niemals Anlass geben werde, dich meiner zu schämen."

„Was soll denn das heißen?" Ungeduldig fasste er sie beim Arm und zog sie aufs Bett. „Ich will sofort wissen, wie du auf diese dumme Bemerkung kommst."

Warum war sie bloß immer so leicht zu durchschauen, während er ein Buch mit sieben Siegeln für sie blieb? „Nimm sie nicht so wichtig", meinte sie leichthin. „Mir ist bloß heute Abend aufgefallen, dass ich nicht so recht in deine Kreise passe."

„Meine Kreise?" Sein Lachen klang alles andere als belustigt. „Du hast keine Ahnung, aus welchen Kreisen ich komme – worüber du übrigens froh sein solltest. Wenn du jedoch die Leute meinst, die heute Abend hier waren, dann kann ich dir versichern, dass zwei Drittel von ihnen keinen Pfifferling wert sind."

„Aber ich dachte bisher, du magst sie. Sind sie denn nicht deine Freunde?“

„Sie sind höchstens Geschäftsfreunde, und das kann sich jederzeit ändern.“

„Du gehörst zu den Gestütsbesitzern“, beharrte sie. „Und da ich jetzt mit dir verheiratet bin, gehöre ich auch dazu. Ich will nicht, dass dir jemand nachsagt, du hättest ein hergelaufenes kleines Ding geheiratet, das nicht in deine Welt passt.“

„Was offenbar irgendjemand getan hat“, murmelte er. Sie brauchte es ihm nicht zu bestätigen, er sah es ihr auch so an. „Jetzt hör mir einmal zu“, sagte er. „Ich habe dich geheiratet, weil du die Frau bist, die ich haben wollte. Die Meinung der anderen interessiert mich nicht.“

„Ich werde dich gewiss nicht enttäuschen. Das schwöre ich dir.“ Sie küsste ihn mit all der Leidenschaft, der Liebe und Sehnsucht, die sie für ihn empfand.

Die besondere Bedeutung dieser Nacht ging für Cathleen weit über Champagner und weiße Spitze hinaus. Für sie lag der wahre Sinn darin, Keith ihre Gefühle zu zeigen, all die Empfindungen, die sie selbst gerade erst zu begreifen begann. Zum Beispiel, dass sie ihn rückhaltlos liebte. Die Arme um seinen Nacken geschlungen, die Lippen auf seine gepresst, zog sie ihn aufs Bett hinunter. Er hatte ihr die Liebe gezeigt. Jetzt hoffte sie, ihm etwas von dem Glück zurückgeben zu können. Da ihr die Erfahrung fehlte, musste sie sich darauf verlassen, was ihre Gefühle ihr sagten. Sie hatte keine Ahnung, ob ein Mann mehr als Verlangen und Befriedigung empfinden konnte. Aber sie wollte versuchen, ihm wenigstens etwas von dem zurückzuschenken, was er ihr gegeben hatte.

Zögernd und unsicher drückte sie die Lippen an seinen Hals. Sofort spürte sie, wie sich sein Pulsschlag beschleunigte. Sie lächelte zufrieden. Ja, sie konnte ihm etwas geben. Es gefiel ihr, ihn zu streicheln, das Spiel seiner kräftigen Muskeln zu ertasten. Vorsichtig schlug sie seinen Bademantel auseinander. Doch als sie spürte, wie sein Körper sich anspannte, zog sie sich mit einer verlegenen Entschuldigung zurück.

„Nein!" Sein Lachen klang diesmal anders als sonst. Er nahm ihre Hand, um sie wieder auf seine Brust zu legen. „Es gefällt mir, wenn du mich streichelst."

Obwohl jede ihrer zögernden Berührungen ihn verrückt machte, erwiderte er ihre Zärtlichkeiten mit derselben behutsamen Zurückhaltung. Seine Gefühle für sie verwirrten ihn immer mehr. Ihre unschuldige Leidenschaft, ihre Bereitwilligkeit, von ihm zu lernen und ihm zurückzugeben, was er ihr beibrachte, rührten ihn tief.

Sie ließen sich Zeit. Ohne jede Hast liebten sie sich. Cathleen empfand keine Scheu, als er ihr das Spitzennegligee über die Schultern streifte, eher Verwunderung, dass er sie so begehrenswert fand. Vielleicht war es altmodisch, aber jetzt, da Keith ihr Mann war, fand sie es noch erregender, mit ihm zu schlafen. Ihr Begehren hatte nicht nachgelassen, und seine Zärtlichkeiten lösten zitternde Erregung in ihr aus. Aber zu der Lust und dem Verlangen war Glück hinzugekommen, Freude darüber, dass der Mann, der sie in den Armen hielt, sie von nun an jede Nacht in den Armen halten würde. Und dies war erst der Anfang. Lachend rollte sie sich mit ihm auf dem Bett, bis sie auf ihm lag.

„Was ist denn so komisch?“, fragte er mit rauer Stimme. Nur mit Mühe vermochte er sein Verlangen zu zügeln.

„Ich bin glücklich.“ Ihr Kuss war leidenschaftlich. Von ihrem eigenen Begehren überwältigt, nahm sie ihn in sich auf. Sie überließ sich ganz dem Rhythmus ihres Körpers, der mit den Bewegungen seines Körpers zu verschmelzen schien.

Mit zurückgeworfenem Kopf gab sie sich den wundervollen Empfindungen hin. Sie sah herrlich aus, mit ihrem rötlich schimmernden Haar und den weißen Schultern, dem schlanken, biegsamen Körper, der ein Teil seines Körpers geworden war. Keith hätte sie ewig so halten können. Aber dann überwältigte ihn die Lust, und er vergaß alles um sich herum.

Graue Regenschleier begrüßten Cathleen an ihrem ersten Morgen als Keiths Frau. Sie fand das Wetter wunderbar. Lächelnd drehte sie sich auf die Seite, um die Hand nach Keith auszustrecken. Doch der Platz neben ihr war leer. Erschrocken setzte sie sich auf. War die Hochzeit nur ein Traum gewesen?

„Wachst du immer so schlagartig auf?" Am anderen Ende des Raumes schloss Keith gerade die Schnalle seines Gürtels.

„Nein, ich dachte …" Es war kein Traum, natürlich nicht. Lachend schüttelte sie den Kopf. „Wo gehst du hin?"

„Ich muss nach den Pferden sehen."

„So früh?"

„Es ist sieben Uhr."

„Sieben." Sie rieb sich die Augen. „Ich werde dir ein schönes Frühstück machen."

„Das ist nicht nötig. Rosa macht mir Frühstück. Bleib noch ein wenig liegen. Du brauchst deinen Schlaf."

„Aber ich …" Sie wollte ihm Frühstück machen. War das nicht ihre Aufgabe als seine Frau? Sie wollte mit ihm in der Küche sitzen, den Tag mit ihm besprechen und die Erinnerung an die gemeinsame Liebesnacht mit ihm teilen. Aber Keith zog bereits seine Stiefel an. „Ich bin nicht müde", sagte sie. „Ich werde aufstehen und in mein Büro gehen."

„Du hast die Bücher so gut in Ordnung gebracht, dass du dir ruhig ein paar Tage freinehmen kannst“, erwiderte er. „Wenn du möchtest, kannst du diese Arbeit sowieso aufgeben.“

„Ich werde sie auf keinen Fall aufgeben. Schließlich bin ich als deine Buchhalterin nach Amerika gekommen.“

Er hob die Brauen. „Die Situation ist doch jetzt eine völlig andere. Ich möchte nicht, dass meine Frau den ganzen Tag in einem Büro eingesperrt ist.“

„Wenn es dir nichts ausmacht, möchte ich lieber arbeiten.“ Sie fing an, die Laken zurechtzuziehen. „Falls du etwas dagegen hast, dass ich weiterhin deine Bücher führe, werde ich mir einen anderen Job suchen.“

„Ich habe nichts dagegen. Du sollst nur wissen, dass es dir überlassen ist, jederzeit damit aufzuhören. Was tust du da?“

„Ich mache das Bett.“

Er ging zu ihr hinüber, um ihre Hand in seine zu nehmen. „Es ist Rosas Aufgabe, die Zimmer in Ordnung zu halten.“

„Aber sie braucht doch nicht unser Bett zu machen.“

„Selbstverständlich macht sie unser Bett.“ Er küsste sie auf die Stirn, überlegte es sich dann aber anders und zog sie fest an sich. „Guten Morgen“, sagte er zärtlich.

Sie lächelte unsicher. „Guten Morgen."

„Ich bin in ein paar Stunden zurück. Warum gehst du nicht schwimmen?"

Nachdem er die Tür hinter sich geschlossen hatte, blieb Cathleen einen Augenblick mit verschränkten Armen stehen. Ich soll schwimmen gehen? dachte sie verwirrt. An ihrem ersten Tag als seine Frau durfte sie weder sein Frühstück noch sein Bett machen. Stattdessen schlug er ihr vor zu schwimmen. Sie ging zum Spiegel, um sich zu betrachten. Sie sah nicht anders aus als sonst. Es war schon seltsam. Da hatte sie sich geweigert, Keiths Geliebte zu werden, und jetzt hatte sie das Gefühl, eher seine Mätresse als seine Frau zu sein.

Entschlossen ging sie ins Bad, um sich zu waschen und anzuziehen. Es war bereits nach sieben, und es gab genug Arbeit, die auf sie wartete.

Leider zeigte sich Rosa genauso uneinsichtig wie Keith. Die Señora braucht das nicht zu tun. Nein, auch hier gibt es für die Señora nichts zu tun. Vielleicht sollte sich die Señora mit einem Buch an den Swimming-Pool setzen. Mit anderen Worten, dachte Cathleen, wird die Señora in diesem Haushalt nicht gebraucht. Aber das würde sich ändern.

Bis zum Mittagessen zog sie sich in ihr Büro zurück, und bevor Keith zum Lunch nach Hause kam, nahm sie die Dinge selbst in die Hand.

Sie füllte einen Eimer mit heißem Wasser und

Putzmittel und marschierte mit einem Schrubber bewaffnet in den Innenhof, um den Fußboden aufzuwischen. Die Gläser und Servierplatten hatte Rosa schon weggeräumt, den Kachelboden jedoch noch nicht geputzt. Es erfüllte Cathleen mit einem gewissen Triumphgefühl, der Haushälterin zuvorgekommen zu sein.

Keith eilte durch den strömenden Regen zum Haus hinüber. Dabei dachte er nur an Cathleen. Sie hatte bezaubernd ausgesehen heute früh.

Wenn er auch seine Zweifel hatte, ob es richtig gewesen war, sie zu dieser überstürzten Heirat zu überreden – was ihn anging, so hatte er gewiss die richtige Entscheidung getroffen. Noch nie zuvor war er so ausgeglichen gewesen. Er hatte fast das Gefühl, als hätte Cathleen seinem Leben erst einen Sinn gegeben.

Im Haus machte er sich als Erstes auf die Suche nach ihr. Er brauchte nicht weit zu gehen, um sie zu finden. Als er den Innenhof betrat, sah er sie. Sie kniete auf dem Fußboden und schrubbte die Kacheln. Mit zwei Schritten war er bei ihr, um sie unsanft vom Boden hochzuziehen. „Verdammt noch mal, was tust du da?“

„Ich putze den Fußboden.“

„Du wirst so etwas nie wieder tun! Hast du mich verstanden?“

„Nein.“ Fassungslos schaute sie ihn an. Er war

wütend, so viel war sicher. Wenn sie auch nicht wusste, warum. „Nein, ich verstehe dich nicht."

„Meine Frau macht keine Fußböden sauber."

„Moment mal!" Als er sich auf dem Absatz umdrehen und davongehen wollte, packte sie ihn beim Arm. „Deine Frau lässt sich nicht vorschreiben, was sie zu tun und zu lassen hat. Und noch viel weniger lässt sie sich in einen goldenen Käfig sperren. Was ist los mit dir, Keith?"

„Ich habe dich nicht geheiratet, damit du Fußböden schrubbst."

„Nein. Ich darf dir auch kein Frühstück machen oder deine Bettlaken glatt ziehen. So viel ist mir inzwischen klar geworden. Warum hast du mich eigentlich geheiratet?"

„Habe ich das nicht deutlich genug gesagt?"

„Ja, das hast du." Sie nahm ihre Hand von seinem Arm. „Im Endeffekt bin ich also doch deine Geliebte, wenn auch eine legale."

Sosehr er sich anstrengte, er schaffte es nicht, seinen Ärger zu verbergen. „Mach dich nicht lächerlich!", fuhr er sie an. „Und lass diesen verdammten Eimer stehen."

Inzwischen ging auch mit Cathleen das Temperament durch. „Wie du willst!", fauchte sie und trat so heftig gegen den vollen Eimer, dass er umkippte und die Seifenlauge sich über die Kacheln ergoss. Dann marschierte sie hocherhobenen Kopfes davon.

„Wo gehst du hin?“, rief er.

„Ich weiß es nicht“, sagte sie über die Schulter hinweg. „Du hast doch wohl nichts dagegen, wenn ich durch dein Haus gehe, vorausgesetzt natürlich, dass ich nichts anfasse.“

„Hör auf damit.“ In der Diele holte er sie ein. „Du kannst anfassen, was du willst, Cathleen. Du sollst bloß nichts putzen.“

„Vielleicht sollten wir eine Hausordnung aufstellen.“ Sie stieß die Tür zum Swimming-Pool auf, wo ihr die Hitze hart entgegenschlug. Für ihre Stimmung war die Temperatur genau das Richtige. „Also: Anfassen und anschauen sind erlaubt.“

„Benimm dich nicht so kindisch.“

„Wer benimmt sich hier kindisch?“, gab sie zornig zurück. „Ich habe nicht angefangen mit dem Quatsch. Du hast einen Wutanfall bekommen, weil ich den Fußboden aufwischte.“

„Ich dachte, du seist nach Amerika gekommen, damit du diese Dinge nicht mehr tun musst.“

Sie nickte. „Ja, das stimmt. Das ist jedoch nicht der Grund, weshalb ich dich geheiratet habe. Wenn andere mir nachsagen, ich hätte dich wegen deines Geldes geheiratet, dann kann ich das verkraften. Aber es tut mir weh, wenn auch du dieser Meinung bist. Ich habe dir gestern gesagt, dass ich dich liebe. Glaubst du mir denn nicht?“

„Ich weiß es nicht.“ Müde strich er sich übers

Gesicht. „Was spielt es schon für eine Rolle?"

Sie musste sich abwenden, so weh tat es ihr, ihn anzuschauen. „Ich habe dich nicht belogen, Keith. Meine Worte waren aufrichtig gemeint. Aber wenn du mir nicht glauben willst, bitte. Dann soll es mir egal sein." Nach außen hin vollkommen ruhig, nahm sie einen Blumentopf und schleuderte ihn auf den Kachelboden. „Keine Angst, ich putze den Dreck nicht weg", erklärte sie spöttisch.

„Bist du jetzt fertig?"

Mit verschränkten Armen stand sie da und starrte auf den Pool. „Das muss ich mir erst noch überlegen."

Behutsam legte er ihr die Hand auf die Schulter. Vielleicht liebte sie ihn doch ein wenig. „Meine Mutter verbrachte ihr halbes Leben auf den Knien, um anderer Leute Fußböden zu putzen", sagte er leise. „Sie war nicht einmal vierzig Jahre alt, als sie starb. Ich möchte nicht, dass du für irgendjemanden auf den Knien liegst, Cathleen."

Er wollte seine Hand wegziehen, doch Cathleen legte ihre Hand auf seine und hielt sie fest. „Das war eben das erste Mal, dass du mir etwas Persönliches anvertraut hast, Keith. Du darfst mich nicht immer ausschließen, damit treibst du mich zur Verzweiflung."

„Ich dachte eigentlich, du würdest mich so nehmen, wie ich bin."

„Das tue ich auch. Und ich liebe dich, Keith."

„Dann zeig mir, dass dir das Leben als meine Frau Freude macht."

„Oh, ich habe durchaus meinen Spaß", erklärte sie und lächelte ihn dabei mutwillig an. „Ich streite schrecklich gern."

„Tu dir keinen Zwang an. Ich stelle mich gern zur Verfügung. Bist du schon schwimmen gegangen?"

„Nein. Ich habe erst an deinen Büchern gearbeitet und anschließend mit Rosa argumentiert."

„Dann warst du ja voll ausgelastet. Komm, lass uns jetzt ein wenig schwimmen."

„Ich kann nicht. Ich habe keinen Badeanzug."

„Das macht nichts." Er hatte sie bereits hochgehoben, um sie zum Beckenrand zu tragen.

Lachend versuchte sich Cathleen gegen den Übergriff zu wehren. „Untersteh dich!", rief sie. „Wenn du mich ins Wasser wirfst, werde ich dich mit hineinziehen."

„Genau darauf habe ich es abgesehen", erwiderte er und sprang vollständig angezogen mit ihr in den Pool.

9. KAPITEL

Cathleen war noch nicht einmal einen Monat verheiratet, da war sie mit Keith bereits in New York, Kentucky und Florida gewesen. Allmählich gewöhnte sie sich an die Atmosphäre und das Publikum auf den Rennplätzen, an die verschwenderischen Partys, zu denen nur die Erfolgreichen und Privilegierten Zugang hatten. Sie gewöhnte sich auch an die Gesprächsthemen, die sich in diesen Kreisen ausschließlich um Pferde und ihre Besitzer drehten, und so langsam wurde ihr klar, dass diese Menschen in ihren Interessen ähnlich beschränkt waren wie die Bauern in Skibbereen.

Sie lernte zu wetten und zu gewinnen, worüber Keith sich immer wieder amüsierte, was sie wiederum glücklich machte. Cathleen hatte nämlich herausgefunden, dass es ihr die größte Freude bereitete, mit Keith zusammen unbeschwert und fröhlich zu sein. Der Schmuck, den er ihr schenkte, und die vielen neuen Kleider, die in ihrem

Schrank hingen, bedeuteten ihr wenig. Sie hatte erkannt, dass die Dinge, um die sie früher andere beneidet hatte, gar nicht so wichtig waren.

Und dann gab es noch eine weitere Veränderung in ihrem Leben, von der Keith jedoch noch nichts wusste: Sie war schwanger. Dass sie ein Kind von ihm erwartete, ein Kind, das in ihrer ersten Liebesnacht gezeugt wurde, entzückte sie und ängstigte sie gleichzeitig. In wenigen Monaten würden sie nicht nur Mann und Frau, sondern eine richtige Familie sein. Sie konnte es kaum abwarten, ihm die Neuigkeit mitzuteilen, und fürchtete sich zugleich vor seiner Reaktion.

Sie hatten nie über Kinder gesprochen. Nach wie vor schwieg sich Keith über persönliche Dinge aus. Cathleen wusste nach diesen ersten vier Wochen ihrer Ehe kaum mehr über ihn als vor der Hochzeit. Er hatte nie wieder seine Mutter oder seine Familie erwähnt. Ein paarmal hatte sie versucht, ihm Fragen zu stellen. Doch er hatte sie einfach überhört.

Aber was macht das schon, dachte sie, während sie durchs Haus ging, um ihn zu suchen. Sie hatte ihn mit Dees Kindern beobachtet. War er nicht immer lieb und aufmerksam zu ihnen gewesen? Da würde er doch gewiss mit seinem eigenen Kind noch liebevoller umgehen. Wenn sie es ihm mitteilte, würde er sie bestimmt in die Arme nehmen und ihr sagen, wie glücklich er darüber sei.

Und dann würden sie zusammen die Einrichtung des Kinderzimmers planen.

Sie fand ihn in der Bibliothek, wo er gerade telefonierte.

„Ich bin nicht an einem Verkauf interessiert." Mit einer Handbewegung forderte er sie auf, hereinzukommen. „Nein, nicht zu diesem oder irgendeinem anderen Preis. Sagen Sie Durnam, dass zurzeit keines meiner Pferde verkäuflich ist. Ja, ich gebe Ihnen Bescheid." Er hing ein und fuhr sich ungeduldig durchs Haar.

„Gibt es Probleme?" Cathleen ging zu ihm hinüber, um ihn auf die Wange zu küssen.

„Nein. Charlie Durnam möchte eines meiner Fohlen kaufen. Offensichtlich hat er Schwierigkeiten. Nun, was hast du gekauft?"

„Gekauft?"

„Warst du nicht einkaufen?"

„Doch, aber ich habe nichts gefunden." Sie schmiegte ihre Wange an sein Gesicht. „Keith, ich möchte dir etwas sagen."

„Gleich. Setz dich, Cathleen."

Etwas in seinem Ton ließ sie aufhorchen. So sprach er nur mit ihr, wenn sie ihn verärgert hatte. „Was ist los, Keith?"

„Dein Vater hat mir geschrieben."

„Daddy?" Erschrocken sprang sie auf. „Ist etwas passiert?"

„Nein, es ist nichts passiert. Du kannst dich

wieder setzen." Sein Ton war kühl und nüchtern. Er klang in diesem Moment nicht wie ihr Mann, sondern eher wie ihr Chef. „Er schrieb mir, um mich in eurer Familie willkommen zu heißen, und ermahnte mich mit väterlicher Besorgnis, gut auf dich aufzupassen. Er dankte mir außerdem für das Geld, das du nach Irland geschickt hast. Es sei eine große Hilfe für die Familie gewesen." Keith schwieg kurz, um einige Papiere auf dem Schreibtisch durchzublättern. „Warum hast du mir nicht gesagt, dass du deinen Eltern jedes Mal die Hälfte deines Gehaltes überwiesen hast?"

„Ich habe nie daran gedacht", erklärte sie, unterbrach sich aber, um ihn fragend anzuschauen. „Woher weißt du eigentlich, wie viel Geld ich nach Irland geschickt habe?"

Keith stand auf und stellte sich ans Fenster. „Du führst sehr gewissenhaft Buch, Cathleen."

„Ich verstehe nicht, worüber du so erregt bist. Schließlich handelt es sich um mein Geld."

„Du bist meine Frau, verdammt noch mal!", sagte er aufbrausend. „Wenn du Geld nach Hause schicken willst, dann brauchst du doch nur einen Scheck auszustellen. Und dieses lächerliche Gehalt hast du auch nicht mehr nötig. Als meine Frau steht dir selbstverständlich jede Summe zu, die du haben möchtest."

Cathleen schwieg einen Augenblick. „Das ist es also", meinte sie schließlich. „Du glaubst noch immer, ich hätte dich wegen deines Geldes geheiratet."

Keith wusste selbst nicht, was er glaubte. Cathleen war eine wunderbare Frau. Sie gab ihm Wärme und Zärtlichkeit, und sie liebte ihn. Und je länger er mit ihr zusammen war, desto misstrauischer wurde er. Die Sache musste doch irgendwo einen Haken haben. Niemand gab bedingungslos, ohne etwas dafür zu fordern.

„Nicht unbedingt", erwiderte er nach einer Weile. „Aber ich glaube nicht, dass du mich ohne mein Geld geheiratet hättest. Ich sagte dir schon einmal, dass es keine Rolle spielt. Wir passen gut genug zusammen."

„Tatsächlich?"

„Jedenfalls ist das Geld da, und deshalb kannst du es auch ausgeben. Wer weiß, wie lange es uns noch so gut geht." Er zündete sich eine Zigarette an. „Genieß dein Leben, Cathleen. Auch das gehört zu unserer Abmachung."

Sie dachte an das Kind, das sie erwartete, und hätte am liebsten geweint. Stattdessen stand sie auf, um ihn mit unbewegter Miene anzuschauen. „Wolltest du sonst noch etwas mit mir besprechen?"

„Geh und schreib einen Scheck für deine Eltern aus. Schick ihnen, was sie brauchen."

„Vielen Dank."

„Wir fahren in ein paar Tagen nach Kentucky

zum Bluegrass-Stakes und zur Derby-Woche. Es wird dir Spaß machen. Bei diesen Rennen ist immer viel los."

„Ich bin sicher, ich werde mich amüsieren." Sie holte tief Luft. Bei ihren nächsten Worten beobachtete sie ihn scharf. „Schade, dass Dee nicht mehr reisen kann. Es wäre schön gewesen, wenn sie und Travis uns hätten begleiten können."

„Das ist der Preis, den man zahlen muss, wenn man Kinder hat." Er zuckte die Schultern und setzte sich wieder hinter seinen Schreibtisch.

„Ja", sagte sie ruhig. „Ich werde dich jetzt wieder deiner Arbeit überlassen."

„Wolltest du mir nicht etwas sagen?"

„Nein. Es war unwichtig." Leise schloss sie die Tür hinter sich. Draußen schlug sie traurig die Hände vors Gesicht. Hatte sie ihm nicht immer wieder gesagt, dass sie ihn liebte? Hatte sie es ihm nicht auf jede nur mögliche Art und Weise gezeigt? Jetzt trug sie sogar den Beweis dieser Liebe unterm Herzen, und trotzdem war ihm alles egal. Dann musste es ihr eben auch egal sein. Entschlossen straffte sie die Schultern und ging weiter. Dass Keith auf der anderen Seite der Tür stand, dass er bereits den Griff in der Hand hielt, es aber nicht wagte, seine Frau zurückzuhalten, das ahnte sie nicht.

Er hatte diese Szene nicht gewollt. Sie hatte so glücklich ausgesehen, als sie ins Zimmer kam.

Und ihr Lächeln war so liebevoll gewesen. Warum konnte er ihr nicht glauben, dass sie ihn liebte? Weil es diese Art von Liebe für ihn nicht gab. Nun, solange er ihr ein angenehmes Leben bieten konnte, würde sie bei ihm bleiben, daran zweifelte er nicht. Und dass sie ihm aus Dankbarkeit und Anerkennung dafür gewisse Gefühle entgegenbrachte, das konnte er sich auch vorstellen.

Aber fühlte sie überhaupt etwas für den armen Habenichts, der er im Grunde genommen war? Würde sie zu ihm halten, wenn er auf einen Schlag alles wieder verlor? Er hielt es nicht aus, über diese Frage nachzudenken. Es tat ihm weh. Niemals durfte er das Risiko eingehen, sie zu verlieren.

Cathleen hatte keine Ahnung von seinen wahren Gefühlen. Als sie zu Rosa in die Küche ging, war sie überzeugt, Keith würde sie nur an seiner Seite dulden, solange sie sich nicht in sein Leben einmischte.

Rosa spülte gerade Gläser, als Cathleen die Küche betrat. „Kann ich etwas für Sie tun, Señora?“, fragte sie höflich.

„Ich will mir nur eine Tasse Tee machen.“

„Ich werde Wasser aufsetzen.“

„Das kann ich selbst“, erwiderte Cathleen kühl, während sie den Kessel auf den Herd stellte.

„Wie Sie wünschen, Señora.“

Cathleen stützte sich mit beiden Händen auf den Herd. „Entschuldigen Sie, Rosa."

Während die Haushälterin sich wieder ihren Gläsern zuwandte, durchsuchte sie die Schränke nach einer Tasse. Was bin ich nur für eine Hausfrau? dachte sie. Ich weiß ja nicht einmal, wo mein Geschirr steht. Wie konnte ein Mensch nur so glücklich und gleichzeitig so unglücklich sein.

„Rosa, wie lange arbeiten Sie schon für Mr. Logan?", fragte sie die Haushälterin unvermittelt.

„Viele Jahre, Señora."

„Bevor er in dieses Haus zog?"

„Ja."

„Wo haben Sie vorher für ihn gearbeitet?"

„In einem anderen Haus."

Cathleen fasste sie an der Schulter. „Wo, Rosa?"

Sie sah, wie die Haushälterin ihre Lippen zusammenpresste. „In Nevada", sagte sie schließlich zögernd.

„Was hat er dort gemacht?"

„Das sollten Sie ihn vielleicht selbst fragen."

„Ich will es aber von Ihnen hören, Rosa. Glauben Sie nicht, ich habe ein Recht darauf zu erfahren, wer mein Mann ist?"

Wieder schien Rosa zu zögern. „Es steht mir nicht zu, über ihn zu sprechen."

„Ich will endlich mehr über ihn wissen. Es ist mir egal, wer er war oder was er getan hat. Wie kann ich ihm das nur klarmachen?"

„Selbst wenn Sie es wüssten, würden Sie es wahrscheinlich nicht verstehen, Señora“, sagte Rosa bedächtig. „Es gibt Dinge, an die rührt man besser nicht.“

„Unsinn!“, rief Cathleen. Nur mit Mühe konnte sie sich beherrschen. „Rosa, ich liebe ihn, und ich kann es nicht ertragen, dass er noch immer ein Fremder für mich ist. Wie kann ich ihn glücklich machen, wenn ich ihn nicht kenne?“

Rosa schaute sie einen Augenblick lang stumm an. Ihre Augen waren sehr dunkel und sehr klar. Sekundenlang durchzuckte Cathleen das seltsame Gefühl, diese Augen zu kennen. Im nächsten Moment war das Gefühl verflogen. „Ich glaube Ihnen“, sagte Rosa.

„Aber wie bringe ich Keith dazu, mir zu glauben?“

„Es gibt Menschen, denen es schwerfällt, an Gefühle zu glauben. Wissen Sie, was es bedeutet, hungrig zu sein, nach allem zu suchen? Nach Nahrung, nach Wissen, nach Liebe? Keith ist mit nichts aufgewachsen, mit weniger als nichts. Wenn es Arbeit gab, arbeitete er. Wenn es keine Arbeit gab, stahl er. Er kannte seinen Vater nicht. Seine Mutter war nie verheiratet, verstehen Sie?“

„Ja.“ Nachdenklich setzte sich Cathleen an den Küchentisch. Sie sagte nichts, als Rosa zum Herd ging, um ihr eine Tasse Tee zu kochen.

„Seine Mutter arbeitete hart, obwohl sie immer kränkelte. Manchmal ging Keith zur Schule. Aber meistens arbeitete er auf den Feldern."

„Auf einer Farm?", fragte Cathleen.

„Si. Er lebte eine Weile auf einer Farm, damit er seiner Mutter den Lohn geben konnte."

„Ich verstehe." Und sie begann tatsächlich zu verstehen.

„Er hasste dieses Leben, den Dreck, die Armut."

„Rosa, wieso kannten Sie ihn damals schon?"

Die Haushälterin stellte die Tasse vor sie hin. „Wir hatten denselben Vater."

Verblüfft schaute Cathleen sie an. Als Rosa sich vom Tisch entfernen wollte, packte Cathleen sie beim Arm. „Sie sind Keiths Schwester?"

„Seine Halbschwester. Als ich sechs Jahre alt war, zog mein Vater mit mir nach New Mexiko, wo er Keiths Mutter kennenlernte, eine hübsche, zarte und sehr unerfahrene junge Frau. Neun Monate später kam Keith zur Welt. Da er keine Arbeit finden konnte, ließ mein Vater mich bei Keiths Mutter zurück und zog weiter. Er versprach, uns alle nachzuholen, sobald er Arbeit hätte. Aber wir hörten nie wieder etwas von ihm. Später erfuhr Keiths Mutter, dass er in Utah eine andere Frau gefunden hatte. Also ging sie arbeiten, putzte zwanzig Jahre lang für andere Leute die Häuser. Dann starb sie. Am Tag ihrer Beerdigung verließ Keith New Mexiko. Erst fünf Jahre später sah ich ihn wieder."

„Hat er Sie gesucht?“

„Nein, ich habe ihn gesucht.“ Rosa fing an, die Gläser blank zu reiben. „Keith ist kein Mann, der sich um andere kümmert. Er war damals Mitinhaber eines Spielkasinos in Reno. Da ich kein Geld von ihm nehmen wollte, habe ich eine Stelle bei ihm angetreten. Er sieht es nicht gern, dass ich für ihn arbeite, aber er schickt mich nicht weg.“

„Wie könnte er? Sie sind doch seine Schwester?“

„Nicht für ihn. Für ihn hat es seinen Vater nie gegeben. In Keiths Leben ist kein Platz für eine Familie oder ein Zuhause.“

„Das kann sich ändern.“

„Nur Keith kann es ändern.“

„Ja.“ Cathleen nickte und stand gleichzeitig auf. „Vielen Dank, Rosa.“

Cathleen hatte Keith noch immer nichts von dem Baby gesagt. Obwohl ihr Geheimnis sie Tag und Nacht beschäftigte, sprach sie nicht darüber. Sie wollte Keith im Moment nicht damit belasten. Er musste sich um die bevorstehenden Rennen kümmern, die immerhin die wichtigsten der Saison waren. Seit ihrem Gespräch mit Rosa sah sie Keith in einem anderen Licht. Zum Beispiel fiel ihr auf, wie gut er die Leute behandelte, die für ihn arbeiteten. Er forderte sie zwar, aber er überforderte sie nicht.

Und nie ließ er sich ihnen gegenüber zu einem lauten Wort hinreißen. War er deshalb so verständnisvoll, weil er wusste, wie es war, von einem Arbeitgeber ausgenutzt zu werden?

Als sie zur Derby-Woche nach Kentucky flogen, nahm Cathleen sich fest vor, ihm nach ihrer Rückkehr zu sagen, dass sie ein Kind erwartete. Irgendwie wollte sie die Hoffnung nicht aufgeben, dass er sich doch darüber freuen würde.

Sie hat sich verändert, dachte Keith, als er sich im Salon ihrer Hotelsuite einen Drink mixte. Cathleens Stimmungen waren unberechenbar geworden, konnten plötzlich innerhalb von Sekunden von einem Extrem ins andere umschlagen. Und das war nicht nur so, wenn sie allein waren. Da spielte sie zum Beispiel auf Partys die züchtige Gattin, und im nächsten Augenblick flirtete sie mit anderen Männern. Er konnte nicht abstreiten, dass sie ihn damit eifersüchtig machte, obwohl er wusste, dass sie genau das beabsichtigte. Und wenn er ihr ein Glas Champagner brachte, lehnte sie dankend ab und wollte Orangensaft. Dabei war Champagner ihr Lieblingsgetränk.

Er erinnerte sich an den Tag, als er ihr die zu ihrem Collier passenden Saphir-Ohrringe geschenkt hatte. Sie hatte das Etui geöffnet, war in Tränen ausgebrochen und davongelaufen, um eine Stunde später zurückzukommen und sich liebevoll bei ihm zu bedanken.

Sie machte ihn verrückt – und er konnte nichts dagegen machen, er fand es herrlich.

„Bist du fertig, oder willst du immer eine Viertelstunde später erscheinen?“, fragte er, während er zum Schlafzimmer hinüberschlenderte.

„Ich bin gleich so weit. Da wir morgen das Rennen gewinnen werden, will ich heute besonders gut aussehen.“ Sie hatte das Cocktailkleid mit Bedacht ausgewählt. In wenigen Wochen würden die ersten Anzeichen ihrer Schwangerschaft sichtbar werden, und dann konnte sie etwas so Gewagtes nicht mehr tragen. Und gewagt war das hautenge tiefblaue Kleid mit den eingewirkten Silberfäden zweifellos. Es war schulterfrei und tief dekolletiert, und der knöchellange Rock schmiegte sich an ihren Körper wie eine zweite Haut. Wenn der Schlitz nicht gewesen wäre, hätte sie sich kaum bewegen können. „Nun, wie gefällt es dir?“, fragte sie und drehte sich lächelnd einmal im Kreis. „Mrs. Viceroy sagte, ich soll etwas tragen, das mein Collier zur Geltung bringt.“

„Wer wird schon auf das Collier schauen?“ Er kam zu ihr und nahm ihre Hände, um sie an die Lippen zu ziehen. „Du siehst hinreißend aus.“

„Es ist unmoralisch, andere Frauen neidisch zu machen, nicht wahr?“

„Wahrscheinlich.“

„Ich habe es trotzdem vor. Er ist der attraktivste Mann auf der Party, sollen sie denken, wenn sie dich anschauen. Und er gehört ihr." Lachend drehte sie sich vor dem Spiegel. „Und dann kann ich ihren Blicken mit herablassendem Lächeln begegnen."

„Und mir wird das alles entgehen, weil ich nur Augen für dich haben werde. Was für ein Jammer!"

Zärtlich berührte sie seine Wange. „Ich finde es erregend, wenn du so etwas sagst. Keith …" Sie wollte ihm sagen, dass sie ihn liebte. Aber dann würde er sie nur nachsichtig anlächeln und sie auf die Stirn küssen, und ihr gäbe es einen schmerzhaften Stich, weil er die Worte nicht erwidern konnte. „Findest du nicht auch, dass diese Partys immer ein bisschen langweilig sind?"

„Ich dachte, sie würden dir Spaß machen?"

„Ja, das schon." Langsam strich sie mit einem Finger über sein Jackett. „Aber manchmal muss ich einfach meine überschüssigen Energien loswerden." Sie lächelte ihn verführerisch an. „Im Augenblick ist meine Energie zum Beispiel unbegrenzt. Hmm, du riechst ja so gut."

„Danke." Als sie anfing, seine Krawatte zu lockern, hob er die Brauen. „Hast du etwas Besonderes vor?"

„Hättest du etwas dagegen?" Sie war bereits dabei, ihm hastig das Jackett über die Schultern zu streifen.

„Oh, ich wollte nur fragen“, meinte er, während sie sein Hemd aufknöpfte. „Aber damit kannst du die Frauen auf der Party nicht neidisch machen.“

„Das glaubst du“, erwiderte sie und schubste ihn lachend aufs Bett.

Cathleen ließ es sich nicht nehmen, Keith zu den Ställen zu begleiten. Zwar ging sie nicht mit hinein, doch sie versicherte ihm, dass sie draußen auf ihn warten würde.

Während sie in der Sonne stand und die Leute beobachtete, spürte sie deutlich die Spannung, die in der Luft lag. Diese Spannung herrschte vor jedem wichtigen Rennen. Und das Bluegrass-Stakes war ein sehr wichtiges Rennen. Wenn Double Bluff es gewann, dann war er endgültig der Favorit der Saison. Was für ein Triumphgefühl musste es sein, wenn er zum Rennpferd des Jahres gekürt würde! Sie wünschte es sich so sehr für Keith, dass sein Pferd als Sieger aus dieser Rennsaison hervorging.

„Guten Tag, Cathleen“, sagte jemand hinter ihr.

„Onkel Paddy!“ Erfreut breitete sie die Arme aus, um ihn zu begrüßen. „Wie geht es Dee?“

„Oh, der geht es prima. Sie sagte mir, ich solle dafür sorgen, dass unser Apollo gewinnt. Und falls er es nicht schafft, müsste Double Bluff den Sieg nach Hause bringen.“

„Und auf wen setzt du?"

„Was glaubst du wohl? Ich habe Apollo schließlich selbst trainiert. Aber wenn ich mich gegen den Verlust meiner Wette absichern wollte, würde ich zusätzlich auf Double Bluff setzen."

„Wenn Sie sichergehen wollen, setzen Sie auf Charlie's Pride." Durnam war hinter sie getreten und klopfte Paddy gönnerhaft auf die Schulter.

„Ich halte zwar viel von Ihrem Hengst, Mr. Durnam, aber ich setze lieber auf ein Pferd aus meinem eigenen Stall."

„Wie Sie meinen. Hallo, Mrs. Logan. Sie sehen gut aus wie immer."

„Danke. Ich wünsche Ihnen viel Glück beim Rennen."

„Man braucht kein Glück, wenn man das beste Pferd hat." Er tippte an den Rand seines Strohhutes und ging weiter.

„Wir werden ja sehen, wer das beste Pferd hat", murmelte Cathleen.

„Dich hat wohl auch schon das Rennfieber gepackt?", meinte Paddy und legte ihr lachend den Arm um die Schultern. „In diesem Geschäft herrscht knallhartes Konkurrenzdenken. Kein Wunder, wenn es um so viel Geld und Prestige geht."

„Woher weiß man, ob ein Rennpferd das Zeug zum Favoriten hat?"

„Gewisse Dinge kann man beeinflussen. Die Aufzucht und das Training zum Beispiel, die Ernährung und die Pflege. Und der Jockey spielt auch eine große Rolle. Aber das Wichtigste ist die Veranlagung. Es ist wie beim Menschen. Wenn ein Pferd es nicht im Blut hat, wird es nie ein Gewinner."

Nachdenklich schaute Cathleen nun zu den Ställen. Bei Paddys Worten musste sie unwillkürlich an Keith denken. „Du glaubst also, dass jemand ohne richtige Fürsorge, ohne anständige Ernährung oder Erziehung aufwachsen und trotzdem ein Gewinner werden kann?"

„Sprichst du von Pferden oder Menschen?"

„Spielt das eine Rolle?"

„Kaum." Er drückte liebevoll ihre Schulter. „Es muss im Blut liegen und im Herzen. Und jetzt muss ich mich um mein Pferd kümmern."

„Ich werde dir vom Gewinnerkreis aus zuwinken, Onkel Paddy!", rief sie ihm hinterher.

„Du scheinst dir deiner Sache ja sehr sicher zu sein", bemerkte Keith, der gerade auf sie zukam.

„Ich habe eben Vertrauen zu dir." Als er sie zu den Zuschauerbänken führen wollte, hielt sie ihn zurück. „Du brauchst mich nicht zu begleiten. Ich weiß, dass du gern dabei bist, wenn dein Jockey gewogen und das Pferd gesattelt wird."

„Als ich dich neulich einmal nicht begleitete, konntest du dich vor Reportern kaum retten. Ich weiß, wie unangenehm dir das war."

„Inzwischen weiß ich, wie ich mit ihnen umzugehen habe. Außerdem freut es mich immer, mein Bild in der Zeitung zu sehen."

„Du bist ein eitles Geschöpf, Cathleen."

„Und wenn schon. Ob aus Stolz oder Eitelkeit – es gefällt mir einfach, wenn ich im Gesellschaftsteil der Zeitungen abgebildet bin. Du bist eben ein wichtiger Mann, Keith, und das macht mich zu einer wichtigen Frau."

„Heute könnte man das fast annehmen", erwiderte er und betrachtete anerkennend ihr blassblaues Kostüm, die Perlen und den eleganten Hut.

Lachend fasste sie an ihren Hut. „Dieser Tag verlangt schließlich ein würdiges Auftreten. Hör zu, Keith, ich kann wirklich allein zu meinem Platz gehen. Ich weiß, dass du lieber bis zuletzt bei deinem Pferd bleibst."

„Ich würde aber lieber bei dir bleiben. Hast du etwas dagegen?"

„Nein. Aber warte einen Moment. Ich will dir erst ein Bier holen."

Es war ein herrlicher Tag. Der Himmel war wolkenlos und von einem durchsichtigen Blau, das allein schon genügte, um sie glücklich zu machen. Sie bemerkte die alte Dame, die bei ihrer Hochzeit so spitze Bemerkungen gemacht hatte, und neigte kühl und arrogant den Kopf.

„Warum habe ich jedes Mal den Eindruck, dass du Dorothy Gainsfield am liebsten mit Nadeln stechen würdest?", fragte Keith.

„Weil ich genau das liebend gern täte, Darling." Sie stellte sich auf die Zehenspitzen, um ihm einen Kuss zu geben. „Und zwar mit besonders langen, spitzen Nadeln. Ich habe erst neulich erfahren, dass die dünne Blondine, die sich auf Dees Party an dich heranzumachen versuchte, Mrs. Gainsfields Lieblingsnichte ist."

„Ich verstehe die Zusammenhänge nicht so recht. Vielleicht kannst du sie mir irgendwann erklären."

„In zehn oder zwanzig Jahren vielleicht. Schau nur! Da sind Fernsehkameras! Ist das nicht toll?" Höchst zufrieden mit sich und der Welt nahm sie ihren Platz ein. Sie kannte inzwischen schon so viele Leute, dass sie ständig irgendjemandem zuwinkte. „Weißt du", sagte sie zu Keith, „dass ich hier in einem Monat mehr Leute kennengelernt habe als in meinem ganzen bisherigen Leben?" Begeistert schaute sie zu ihm auf. Als sie sein amüsiertes Lächeln sah, stieß sie ihn mit dem Ellenbogen in die Seite. „Du brauchst dich gar nicht über mich lustig zu machen."

„Benimm dich", ermahnte er sie lachend. „Das Rennen fängt an."

„Du lieber Himmel! Und ich habe meine Wette noch nicht platziert!"

„Ich habe für dich gewettet, während du mir ein Bier gekauft hast und dich nicht entscheiden konntest, ob du einen Cheeseburger oder zwei Hotdogs essen sollst. Du hast einen gesegneten Appetit entwickelt, seit du in Amerika lebst."

Cathleen erschrak. Irgendwann muss ich es ihm sagen, dachte sie. „Es war nicht meine Schuld, dass wir keine Zeit zum Frühstücken hatten", erinnerte sie ihn. „Wo ist mein Wettschein?"

Während er beobachtete, wie die Pferde zu den Starttoren geführt wurden, griff er in seine Tasche. Cathleen nahm ihm den Zettel aus der Hand. Sie wollte ihn gerade wegstecken, als sie den Einsatz sah.

„Tausend Dollar?", rief sie so laut, dass einige Leute sich nach ihr umdrehten. „Keith, wo soll ich tausend Dollar für eine Wette hernehmen?"

„Mach dich nicht lächerlich", erwiderte er abwesend. Seine Aufmerksamkeit galt Double Bluff, der nervös hinter seinem Starttor herumtänzelte. „Warum ist er so unruhig?", murmelte er, als Double Bluff sich aufbäumte und nur mühsam von zwei Stallburschen besänftigt werden konnte.

Und dann ertönte das Startzeichen. Die Tore wurden geöffnet, und die Pferde preschten los. Zusammen wirkten die Tiere wie eine verschwommene braune Masse, trotzdem vermochte Cathleen den grünweißen Seidenblouson von Keiths Jockey zu erkennen. Nach der ersten Kurve lag Double Bluff an vierter Stelle. Kopf an Kopf mit ihm lief Apollo. Die Zurufe aus der Zuschauermenge übertönten bereits die offiziellen Lautsprecheransagen. Mit jeder Sekunde stieg die Spannung. Aufgeregt fasste Cathleen nach Keiths Arm.

„Jetzt zieht er ab", meinte Keith.

Drei Pferde lagen jetzt in Führung: Charlie's Pride, Apollo und Double Bluff. Charlie's Pride hielt den ersten Platz, während Double Bluff und Apollo, noch immer Kopf an Kopf, an zweiter Stelle lagen.

„Er schafft es!", schrie Cathleen, als Double Bluff aufholte, sich immer näher an Charlie's Pride heranschob und schließlich Kopf an Kopf mit ihm lag. Eine Ewigkeit schienen die Tiere auf gleicher Höhe zu laufen. Dann setzte Double Bluff plötzlich zum Endspurt an.

Erst war er seinem Rivalen nur wenige Zentimeter voraus, dann um eine halbe und schließlich um eine ganze Pferdelänge. Und noch immer steigerte er sein Tempo, bis er endlich zwei Pferdelängen vor Charlie's Pride durchs Ziel galoppierte.

„Oh, Keith, er hat es geschafft! Du hast es geschafft!" Sie war aufgesprungen. Glücklich schlang sie ihm die Arme um den Hals. „Ich bin ja so stolz auf dich!"

„Ich bin doch das Rennen nicht gelaufen."

Sie streichelte seine Wange. „Doch, du bist mitgelaufen."

„Vielleicht hast du recht", meinte er und küsste sie auf die Nasenspitze.

Auf der Rennbahn führte sein Jockey Double Bluff gerade zur Siegerrunde vor. Lächelnd beobachtete Keith das Schauspiel. Leute kamen, um ihnen zu gratulieren, und Cathleen malte sich bereits den Augenblick aus, wo sie neben Keith im Gewinnerkreis stehen würde. Ihre Arme lagen noch um seinen Hals, als der offizielle Gewinner bekannt gegeben wurde: Charlie's Pride. Double Bluff war disqualifiziert worden.

„Disqualifiziert?", rief Cathleen. „Was hat das zu bedeuten?"

„Das werden wir gleich herausfinden." Keith nahm sie bei der Hand, um sie von der Tribüne zu ziehen. Um sie herum fingen die Leute an, leise miteinander zu sprechen.

„Keith, wie können sie sagen, er hat nicht gewonnen? Ich habe doch mit eigenen Augen gesehen, dass er als Erster durchs Ziel lief. Da muss ein Irrtum vorliegen."

„Warte hier", sagte er knapp und ließ sie stehen, um zu den Pferdeboxen hinüberzugehen.

Cathleen sah, wie ein Mann in einem Anzug auf ihn zuging und mit ihm sprach. Dann stellten sich zwei weitere Männer zu ihnen. Der erste Mann sprach sehr ruhig, deutete auf das Pferd, dann auf ein Stück Papier. Unterdessen fingen der Jockey und der Trainer an, wütend aufeinander einzureden. Nur Keith zeigte keinerlei Reaktion. Er stand einfach da und hörte zu.

Da die Hitze immer unerträglicher wurde, stellte Cathleen sich in den Schatten. Es muss ein Irrtum sein, dachte sie, während sie sich mit ihrem Hut Luft zufächelte. Niemand konnte Keith wegnehmen, was er verdiente – was er brauchte und was sie ihm wünschte.

„Was ist passiert?“, fragte sie, als Keith zu ihr zurückkam.

„Amphetamine“, sagte er kurz. „Jemand hat Double Bluff Amphetamine gegeben.“

„Drogen? Aber das ist doch unmöglich.“

„Offenbar nicht.“ Mit zusammengekniffenen Augen schaute er zu den Pferdeboxen hinüber. „Irgendjemand wollte erreichen, dass er gewinnt. Oder verliert.“

10. KAPITEL

„Du schickst mich nach Hause? Was soll das heißen? Ich bin doch kein Paket, das man verschnüren und abschicken kann!“ Wütend folgte Cathleen Keith vom Salon ins Schlafzimmer ihrer Suite. „Seit wir den Rennplatz verlassen haben, hast du kein Wort mit mir gesprochen. Und jetzt fällt dir nichts anderes ein, als mir mitzuteilen, dass du mich abschieben willst?“

„Im Moment kann ich dir nicht mehr sagen.“

„Was?“ Sie war so außer Atem, dass sie sich aufs Bett setzen musste. „Double Bluff wurde gerade von einem der wichtigsten Rennen der Saison disqualifiziert, und du hast dazu nichts zu sagen?“

„Nicht zu dir. Diese Sache geht dich nichts an.“ Er holte ihren Koffer aus dem Schrank, klappte ihn auf und legte ihn aufs Bett. „Pack deine Sachen. Ich werde dafür sorgen, dass dein Flug umgebucht wird. Und jetzt lass mich in Ruhe. Ich habe einige Telefongespräche zu erledigen."

„Moment mal!" Sie war aufgesprungen, um wütend hinter ihm herzustürmen. „Ich habe es satt, mich von dir herumkommandieren zu lassen! Und genauso satt habe ich es, ständig gegen eine Wand anzureden. Wenn du nicht sofort den Hörer auflegst, Keith Logan, erwürge ich dich eigenhändig mit der Telefonschnur."

„Cathleen, ich kann deine Wutausbrüche im Moment nicht gebrauchen. Ich habe bereits genug um die Ohren."

„Wutausbrüche!" Mit geballten Fäusten ging sie auf ihn zu. „Mir scheint, du hast noch keinen richtigen Wutausbruch erlebt." Mit beiden Händen schubste sie ihn auf einen Stuhl. „Setz dich gefälligst hin und hör mir zu."

Er verzichtete darauf, ihrem Wutanfall einen seiner eigenen Temperamentsausbrüche entgegenzusetzen. Mit Gelassenheit konnte er sich ihr gegenüber viel besser durchsetzen. „Wird es lange dauern?", fragte er in gelangweiltem Ton.

„So lange, bis ich fertig bin."

„Hast du etwas dagegen, wenn ich mir einen Drink hole?"

„Ich hole ihn dir." Wütend marschierte sie zur Bar, nahm eine Flasche Whiskey und ein Glas und stellte beides neben ihn auf den Tisch. „Hier hast du deinen Drink! Warum trinkst du nicht gleich die ganze Flasche aus?"

„Ein Glas genügt." Er goss sich etwas Whiskey ein. „Und jetzt sag mir, was du auf dem Herzen hast, Cathleen. Ich habe vor deinem Abflug noch eine Menge zu erledigen."

„Wenn ich dir auch nur die Hälfte von dem sagen würde, was ich auf dem Herzen habe, würden wir hier bis morgen früh sitzen. Im Moment habe ich nur eine Frage: Gedenkst du die Sache mit Double Bluff einfach so hinzunehmen?"

Keith trank schweigend. Dabei schaute er sie über den Rand seines Glases hinweg unverwandt an. „Was glaubst du wohl?"

„Ich glaube, dass du dich dagegen wehrst und nicht eher ruhen wirst, bis du herausgefunden hast, wer hinter dieser Geschichte steckt."

In einem Zug kippte er den Rest seines Whiskeys herunter. „Gut geraten, Cathleen."

„Und ich denke nicht daran, nach Hause zu fahren und untätig herumzusitzen, während du hier ernste Schwierigkeiten hast."

„Du wirst genau das tun."

„Bist du jemals auf die Idee gekommen, dass ich dir vielleicht helfen könnte?"

„Ich brauche deine Hilfe nicht, Cathleen."

„Nein, du brauchst überhaupt niemanden. Höchstens ein paar bezahlte Dienstboten, die sich um den unwichtigen Kleinkram kümmern. Aber gewiss keine Frau und Partnerin, die dir die Hemden bügelt und deine Hand hält, wenn du Sorgen hast."

Der Wunsch, aufzuspringen und sie in die Arme zu nehmen, war so übermächtig, dass er das Glas umklammerte, bis seine Fingerknöchel weiß hervortraten. Sie hatte Unrecht, ahnte sie denn nicht, wie sehr er sie brauchte? „Ich habe dich nicht geheiratet, damit du mir die Hemden bügelst."

„Nein, du hast mich geheiratet, weil du was fürs Bett brauchtest. Glaubst du, das weiß ich nicht? Aber du hast mit mir mehr bekommen als nur eine Bettgefährtin. Ich bin kein verzärteltes Püppchen, das vor dem kleinsten Problem davonrennt."

Warum wurden sie beide jedes Mal, wenn sie sich stritten, von ihrem blödsinnigen Stolz behindert? Immer schien entweder sein oder ihr Stolz verletzt zu werden. „Niemand stellt deinen Mut infrage, Cathleen. Es wäre nur alles viel einfacher für mich, wenn ich mich nicht zusätzlich auch noch um dich kümmern müsste."

„Du musst dich überhaupt nicht um mich kümmern. Ich werde dich auch in keiner Weise bei deinen Geschäften stören. Ich möchte nur in diesen schweren Stunden in der Öffentlichkeit an deiner Seite sein."

„Die ergebene und treue Ehegattin."

„Was ist daran auszusetzen?"

„Nichts." Keith lehnte sich zurück und schaute sie ruhig an. Sie sah aus, als würde sie jeden Augenblick vor Wut überschäumen. „Ist dir die Meinung der Leute so wichtig?"

„Ja, sie ist mir wichtig. Hast du etwas dagegen?"

Nachdenklich schaute er in sein Glas. Eigentlich konnte er sie ja verstehen. Sie war um ihren Ruf besorgt, der von seinem nicht zu trennen war. „Okay, wie du willst", sagte er nachgebend. „Ich kann dich nicht mit Gewalt ins Flugzeug zwingen. Aber ich warne dich. Die Situation kann sehr unangenehm werden."

„Als wir uns kennenlernten, sagtest du mir, dass du mich verstehst. Damals glaubte ich dir. Jetzt weiß ich, dass du mich nicht verstehst. Nicht im Geringsten." Ihr Zorn war verflogen. Zurückgeblieben war eine verzweifelte Resignation. Wenn sie wirkliche Partner gewesen wären, hätten sie diesen Kampf gemeinsam ausgetragen. Stattdessen kämpften sie gegeneinander. „Du kannst jetzt deine Telefonate führen", sagte sie müde. „Ich gehe spazieren."

Als sie gegangen war, blieb er noch eine ganze Weile nachdenklich sitzen. Er war es nicht gewohnt, dass jemand an seiner Seite stand und zu ihm hielt. Er hatte sie wegschicken wollen, um ihr die schiefen Blicke und hämischen Bemerkungen zu ersparen. Sie sollte mit dem Verdacht, der auf ihn gefallen war, nichts zu tun haben. Aber wenn sie blieb, konnte er sie von dem Klatsch nicht abschirmen. Er hoffte nur, dass sie ziemlich schnell merken würde, worauf sie sich eingelassen hatte, und dann doch noch nach Hause flog.

Nach dem Bluegrass-Stakes fing die Derby-Woche mit ihren zahlreichen Ausscheidungsrennen, Partys und Empfängen an. Cathleen ließ kein Rennen, keine Veranstaltung aus. Sie ignorierte die neugierigen Blicke, und wenn hinter ihrem Rücken getuschelt wurde, hob sie nur stolz den Kopf.

Nicht jeder schien den Verdacht zu teilen, dass Keith sein Pferd gedopt hatte, und so manche spöttische Bemerkung wurde durch ermutigende Worte wieder gutgemacht. Doch die einzige Person, auf die es ihr ankam, hatte sich von ihr zurückgezogen. Cathleen versuchte nicht, die Wand zwischen ihnen zu durchbrechen. Es kostete sie schon genug Energie, nach außen hin den Schein des treu zueinanderhaltenden Paares zu wahren, und die Anstrengung begann bereits an ihr zu zehren.

Da Keith früh aufstand, stand auch sie früh auf, und wenn er morgens zur Rennbahn ging, um Double Bluffs Training zu überwachen, verbrachte auch sie den Vormittag dort. Es gab Tage, da war sie schon mittags so müde, dass sie sich am liebsten irgendwohin verkrochen und geschlafen hätte. Aber die Pferderennen, die Empfänge und Veranstaltungen, auf denen sie sich zeigen musste, zwangen sie zum Durchhalten.

Was sie außerdem aufrechthielt war die Hoffnung, dass Keith bis zum Derby herausfinden würde, wer seinem Pferd Drogen gegeben hatte. Und wenn er von dem hässlichen Verdacht befreit war, würde er sich den Sieg zurückholen, der ihm zustand. Erst dann, wenn sein guter Ruf wiederhergestellt war, konnten sie darangehen, ihre Ehe in Ordnung zu bringen.

Sie beobachtete, wie Keith sich am Rand der Rennbahn mit dem Trainer unterhielt. Es war sehr früh, kurz nach Sonnenaufgang, und die Morgenröte tauchte den Rennplatz in ein zartes, unwirkliches Licht. Die Zuschauerbänke waren noch leer. In vierundzwanzig Stunden würden sie voll sein mit Menschen. Das Rennen selbst dauerte nur wenige Minuten. Aber diese Minuten waren angefüllt mit Erregung, mit Herzklopfen und Hoffnung.

„Um diese Zeit hat der Rennplatz einen ganz eigenen Reiz, nicht wahr?“, sagte plötzlich jemand hinter ihr.

Cathleen sprang von ihrer Bank auf. „Travis!“, rief sie. „Ich bin ja so froh, dich zu sehen! Aber warum bist du hier? Solltest du nicht bei Dee bleiben?“

„Dee hat mich hinausgeworfen. Sie sagte, sie wolle ein paar Tage Ruhe haben.“

„Unsinn! Mir kannst du nichts vormachen, Travis. Aber ich bin euch beiden trotzdem dankbar.“ Sie schaute über seine Schulter zu Keith herüber.

„Er kann im Moment einen Freund gebrauchen."

„Und du? Wie geht's dir?", fragte er und fasste sie beim Kinn, um ihr Gesicht zu betrachten. „Du bist blass, sogar sehr blass."

„Mir geht es gut, wirklich. Ich bin nur etwas unausgeschlafen, das ist alles." Als sie das sagte, schwankte sie plötzlich. Noch bevor der Schwindelanfall vorüber war, hatte Travis sie auf die Bank zurückgezogen.

„Du bleibst hier sitzen", befahl er. „Ich werde Keith holen."

„Nein." Mit beiden Händen hielt sie seinen Arm fest. „Es ist gleich vorüber. Ich muss nur einen Moment die Augen schließen."

„Cathleen, wenn du krank bist …"

„Ich bin nicht krank."

Eingehend studierte er ihr Gesicht. „Dann darf ich dir wohl gratulieren."

Langsam öffnete sie die Augen. „Du besitzt aber eine scharfe Beobachtungsgabe."

„Ich habe genügend Schwangerschaften miterlebt." Er streichelte ihre Hand. „Was sagt Keith dazu, dass er Vater wird?"

„Er weiß es noch nicht." Sie richtete sich ein wenig auf. Zum Glück hatte Keith ihnen noch immer den Rücken zugekehrt. „Er hat im Moment genug andere Sorgen."

„Glaubst du nicht, diese Nachricht würde ihn aufmuntern?"

„Nein." Seufzend schaute sie zu Travis auf. „Nein, das glaube ich nicht, weil ich nicht weiß, ob er überhaupt Kinder haben will. Außerdem darf ich ihn im Augenblick mit nichts belästigen. Wenn der richtige Zeitpunkt gekommen ist, werde ich mit ihm darüber sprechen."

„Travis!" Keith schlüpfte unter dem Geländer hindurch, um seinen Freund zu begrüßen. Ich habe nicht damit gerechnet, dich hier zu sehen."

„Du weißt, wie ungern ich das Derby verpasse. Wie stehen die Dinge?"

Keith warf einen Blick auf die Rennbahn, wo der Trainer gerade sein Pferd herumführte. „Double Bluff ist in Höchstform. Wir sind beide bereit, uns von jedem Verdacht zu befreien."

„Was haben die Nachforschungen ergeben?"

„Wenig. Zumindest die offiziellen." Mit seinen eigenen war er ein ganzes Stück weitergekommen. Jetzt, da Travis hier war, hatte er wenigstens jemanden, dem er seine Theorie anvertrauen konnte.

Cathleen spürte, wie Keith sie hinter seinen verspiegelten Brillengläsern ansah. Sofort stand sie auf. „Ich lasse euch beide jetzt allein, damit ihr ungestört übers Geschäft sprechen könnt."

„Sie macht sich Sorgen um dich", meinte Travis, nachdem Cathleen außer Hörweite war.

„Ich weiß, und es ist mir gar nicht lieb. Ich habe sie schon gebeten, nach Hause zurückzufahren, aber sie weigert sich."

„Wenn du eine stille, fügsame Frau gewollt hast, dann hättest du dir keine Irin aussuchen dürfen."

Keith zog eine Zigarette aus der Tasche, um sie nachdenklich zu betrachten. „Wie oft warst du schon versucht, Dee zu erwürgen?"

„Meinst du in den letzten sieben Jahren oder in der letzten Woche?"

Das erste Mal seit Tagen musste Keith lachen. „Okay, vergiss es. Aber tu mir einen Gefallen und pass du auch ein wenig auf sie auf. Ich glaube, es geht ihr im Moment nicht so gut."

„Ich habe das Gefühl, du solltest mit ihr sprechen."

„Ich bin nicht gut mit Worten. Es wäre mir am liebsten, du würdest sie morgen nach dem Derby mit nach Hause nehmen."

„Fliegst du denn nicht zurück?"

„Ich muss wahrscheinlich noch ein paar Tage in Kentucky bleiben."

„Hast du irgendeine Spur?"

„Einen Verdacht." Er zündete seine Zigarette an und nahm einen tiefen Zug. „Das Dumme ist, dass die Rennkommission Beweise will."

„Möchtest du darüber sprechen?"

Er zögerte kurz. Es war ungewohnt für ihn, sich einem anderen Menschen anzuvertrauen. „Ja", sagte er schließlich. „Hast du vielleicht ein paar Minuten Zeit?"

Cathleen wusste nicht genau, weshalb sie plötzlich das Bedürfnis hatte, zu den Ställen zu gehen. Vielleicht wollte sie sich etwas beweisen. Vielleicht musste sie sich erst selbst von ihrer Kraft und ihrem Mut überzeugen, bevor sie Keith überzeugen konnte. Sie war dem Klatsch und den Verleumdungen entgegengetreten. Jetzt wurde es Zeit, dass sie die letzte Hürde nahm und ihre Angst überwand.

Vorsichtig näherte sie sich dem Eingang zu den Ställen. Warmes Halbdunkel umfing sie, kaum dass sie die Schwelle überschritten hatte. Die meisten Pferde hatten ihr morgendliches Training hinter sich, und die Stallburschen waren zum Frühstück gegangen. Cathleen konnte das nur recht sein. So blamierte sie sich wenigstens nicht, falls sie doch noch Reißaus nehmen wollte.

Eins der Pferde schaute über den Rand seiner Box, und sofort zuckte sie verängstigt zusammen. Mit eiserner Beherrschung zwang sie sich, ihre Angst zu überwinden und das Tier zu berühren. Es konnte ihr nichts tun. Das Tor zu seinem Stall war verriegelt. Sie konnte es genauso streicheln wie damals Keiths Fohlen. Vorsichtig berührte sie mit den Fingerspitzen die Kinnbacken des Pferdes.

Als sie Stimmen hörte, zog sie erschrocken ihre Hand zurück. Das hatte ihr gerade noch gefehlt, dass einer der Stallburschen sie hier bei den Pferden fand. Sie war noch nicht in der Lage, in dieser ihr unheimlichen Umgebung lächelnd Konversation zu führen. Während sie ihre feuchten Handflächen an der Hose abwischte, bemühte sie sich um eine unbefangene Miene.

Gerade wollte sie aus dem Stall treten, als der Klang der Stimmen sie stutzig machte. Obwohl die beiden Männer ziemlich leise sprachen, hörte sie deutlich die Erregung aus ihrem Tonfall. Während sie noch zögernd dastand, erkannte sie plötzlich eine der Stimmen.

„Wenn du dein Geld haben willst, dann findest du schon eine Möglichkeit."

„Ich sagte Ihnen doch, das Pferd ist nicht fünf Minuten allein. Logan hütet es wie die Kronjuwelen."

Erschrocken öffnete Cathleen den Mund. Dann presste sie die Lippen zusammen und zog sich tiefer in die Dunkelheit des Stalles zurück, um zu lauschen.

„Ich habe dich für deinen Job gut bezahlt. Wenn du nicht an das Pferd herankommst, dann tu ihm was ins Futter. Es darf auf keinen Fall morgen am Rennen teilnehmen."

„Ich vergifte kein Pferd."

„Du hast doch auch keine Skrupel gehabt, ihm eine Spritze zu geben und zehn Prozent vom Renngewinn einzustreichen."

„Amphetamine gehen ja noch, aber mit Zyanid

will ich nichts zu tun haben. Wenn dieses Pferd stirbt, wird Logan nicht eher ruhen, bis er jemanden dafür hängen kann. Und ich will nicht derjenige sein."

„Dann gib ihm Drogen. Sieh zu, wie du es machst. Sonst siehst du keinen Penny. Ich muss dieses Rennen gewinnen."

Cathleen hatte die Hände zu Fäusten geballt. Sie musste sofort mit Keith sprechen. Sie hoffte, dass die beiden weitergehen würden. Doch sie hatte Pech. Als sie die zwei Männer den Stall betreten sah, straffte sie die Schultern und ging geradewegs auf sie zu.

„Guten Tag, Mr. Durnam." Sie sah das Erschrecken in seinen Augen und zwang sich zu einem Lächeln. Sie erkannte auch den Stallburschen. Keiths Trainer hatte ihn erst vor Kurzem angestellt.

„Mrs. Logan." Durnam erwiderte ihr Lächeln, doch man konnte sehen, wie es hinter seiner Stirn arbeitete. „Wir haben Sie gar nicht in den Ställen gesehen."

„Ich wollte mir nur die Konkurrenz anschauen. Wenn Sie mich jetzt entschuldigen wollen, Keith wartet auf mich."

„Nein, ich kann Sie leider nicht entschuldigen." Er hatte sie beim Arm gepackt, bevor sie an ihm vorbeigehen konnte. Da sie fast damit gerechnet hatte, war sie auch darauf vorbereitet zu schreien. Doch sie kam nicht dazu, weil Durnam ihr blitzschnell die Hand auf den Mund presste.

„Du lieber Himmel! Was machen Sie da?", fragte der Stallbursche. „Logan wird Ihnen den Hals umdrehen."

„Dir auch, wenn sie zu ihm geht und alles ausplaudert." Da Cathleen sich mit Händen und Füßen wehrte und es ihm allmählich zu anstrengend wurde, sie festzuhalten, stieß er sie zu dem Stallburschen. „Halt du sie. Ich muss erst einmal nachdenken." Auf seiner Stirn standen Schweißperlen. Er zog ein weißes Taschentuch hervor und tupfte sie geistesabwesend ab. Eine Verzweiflungstat hatte er bereits begangen. Jetzt zog diese erste Tat eine zweite nach sich. „Wir verstecken sie in unserem Lieferwagen, bis das Rennen morgen vorbei ist. In der Zwischenzeit wird mir schon etwas einfallen."

Mit seinem Taschentuch knebelte er Cathleen, und weil ihm diese Vorsichtsmaßnahme nicht genügte, verband er ihr zusätzlich mit dem schmutzigen Halstuch des Stallburschen die Augen. „Hol mir ein Seil. Los! Bind ihr Hände und Füße zusammen!", befahl er.

Cathleen erstickte fast an dem Knebel, trotzdem wehrte sie sich mit aller Kraft. Als sie merkte, dass sie gegen die beiden Männer nichts ausrichten konnte, hatte sie einen verzweifelten Einfall. Sie streifte ihren Ehering vom Finger und ließ ihn auf den Boden fallen. Und dann fesselten sie ihr die Handgelenke, wickelten sie in eine Pferdedecke und trugen sie fort.

Sekunden später hörte sie, wie eine Wagentür geöffnet wurde. Gleich darauf hob man sie hoch und setzte sie auf einem harten Boden ab.

„Was haben Sie mit ihr vor?“, fragte der Stallbursche. „Sobald Sie sie laufen lassen, wird sie alles erzählen.“

„Dann lassen wir sie eben nicht laufen.“

„Mit einem Mord will ich nichts zu tun haben“, sagte der Stallbursche erschrocken.

Drohend schaute Durnam ihn an. „Du kümmerst dich um das Pferd. Die Frau überlässt du mir.“

Sie würden sie umbringen. Das hatte sie deutlich aus Durnams Stimme herausgehört. Cathleen wand sich verzweifelt, um wenigstens ihr Gesicht aus der Decke zu befreien. Sie hörte, wie die Wagentür zugeknallt wurde. Und dann war sie allein.

Wilde Panik überkam sie. Einen Augenblick verlor sie völlig die Nerven. Als sie sich wieder unter Kontrolle hatte, waren ihre Handgelenke wund gescheuert und ihre Schultern voller Prellungen.

Keuchend lag sie in der Dunkelheit und versuchte nachzudenken. Wenn sie irgendwie aufstehen und die Tür finden konnte, gelang es ihr vielleicht, sie zu öffnen. Sie rutschte an die Wand, wo sie sich mit den Schultern abstützte und sich unter unglaublicher Anstrengung langsam aufrichtete. Als sie es endlich geschafft hatte, war sie schweißgebadet. Mit dem Rücken zur Wand tastete sie sich bis zur Tür des Lieferwagens vor.

Sie weinte fast vor Erleichterung, als ihre Finger den Türgriff berührten. Doch da sie ihre Hände nicht bewegen konnte, war es ein mühsames Unternehmen, den Türgriff herunterzudrücken. Sie musste sich auf die Zehenspitzen stellen, bevor ihre Finger den Griff umschließen konnten. Und dann kam die niederschmetternde Enttäuschung. Die Tür war abgeschlossen.

Sie versuchte, gegen sie zu schlagen, damit draußen vielleicht jemand auf sie aufmerksam wurde. Aber da sie weder Hände noch Füße zu Hilfe nehmen, sondern sich nur mit der Schulter gegen die Tür werfen konnte, verursachte sie nicht mehr als ein gedämpftes Geräusch. Entmutigt sank sie auf den Boden zurück.

„Hast du Cathleen gesehen?“

Travis, der sich gerade gebückt hatte, um die Beine seines Pferdes zu streicheln, schaute auf. „Nein, Keith. Ich habe sie seit heute früh nicht mehr gesehen. Ich nahm an, dass sie ins Hotel zurückgefahren ist.“

„Möglich. Vielleicht war sie erschöpft und hat sich ein Taxi genommen.“ Logisch, dachte Keith. Natürlich ist sie ins Hotel gefahren. Trotzdem überkam ihn ein komisches Gefühl, irgendeine seltsame Ahnung. „Wir sind heute früh zusammen hergekommen. Normalerweise wartet sie auf mich."

Travis richtete sich auf. „Sie sah etwas müde aus. Vielleicht wollte sie sich vor der Party heute Abend ein wenig hinlegen."

„Vermutlich hast du recht." Es klang wirklich sehr einleuchtend. Sie lag bestimmt in der Badewanne, um sich anschließend für die Party zurechtzumachen. „Ich werde zum Hotel zurückfahren und nachschauen, ob sie dort ist", erklärte er.

„Keith? Stimmt irgendetwas nicht?"

Seine Hände waren kalt. „Es ist alles in Ordnung, Travis. Wir sehen uns nachher."

Auf der Fahrt zum Hotel nahm seine Nervosität mit jeder Minute zu. Es sah Cathleen nicht ähnlich, einfach ohne ein Wort zu verschwinden. Aber andererseits hatten sie in den letzten Tagen kaum miteinander gesprochen.

Das lag nur an ihm, das wusste er. Es war ihm nicht recht, dass sie hier war. Und trotzdem empfand er so etwas wie Dankbarkeit, dass sie ihm zur Seite stand. Aber Dankbarkeit erzeugte Schuldgefühle. Und noch mehr Verantwortung. Und mit beidem wurde er schlecht fertig.

Wenn das Derby vorbei und der Skandal überstanden war, würde er mit ihr reden. Sie mussten sich aussprechen. Und vielleicht konnte er ihr dann von seiner Vergangenheit erzählen. Wenn sie ihn daraufhin verließ, war das immer noch besser als diese ständige Angst, sie könnte herausfinden, aus welchen Verhältnissen er kam. Früher hatte er sich seiner Vergangenheit nie geschämt. Das tat er erst, seitdem er sie kannte. Auch das hatte er ihr zu verdanken.

Als er das Hotel erreichte, hatte er die denkbar schlechteste Laune. Er wusste, es war lächerlich, ihr einen Vorwurf daraus zu machen, dass sie ohne jede Erklärung die Rennbahn verlassen hatte, nachdem er die ganze Woche lang kaum Notiz von ihr genommen hatte. Aber, verdammt noch mal, sie hatte ihn so abhängig von ihr gemacht. Es war alles viel leichter zu ertragen, wenn er wusste, dass er sich nur umzuschauen brauchte, um sie zu sehen. Und auch das gefiel ihm nicht.

Er hatte sich in eine dermaßen gereizte Stimmung hineingesteigert, als er die Suite betrat, dass er drauf und dran war, Streit mit ihr anzufangen. „Cathleen?“, rief er und knallte die Tür hinter sich zu. Aber bereits im Salon merkte er, dass sie nicht da war. Wieder spürte er, wie seine Hände kalt wurden.

Er ging ins Schlafzimmer. Hatte sie ihn verlassen? Hatte er sie so weit getrieben, dass sie keinen anderen Ausweg sah, als diesen letzten Schritt zu tun? Er musste sich fast dazu zwingen, die Schranktüren zu öffnen. Als er sah, dass all ihre Sachen noch da waren, wurde ihm fast schwindlig vor Erleichterung. Wahrscheinlich war sie einkaufen gegangen oder beim Friseur. Aber trotz dieser logischen Erklärung wurde er das beklemmende Gefühl nicht los.

Als eine halbe Stunde später das Telefon klingelte, stürzte er zum Apparat. Das musste sie sein. Aber nicht Cathleen, sondern Travis war am Apparat.

„Keith? Ist Cathleen im Hotel?"

„Nein." Sein Mund wurde trocken. „Warum?"

„Lloyd Pentel hat mir grade ihren Ehering gebracht. Er hat ihn in den Ställen gefunden."

„Was? In den Ställen?" Ohne es zu merken, sank er auf den nächsten Stuhl. „Da stimmt etwas nicht. Cathleen würde niemals allein in die Ställe gehen. Sie hat Angst vor Pferden."

„Keith", sagte Travis ruhig, „war sie zwischendurch irgendwann einmal im Hotel?"

„Nein, es sieht nicht so aus. Ich will mit Pentel sprechen."

„Ich habe schon mit ihm gesprochen. Er hat sie auch nicht gesehen. Hör zu, Keith. Vielleicht ziehen wir voreilige Schlüsse. Trotzdem glaube ich, wir sollten die Polizei benachrichtigen."

Cathleen hatte jegliches Zeitgefühl verloren. Trotz aller Anstrengung war es ihr nicht gelungen, die Fesseln zu lockern. Ihre Handgelenke brannten, und ihr Körper schmerzte. Als sie ein zweites Mal aufstehen wollte, war sie gestürzt und hart mit der Hüfte auf den Metallboden aufgeschlagen. Sie hatte schreckliche Angst gehabt, dass der Sturz ihrem Baby geschadet hatte, und verzichtete deshalb auf jeden weiteren Versuch, sich aufzurichten. Jetzt lag sie regungslos auf dem Boden und dachte an Keith. Machte er sich allmählich Gedanken um sie? Fragte er sich, wo sie war? Würde er besorgt sein?

„Mrs. Logan?"

Sie zuckte zusammen, als jemand ihre Schulter berührte und ihr die Augenbinde abnahm. Zuerst sah sie gar nichts. Dann erkannte sie im Halbdunkel das Gesicht des Stallburschen. Panische Angst überfiel sie. Er war gekommen, um sie zu töten. Sie und ihr Baby.

„Ich habe Ihnen etwas zu essen gebracht. Sie müssen mir versprechen, dass Sie nicht schreien. Durnam würde mich umbringen, wenn er wüsste, dass ich hier bin. Ich nehme Ihnen jetzt den Knebel ab, damit Sie essen können. Aber wenn Sie auch nur einen Ton von sich geben, binde ich Ihnen den Mund wieder zu, und Sie bekommen gar nichts."

Cathleen nickte. Es war eine Wohltat, wieder frei atmen zu können. Auch wenn sie sich dabei kaum beherrschen konnte, laut um Hilfe zu schreien. Aber aus Angst, wieder geknebelt zu werden, verhielt sie sich ruhig. „Warum tun Sie das?", fragte sie. „Wenn Sie Geld brauchen, kann ich Ihnen gern welches geben."

„Ich stecke schon zu tief drin." Er hielt ihr ein belegtes Brötchen hin, das nicht mehr ganz frisch aussah. „Essen Sie, sonst werden Sie krank."

„Na und? Sie werden mich doch sowieso umbringen."

„Damit habe ich nichts zu tun!"

Sie sah die Panik in seinen Augen, die Schweißperlen auf seiner Oberlippe. Er fürchtete sich genauso wie sie. Wenn sie diese Angst als Druckmittel benutzte, hatte sie vielleicht eine Chance. „Sie wissen genau, was Durnam vorhat", sagte sie.

„Er will nur gewinnen, mehr nicht. Er muss gewinnen, weil er in finanziellen Schwierigkeiten steckt. Charlie's Pride ist seine einzige Hoffnung, aber Logans Pferd ist besser. Deshalb hat er mich überredet, auf Three Aces anzuheuern, damit ich Double Bluffs Sieg verhindern kann. Das ist alles." Unruhig schaute er sich um. Er redete zu viel. Wenn er nervös war, redete er immer zu viel. Er brauchte einen Drink. Sein Mund war völlig ausgetrocknet. „Ich habe dem Pferd bloß ein Aufputschmittel gegeben, mehr nicht. Durnam wollte es so. Double Bluff sollte nur aus dem Rennen ausscheiden. Verstehen Sie doch. Es geht hier ums Geschäft. Nur ums Geschäft."

„Sie sprechen gerade über Pferderennen. Ich spreche von Mord."

„Davon will ich nichts hören. Ich habe nichts

damit zu tun."

„Mr. ... Wie heißen Sie eigentlich?"

„Berley, Madam. Tom Berley."

„Mr. Berley, ich flehe Sie an. Es geht hier nicht allein um mein Leben, sondern um das eines ungeborenen Kindes. Sie können nicht zulassen, dass er mein Baby tötet. Im Moment sind Sie nur wegen des Pferdes in Schwierigkeiten. Aber wenn Mord hinzukommt ... Ein unschuldiges Kind, Mr. Berley."

„Ich will nichts davon hören." Seine Stimme klang rau, und als er ihr wieder das Tuch vor den Mund band, zitterten seine Hände. Er brauchte dringend einen Drink. Ihr Blick setzte ihm dermaßen zu, dass er es nicht schaffte, ihr wieder die Augen zuzubinden. Sie konnte in dem dunklen Laderaum des Lieferwagens sowieso nichts sehen. „Wenn Sie nicht essen wollen, ist das Ihre Sache. Ich muss mich jetzt um wichtigere Dinge kümmern." Vorsichtig öffnete er die Tür, schaute hastig nach links und rechts und verschwand anschließend.

11. KAPITEL

„Es wäre mir lieber, Sie würden meine Frau suchen, anstatt hier herumzusitzen und mir Fragen zu stellen."

Nach siebenunddreißig Dienstjahren glaubte Lieutenant Hallinger alles gesehen zu haben. Er wunderte sich über nichts mehr, schon gar nicht über enttäuschte oder wütende Ehegatten. Und der Mann, den er hier vor sich hatte, schien beides zu sein. „Mr. Logan", sagte er geduldig, „es würde uns ein ganzes Stück weiterhelfen, wenn Sie meine Fragen beantworteten. Auf jeden Fall würde es die Chance verbessern, Ihre Frau zu finden."

„Ich habe Ihnen bereits gesagt, dass Cathleen nicht ins Hotel zurückgekommen ist. Niemand hat sie seit heute früh gesehen. Man hat nur ihren Ehering in den Ställen des Rennplatzes gefunden."

„Manche Leute gehen sehr nachlässig mit ihrem Schmuck um, Mr. Logan.“

Manche Leute! Was bildete der Mann sich ein? „Nicht Cathleen“, erwiderte er bestimmt. „Sie würde niemals aus Nachlässigkeit ihren Ehering verlieren.“

„Hmm“, brummte Hallinger nur und schrieb etwas in sein Notizbuch, „Mr. Logan, meistens erweisen sich solche Fälle im Endeffekt als einfache Missverständnisse.“ Er hätte ein Buch schreiben können. Über Missverständnisse allein hätte er ein Buch schreiben können. „Haben Sie sich heute früh mit Ihrer Frau gestritten?“

„Nein.“

„Vielleicht hat sie ein Auto gemietet und eine kleine Spritztour gemacht.“

„Das ist ja lächerlich!“ Er nahm die Tasse Kaffee, die Travis ihm reichte, stellte sie jedoch achtlos neben sich auf den Tisch. „Wenn Cathleen einen Ausflug machen wollte, dann hätte sie unseren Mietwagen genommen. Sie hätte mir gesagt, dass sie wegfährt, und wäre spätestens vor zwei Stunden zurückgekommen. Wir hatten heute Abend etwas Wichtiges vor.“

„Vielleicht hat sie es vergessen.“

„Cathleen ist die zuverlässigste Person, die ich kenne. Wenn sie nicht hier ist, dann muss irgendjemand sie daran hindern.“

„Mr. Logan, Entführung ist meistens mit einer Lösegeldforderung verbunden. Sie sind ein reicher Mann, und trotzdem hat niemand mit Ihnen Kontakt aufgenommen?“

„Nein, es hat sich niemand bei mir gemeldet.“ Aber jedes Mal, wenn das Telefon klingelte, brach ihm der Schweiß aus. „Ich habe Ihnen mitgeteilt, was ich weiß, Lieutenant“, sagte er ungeduldig. „Und ich bin es leid, immer wieder das Gleiche zu wiederholen. Sie sollten Ihre Zeit lieber dazu nutzen, nach meiner Frau zu suchen. Ich würde ja selbst losgehen, wenn ich nicht der Meinung wäre, dass ich hierbleiben sollte und …“ Er konnte nur warten. Und dieses Warten brachte ihn langsam um den Verstand.

Hallinger warf einen Blick auf seine Notizen. Er war ein dünner Mann mit einer ruhigen Stimme, ein Mann, der sein Auftreten und seine Erscheinung so wichtig nahm wie seinen Job. „Mr. Logan“, sagte er. „Ihr Pferd wurde beim Bluegrass-Stakes disqualifiziert. Wie reagierte Ihre Frau darauf?“

„Sie hat sich einfach darüber aufgeregt. Das ist doch ganz natürlich.“

„Hat sie diese Sache vielleicht so sehr aufgeregt, dass sie sich nicht auf den Empfängen zeigen wollte? Vielleicht wollte sie weg von allem – auch von Ihnen?“

Keith blieb stehen. Seine Augen blitzten gefährlich. „Cathleen würde vor nichts und niemandem davonrennen. Ich habe sie sogar gebeten, nach

Hause zu fahren, bis sich diese Sache aufgeklärt hat. Aber sie weigerte sich. Sie bestand darauf, bei mir zu bleiben."

„Sie sind ein glücklicher Mann, Mr. Logan."

„Das weiß ich. Warum hören Sie nicht endlich mit der Fragerei auf und suchen meine Frau?"

Hallinger reagierte nicht auf diese Bemerkung. Er machte sich lediglich eine Notiz und wandte sich dann an Travis. „Mr. Grant, Sie sind derjenige, der Mrs. Logan zuletzt gesehen hat. In welcher Verfassung war sie heute früh?"

„Sie machte sich Sorgen um den Ausgang des Rennens und natürlich auch um ihren Mann. Sie sagte mir, dass sie müde sei und nach dem Derby einmal richtig ausschlafen wolle. Um keinen Preis hätte sie das Rennen versäumt oder ihren Mann in dieser Situation alleingelassen. Sie ist erst seit ein paar Wochen verheiratet und sehr verliebt."

„Hmm", meinte der Lieutenant wieder mit aufreizender Gelassenheit. „Ihr Ring wurde in den Ställen gefunden. Sie sagten mir, Ihre Frau würde die Ställe nicht allein betreten, Mr. Logan. Und doch sah jemand sie heute früh zu den Ställen hinübergehen."

„Vielleicht wollte sie sich etwas beweisen", erwiderte Keith ungeduldig. Warum hatte sie nicht auf ihn gewartet, ihn nicht gebeten, mit ihr in die Ställe zu gehen? Die Antwort war klar: weil er sie so oft zurückgestoßen hatte, dass sie es schließlich aufgab, ihn um irgendetwas zu bitten.

Geduld gehörte zu Hallingers Job. „Was wollte sie sich beweisen, Mr. Logan?“

„Sie hatte vor einigen Jahren einen Unfall. Seitdem traute sie sich nicht mehr in die Nähe eines Pferdes. In den letzten Wochen versuchte sie, ihre Angst zu überwinden. Verdammt noch mal, was spielt es für eine Rolle, warum sie in die Ställe ging? Sie war auf jeden Fall dort. Und jetzt ist sie verschwunden.“

„Ich kann besser arbeiten, wenn ich die Einzelheiten kenne.“

Das Telefon klingelte. Wie elektrisiert sprang Keith auf. Als er den Hörer abnahm, wirkte sein Gesicht grau vor Anspannung. „Ja?“ Mit einem unterdrückten Fluch reichte er den Hörer an Hallinger weiter. „Für Sie.“

Travis legte seinem Freund die Hand auf die Schulter. „Sie werden Cathleen finden, Keith, ganz bestimmt.“

„Es ist etwas passiert, das spüre ich. Wenn sie nicht bald gefunden wird, ist es zu spät. Ich muss hier raus. Kannst du beim Telefon bleiben, falls irgendein wichtiger Anruf kommt?“

„Sicher.“

Hallinger sah Keith zur Tür gehen. Mit einer unauffälligen Geste bedeutete er einem seiner Männer, ihm zu folgen.

Es war fast drei Uhr morgens, und Keith saß immer noch auf demselben Stuhl. Er war nur eine Stunde weg gewesen. Irgendeine wilde Hoffnung hatte ihn zum Rennplatz getrieben, wo er die Ställe abgesucht hatte und die Pferdeburschen mit den gleichen Fragen bestürmte, die ihnen die Polizei bereits gestellt hatte. Aber er hatte Cathleen nicht finden können. Dann war er zum Hotel zurückgefahren, um stundenlang im Salon hin und her zu laufen und immer wieder das Schlafzimmer nach irgendeinem Hinweis abzusuchen. Den Kaffee, den Travis ihm brachte, ließ er unberührt stehen. Jetzt saß er schon über eine Stunde regungslos da und starrte das Telefon an.

Er hatte versucht, Travis wegzuschicken, damit wenigstens sein Freund ein wenig schlief. Aber er hatte seine Aufforderung ignoriert. Dabei wurde ihm bewusst, dass es außer Travis nur eine einzige Person gab, die dermaßen zu ihm hielt. Wenn er sie verlor … Er wagte nicht daran zu denken. Er wusste, dass das Glück sich drehen konnte wie ein Fähnchen im Wind. Das Schicksal durfte ihm alles nehmen, bloß nicht Cathleen.

Als das Telefon klingelte, packte er den Hörer mit beiden Händen.

„Logan?“, lallte der Anrufer mit schwerer Zunge.

Keith verstand sofort. Er bekam wildes Herzklopfen. „Wo ist sie?“

„Ich will keine Schwierigkeiten bekommen. Dem Pferd Drogen zu geben, war nicht schlimm. Aber echte Schwierigkeiten kann ich nicht gebrauchen."

„Okay. Sag mir, wo sie ist." Er schaute auf. Travis stand neben ihm. Auch er wartete ungeduldig.

„Ich will nichts damit zu tun haben. Er bringt mich um, wenn er herausfindet, dass ich Sie angerufen habe."

„Sag mir sofort, wo sie ist."

„Auf dem Rennplatz, im Lieferwagen. Ich weiß nicht, was er vorhat. Wahrscheinlich will er sie umbringen."

„In welchem Lieferwagen? Verdammt, sag mir, in welchem Lieferwagen!"

„Mit Mord will ich nichts zu tun haben."

Als der Anrufer auflegte, ließ Keith einfach den Hörer fallen und sprang auf. „Sie ist auf der Rennbahn. Sie halten sie in einem Lieferwagen fest."

„Fahr sofort los! Ich rufe die Polizei an und komme dann nach."

Keith fuhr wie ein Wahnsinniger, ignorierte sämtliche Ampeln und Geschwindigkeitsbegrenzungen. Wahrscheinlich will er sie umbringen! Er konnte an nichts anderes denken als an diese Worte. Dabei merkte er nicht, dass er mit fast zweihundert Stundenkilometern durch die Stadt raste. Die Straßen waren zum Glück wie ausgestorben.

Mit quietschenden Reifen hielt er hinter den Ställen. Überall standen Lieferwagen – Pferdetransporter und Wohnwagen für die Trainer, die Besitzer der Rennpferde und die Stallburschen. Und unter all diesen Fahrzeugen musste er das richtige herausfinden.

Als er über den Platz ging, hörte er plötzlich Schritte hinter sich. Mit geballten Fäusten fuhr er herum.

„Beruhige dich, mein Junge", sagte Paddy. „Travis hat mich angerufen."

Keith nickte ihm zu. Im Mondlicht sah er, dass auch der alte Mann nicht geschlafen hatte. „Durnams Lieferwagen", sagte er. „Wo ist er? Zeig ihn mir!"

„Durnams Wagen? Travis sagte, du wüsstest nicht, in welchem Auto man sie festhält."

„Ich weiß es nicht, aber ich ahne es. Wo ist er?"

„Es ist der große schwarze Wagen dort drüben." In diesem Augenblick hörte man das Heulen von Polizeisirenen. Paddy drehte sich um. „Die Polizei kommt." Aber Keith war schon losgerannt.

„Cathleen!" Die Tür war verschlossen. Einen Augenblick glaubte er, sie vor Wut mit den Händen aus den Angeln reißen zu müssen.

„Hier, damit geht es besser." Paddy reichte ihm eine Brechstange. „Als Travis mich anrief, um mir

Bescheid zu sagen, dachte ich mir, dass du das Ding brauchen kannst."

Ohne auch nur einen Moment zu zögern, machte sich Keith daran, die Tür aufzubrechen. Dabei rief er immer wieder Cathleens Namen. Sie sollte wissen, dass er es war. Keinen Augenblick länger sollte sie mehr Angst haben müssen. Langsam bog sich das Metall, gab nach und brach schließlich knirschend auseinander. Die Brechstange wie eine Waffe gepackt, sprang Keith in den Wagen. Als er Cathleen nicht sah, schlug er die Sperrholzplatte ein, die die beiden Vordersitze von der Ladefläche trennte.

„Cathleen?" Er bekam keine Antwort. War es schon zu spät? „Cathleen, ich bin es. Ich bin bei dir, ich hol dich hier raus." Wenn es bloß nicht so dunkel gewesen wäre. Er kniete sich hin, um den Boden abzutasten. Und plötzlich sah er sie. Zusammengekrümmt lag sie in einer Ecke.

Er war sofort bei ihr. Vorsichtig berührte er ihre Wange. Sie war kalt. Ohnmächtig vor Wut zog er ihr den Knebel vom Mund.

„Cathleen, ich bin es. Jetzt ist alles wieder gut."

Sie öffnete die Augen. Fast hätte er geweint vor Erleichterung. Doch als er sie anfasste, zuckte sie zurück.

„Hab keine Angst", murmelte er. „Ich bin es, Keith. Niemand wird dir mehr wehtun, Liebling."

„Keith." In ihren Augen lag noch der Schock,

aber sie hatte seinen Namen gesagt.

Vorsichtig versuchte er, sie ein wenig aufzurichten. Sie zitterte am ganzen Körper. Er murmelte leise, besänftigende Worte, doch das Zittern wollte nicht nachlassen. Als er ihre Fesseln zu lockern versuchte, schrie sie vor Schmerz auf.

„Es tut mir so leid, Cathleen. Aber du musst stillhalten, sonst kann ich dir die Stricke nicht abnehmen." Zwei Männer kletterten auf die Ladefläche, und unwillkürlich rutschte Cathleen verängstigt in die Ecke. Keith schaute auf. „Ich brauche ein Messer", sagte er zu Lieutenant Hallinger. „Geben Sie mir ein Messer und verschwinden Sie wieder. Sie ist total verängstigt."

Hallinger griff in seine Jackentasche. Dabei bedeutete er seinen Männern, draußen auf ihn zu warten.

„Halt still, Cathleen, es ist gleich vorbei." Er hatte ihr wehgetan, er spürte es. Jedes Mal, wenn sie zusammenzuckte, schien sich der Schmerz auf ihn zu übertragen. Als er die Fesseln schließlich gelöst hatte, war er schweißgebadet. „Ich werde dich jetzt nach außen tragen", sagte er. „Du darfst dich nicht bewegen."

„Meine Arme", wimmerte sie.

„Ich weiß, du hast Schmerzen", sagte er und hob sie vorsichtig hoch.

Cathleen stöhnte auf und presste ihr Gesicht an seine Schulter.

Als sie schließlich vor dem Wagen standen, war der ganze Platz hell erleuchtet. Cathleen musste die Augen schließen, so sehr blendeten sie die grellen Lichter. Überhaupt vermochte sie die Vorgänge um sie herum noch gar nicht so recht wahrzunehmen. Zu tief saß die Angst der letzten Stunden. Sie wusste nur, dass Keith bei ihr war, und deshalb versuchte sie ihre Schmerzen zu vergessen und nur seine Stimme zu hören.

„Sie werden sie in Ruhe lassen", sagte er gerade zu Lieutenant Hallinger, der auf ihn zukam.

Travis, der an Keiths Tonfall erkannt hatte, dass sein Freund in einer gefährlichen Stimmung war, stellte sich zwischen ihn und die Polizei. „Ich habe einen Krankenwagen angefordert. Er ist gerade vorgefahren. Paddy und ich werden euch zum Krankenhaus folgen."

Cathleen spürte, wie sie auf den Rücken gelegt wurde. Überall waren diese grellen Lichter. Und Stimmen, zu viele Stimmen. Sie zuckte zusammen, als etwas Kühles auf ihre brennenden Handgelenke aufgetragen wurde. Aber Keith war bei ihr, streichelte ihr Haar und hörte nicht auf, mit ihr zu sprechen.

Er wusste kaum, was er sagte. In seiner unsagbaren Erleichterung redete er sich einfach all seine Angst und seine Sorgen von der Seele. Er sah das Blut an ihren Handgelenken und ihren Fesseln, und jedes Mal, wenn sie aufstöhnte, schwor er sich, Rache an Durnam zu nehmen.

„In den Ställen“, murmelte sie. „Ich habe alles mit angehört. Sie haben das Pferd gedopt. Ich wollte weg. Aber sie haben mich festgehalten.“

Liebevoll strich Keith ihr übers Haar. „Du brauchst keine Angst mehr zu haben. Jetzt bist du in Sicherheit. Ich bin bei dir.“

Er durfte nicht bei ihr bleiben. Kaum hatten sie das Krankenhaus erreicht, da wurde sie fortgebracht, und er blieb hilflos im Gang zurück. Zum Glück waren Travis und Paddy bei ihm.

„Sie wird sich schnell wieder erholen“, sagte Travis und legte ihm mitfühlend die Hand auf die Schulter.

Keith nickte. Die Sanitäter hatten ihm das auch gesagt. Die Wunden und Prellungen würden verheilen. Aber würde sie den Schock jemals überwinden? „Bleib bei ihr“, sagte er. „Ich habe etwas zu erledigen.“

„Keith, sie braucht dich jetzt“, wandte Travis ein.

„Ich bin bald wieder zurück. Bitte bleib so lange hier.“ Ohne Travis’ Antwort abzuwarten, verließ er das Krankenhaus.

Er versuchte, sein Denken weitgehend auszuschalten, als er zu Durnams Farm hinausfuhr. Er brauchte fünfzehn Minuten für die Fahrt, die normalerweise eine halbe Stunde dauerte, aber die Polizei war trotzdem schneller gewesen. Als

Keith vor Durnams protziger Villa aus dem Auto sprang, traf er erneut auf Lieutenant Hallinger.

„Ich dachte mir, dass ich Sie heute Nacht hier sehen würde." Hallinger zündete sich eine der fünf Zigaretten an, die er sich jeden Tag gönnte. „Manchmal können sogar Polizisten denken. Wir waren gerade hier, um Durnam zu vernehmen, als uns die Nachricht erreichte, dass Sie auf dem Weg zur Rennbahn seien, um Ihre Frau zu befreien."

„Wie kamen Sie auf Durnam?"

„Ich vermutete, dass das Verschwinden Ihrer Frau mit der Disqualifizierung Ihres Pferdes zusammenhängen könnte. Daraus ergab sich die Frage, wer von dem Ausscheiden des Pferdes aus dem Rennen profitiert hatte. So kam ich auf Durnam. Wie ich sehe, hatten Sie das alles schon herausgefunden."

„Mir fehlten nur noch die Beweise."

„Die haben wir jetzt. Der Mann war am Ende. Dass wir bei ihm auftauchten, hat ihm den Rest gegeben. Er hatte bereits sein Konto abgeräumt. Aber das wussten Sie vermutlich auch."

„Ja, das wusste ich."

„Seine Koffer waren schon fertig gepackt. Er wollte nur noch das Pferderennen morgen abwarten. Heute", korrigierte er sich mit einem Blick zum Himmel, an dem der erste graue Schimmer der Morgendämmerung heraufzog. „Er wollte dieses Derby unbedingt gewinnen. Komisch, dass manche Leute sich dermaßen auf etwas versteifen können, dass sie sämtliche Konsequenzen außer Acht lassen. Wie geht es Ihrer Frau?"

„Sie ist verletzt. Wo ist er?"

„Wo er sich aufhält, ist Sache der Polizei, Mr. Logan." Nachdenklich betrachtete er seine Zigarette. „Ich weiß, wie Sie sich fühlen."

Mit einem vernichtenden Blick schnitt Keith ihm das Wort ab. „Sie haben keine Ahnung, wie ich mich fühle."

Hallinger nickte langsam. „Vielleicht haben Sie recht. Sie mögen nicht in der Stimmung sein, sich etwas von mir sagen zu lassen. Ich möchte Ihnen trotzdem einen Rat geben. Sie sind selbst kein Pfadfinder gewesen, Logan." Als Keith ihn daraufhin nur anschaute, lächelte er nachsichtig. „Ich habe es mir zur Gewohnheit gemacht, selbst auf die kleinste Einzelheit zu achten. Sie haben im Lauf Ihres Lebens einige Schrammen abbekommen, gute und schlechte Zeiten durchgemacht. Im Moment sind Sie auf dem richtigen Weg. Sie haben eine Frau gefunden, mit der Sie sich ein neues Leben aufbauen können. Verspielen Sie diese Chance nicht durch irgendwelche unüberlegten Handlungen. Charles Durnam ist es erstens nicht wert, und zweitens hat er schon genug verloren. Genügt es Ihnen nicht, dass sein Leben ruiniert ist?"

„Nein", erwiderte Keith und öffnete die Wagentür. Bevor er einstieg, drehte er sich noch einmal zu Hallinger um. „Wenn er aus dem Gefängnis herauskommt, werde ich ihn mir vornehmen."

Hallinger warf seine Zigarettenkippe weg. Bedauernd schüttelte er den Kopf. „Ich werde es mir merken."

Vorsichtig schlug Cathleen die Augen auf. Sie war im Krankenhaus. Wie jedes Mal, wenn sie aus ihrem unruhigen Halbschlaf aufwachte, überkam sie eine Welle der Erleichterung.

Das Licht neben ihrem Bett brannte immer noch. Sie hatte die Krankenschwester gebeten, es auf keinen Fall auszuknipsen, nicht einmal bei Sonnenaufgang.

Keith war nicht bei ihr gewesen. Sie hatte nach ihm gefragt, aber man hatte sie in ein Privatzimmer gebracht, ins Bett gelegt und ihr versprochen, dass er bald kommen würde. Sie müsse schlafen, das sei jetzt das Wichtigste. Aber sie wollte, dass Keith zu ihr kam.

Matt drehte sie den Kopf. Blumen standen im Raum. Wahrscheinlich waren sie von Travis oder Paddy. Aber wo blieb Keith?

Langsam richtete sie sich auf. Und dann sah sie ihn. Mit dem Rücken zum Bett stand er am Fenster. „Keith", sagte sie froh.

Er drehte sich sofort um. Sie streckte die Hand nach ihm aus, und er ging zu ihr. „Du siehst besser aus", sagte er unsicher.

„Ich fühle mich auch schon viel besser. Ich wusste gar nicht, dass du hier bist."

„Ich bin schon eine ganze Weile hier. Brauchst du irgendetwas?"

„Ja, ich würde gern etwas essen." Lächelnd streckte sie wieder die Hand nach ihm aus. Doch er hatte seine Hände bereits in die Hosentaschen gesteckt.

„Ich werde die Krankenschwester holen."

„Keith, geh nicht weg", sagte sie, als er sich zur Tür wandte. „Das Essen kann warten. Du siehst sehr müde aus."

„Ich habe eine aufregende Nacht hinter mir."

Cathleen lächelte zaghaft. „Ich weiß. Es tut mir leid."

Sein Blick war abweisend. „Es braucht dir nicht leid zu tun. Ich hole jetzt die Krankenschwester."

Wieder war sie allein. Traurig legte sie sich in die Kissen zurück. Konnte er tatsächlich böse auf sie sein? Seufzend schloss sie die Augen. Sicher konnte er. Schließlich hatte er ihretwegen einiges durchmachen müssen – selbst wenn es nicht ihre Schuld gewesen war. Und jetzt lag sie auch an diesem für ihn so wichtigen Tag im Krankenhaus.

Als er zurückkam, zwang sie sich zu einem fröhlichen Lächeln. „Du solltest längst auf der

Rennbahn sein. Ich hatte ja keine Ahnung, dass es schon so spät ist. Hat jemand daran gedacht, mir Kleidung mitzubringen? Ich kann in zehn Minuten fertig sein."

„Du wirst das Krankenhaus nicht verlassen."

„Ich werde auf keinen Fall mein erstes Derby versäumen. Ich weiß, was der Arzt gesagt hat, aber ..."

„Dann weißt du auch, dass du erst nach vierundzwanzig Stunden wieder aufstehen darfst."

Sie wollte ihm bereits widersprechen, unterließ es dann aber. Nach dem, was sie beide durchgemacht hatten, waren Streitigkeiten gewiss nicht angebracht. „Du hast recht", lenkte sie ein. „Ich werde das Derby im Fernsehen verfolgen." Warum kam er nicht zu ihr? Warum nahm er sie nicht in die Arme? Es kostete sie ungeheure Anstrengung zu lächeln. „Aber du musst jetzt gehen."

„Wohin?"

„Zur Rennbahn natürlich. Du hast schon viel zu viel verpasst."

„Ich bleibe hier."

Ihr Herz schlug schneller, als er das sagte, trotzdem schüttelte sie den Kopf. „Du darfst das Rennen nicht versäumen. Es ist schlimm genug, dass ich hier eingesperrt bin. Lass mir wenigstens die Freude, dich im Fernsehen zu sehen. Du kannst doch hier nichts tun."

Er dachte daran, wie hilflos er sich die ganze Nacht gefühlt hatte und wie hilflos er sich auch jetzt noch fühlte. „Vielleicht hast du recht."

„Dann geh, beeil dich."

Müde strich er sich übers Kinn. „Okay."

Sie bot ihm die Lippen, damit er sie küsste. Doch sein Mund berührte nur flüchtig ihre Stirn. „Bis später."

„Keith!", rief sie, als er an der Tür stand. „Du wirst doch gewinnen?"

Er nickte und schloss leise die Tür hinter sich. Draußen lehnte er sich an die Wand. Er konnte kaum stehen, so erschöpft war er. Was kümmerte ihn das Derby? Seit er Cathleen aus diesem Lieferwagen befreit hatte, stand ihm nur ein einziges Bild vor Augen: wie sie zusammengekrümmt in der hintersten Ecke dieses Wagens lag und sogar vor seiner Berührung zurückschreckte. Sie hatte sich wieder erholt, lächelte und sprach, als sei nichts gewesen. Doch er sah nur die weißen Verbände an ihren Handgelenken.

Er hatte Angst, sie zu berühren, weil er fürchtete, sie würde erneut vor ihm zurückschrecken. Es war eine Qual für ihn, ihr wehzutun, diese Panik in ihren Augen zu verursachen.

Und sie hatte keine Ahnung, was in ihm vorging. Sie schickte ihn einfach weg. Sie brauchte ihn nicht. Eine Siegestrophäe, das war alles, woran sie interessiert war. Okay, wenn es sie glücklich machte, würde er ihr diesen verdammten Sieg holen.

Cathleen war schrecklich nervös. Allein die Vorbereitungen zum Derby im Fernsehen zu verfolgen, war eine aufregende Sache für sie. Als die Kamera auf Keith gerichtet wurde, lachte sie glücklich. Wenn sie doch nur bei ihm sein könnte! Leider wich er den Reportern aus, sodass sie nicht dazu kam, ihn im Fernsehen sprechen zu hören. Sie wurde jedoch für ihre Enttäuschung entschädigt, als der Reporter vor der Kamera die Hintergründe der Affäre um Double Bluff erklärte und bekannt gab, dass Keith von jedem Verdacht, sein Pferd gedopt zu haben, befreit sei.

Dann berichtete der Reporter von ihrer Entführung und Durnams Festnahme. Den Pferdeburschen hatte man in den Ställen aufgegriffen, wo er seinen Rausch ausgeschlafen hatte. Er hatte sofort gestanden und bereitwillig die ganze Geschichte erzählt. Danach wurde Durnams Lieferwagen mit der aufgebrochenen Tür gezeigt, und dann war plötzlich wieder Keith im Bild.

Wie müde er aussieht, dachte Cathleen. Deshalb hatte er sich vorhin so abweisend verhalten. Er war ganz einfach erschöpft. Wenn er sich erst einmal ausgeruht hatte und diese ganze Geschichte vergessen war, würde endlich alles wieder in Ordnung sein.

Die Pferde wurden gezeigt und die überfüllten Tribünen. Nur noch wenige Minuten, und das Rennen würde beginnen. Am liebsten wäre Cathleen aus dem Bett gesprungen und zur Rennbahn gefahren. Wenn ihr Baby nicht gewesen wäre, hätte sie den verrückten Einfall in die Tat umgesetzt.

Das Startzeichen ertönte, und während der nächsten paar Minuten starrte Cathleen wie gebannt auf den Bildschirm. Double Bluff übertraf sich selbst. Gleich zu Anfang schob er sich ganz nach vorn. Cathleen hielt den Atem an. Es war noch viel zu früh. Sie wusste, dass der Jockey Anweisung hatte, das Pferd die erste halbe Meile zurückzuhalten. Doch Double Bluff ließ sich nicht bremsen.

Cathleens Besorgnis wandelte sich in jubelnde Begeisterung, als sie ihn den anderen davongaloppieren sah. Es war, als wollte er sich für das Unrecht rächen, das man ihm angetan hatte. Die Zuschauer waren aufgesprungen, um ihn anzufeuern. Auf den letzten Metern schien er noch einmal schneller zu werden. Die Stimme des Ansagers überschlug sich vor Erregung. Zwei Längen, drei Längen, dreieinhalb. Er lief durchs Ziel, als sei er allein auf der Rennbahn.

„Er hat nicht ein einziges Mal die Führung abgegeben“, sagte Cathleen aufgeregt zu der Krankenschwester, die ins Zimmer gekommen war, um das Rennen mit ihr zu verfolgen.

„Herzlichen Glückwunsch, Mrs. Logan. Jetzt werden Sie bestimmt schnell gesund."

„Ganz bestimmt." Aber die Spannung war noch nicht vorbei. Das Wichtigste war für sie die offizielle Bestätigung. Es schien eine Ewigkeit zu dauern, bevor die Nummern auf der schwarzen Tafel aufleuchteten. Aufgeregt fasste sie nach der Hand der Krankenschwester. „Da ist Keith! Er hat so hart für diesen Sieg gearbeitet, so lange darauf gewartet. Oh, ich wünschte, ich könnte in diesem Moment bei ihm sein."

Sie beobachtete, wie die Reporter und Kameraleute sich um ihn drängten, bevor er sich mit seinem Trainer, dem Jockey und Double Bluff zur Siegerehrung aufstellte. Warum lächelt er nicht? dachte sie. Sie sah, wie er seinem Jockey die Hand schüttelte, konnte aber nicht hören, was er zu ihm sagte.

Ein Reporter hielt ihm das Mikrofon hin. „Dieser Sieg muss Sie doch für die Disqualifizierung letzte Woche entschädigen, nicht wahr, Mr. Logan?"

„Er entschädigt mich nicht einmal annähernd dafür." Keith klopfte dem Pferd auf den Hals. „Double Bluff hat heute bewiesen, dass er ein Champion ist, und er hat meinem Vertrauen in sein Team Ehre gemacht. Aber der Sieg dieses Rennens gehört meiner Frau." Er zog eine Rose aus der über und über mit Blüten besteckten Decke, die man über den Rücken des Pferdes gebreitet hatte. „Entschuldigen Sie mich bitte."

„Das hat er aber schön gesagt", meinte die Krankenschwester.

„Ja", sagte Cathleen und konnte nicht verstehen, warum sie sich so verloren fühlte.

12. KAPITEL

Nachdem Cathleen aus dem Krankenhaus entlassen worden war, flog sie mit Keith nach Hause. Schon auf dem Heimflug merkte sie, dass etwas nicht stimmte. Dabei hätten sie eigentlich Grund zum Feiern gehabt. Keiths guter Ruf war wiederhergestellt, sein Pferd hatte nicht nur das Derby gewonnen, sondern dabei gleich noch einen neuen Rekord aufgestellt, und sie war gesund und in Sicherheit. Doch in ihrer Beziehung schien nichts mehr zu stimmen.

Sie wusste, dass Keith manchmal reserviert war, dass er zu Arroganz und Starrsinn neigte. Aber sie hatte nicht geahnt, dass er so kühl und abweisend sein konnte. Er gab ihr keinerlei Zärtlichkeit, er berührte sie nicht einmal mehr. Cathleen hatte fast den Eindruck, dass er ihr absichtlich auswich. Zum Beispiel ging er sehr spät zu Bett und stand noch früher als gewöhnlich auf. Und tagsüber verbrachte er die meiste Zeit außer Haus.

Cathleen zerbrach sich den Kopf über sein seltsames Verhalten, versuchte irgendeine Antwort darauf zu finden. Langweilte sie ihn bereits? Eines Abends stellte sie sich vor den Spiegel, um ihr Gesicht und ihre Figur einer kritischen Betrachtung zu unterziehen. Nein, man sah ihr die Schwangerschaft nicht an. Weder ihr Gesicht noch ihre Figur hatten sich verändert. Sie wusste jedoch, dass ihr nicht viel Zeit blieb, bevor die ersten Veränderungen sich bemerkbar machten.

Und was dann? Würde ihre Beziehung vollends in die Brüche gehen, wenn er von ihrer Schwangerschaft erfuhr? Nein, das konnte sie nicht glauben. Sein eigenes Kind würde er gewiss nicht verstoßen. Aber was war mit ihr? Wenn er schon jetzt genug von ihr hatte, dann würde er sie, wenn sie erst einmal einen dicken Bauch hatte, noch viel weniger begehren.

Dabei freute sie sich auf die Veränderung, die demnächst mit ihr vorgehen würde. Aber fand Keith diese Veränderung womöglich abstoßend? Bestimmt – falls sie ihre körperliche Beziehung nicht vorher wiederherstellten. Da Keith jedoch in dieser Richtung nichts unternahm, musste sie sich darum kümmern, und zwar sofort.

Sie stellte Kerzen im Schlafzimmer auf und suchte einen besonders guten Wein aus. Dann holte sie das weiße Spitzennegligee, das sie in ihrer Hochzeitsnacht getragen hatte, aus dem

Schrank. Wenn sie ihren Mann verführen wollte, dann musste sie sich ganz besonders schön für ihn machen, so schön wie in ihrer Hochzeitsnacht. Wenn er sie damals begehrenswert gefunden hatte, dann würde er sie auch jetzt begehren. Diese Nacht sollte einen Neubeginn darstellen, den Neubeginn ihrer Liebe. Und wenn sie sich geliebt hatten, wenn nichts mehr zwischen ihnen stand, dann würde sie ihm von dem Baby erzählen.

Keith hatte sich wieder einmal total überanstrengt. Er arbeitete meistens bis zum Umfallen, bevor er die Treppen zum Schlafzimmer hinaufging, um sich leise neben Cathleen ins Bett zu legen. Wenn er erschöpft war, konnte er der Versuchung, sie an sich zu ziehen, eher widerstehen. Dann fiel es ihm nicht so schwer, über die Tatsache hinwegzusehen, dass sie neben ihm lag und er nur die Hand nach ihrem süßen weichen Körper auszustrecken brauchte. Nur wenn er todmüde war, vermochte er sich einzureden, dass er sie nicht begehrte.

Doch er machte sich etwas vor. Er belog sich selbst.

Die Entfremdung zwischen ihnen, die er selbst herbeigeführt hatte, tat ihm schrecklich weh. Aber was konnte er sonst tun? Cathleen musste Abstand zu ihm gewinnen. Er hatte sie in diese

Ehe hineingedrängt und nun wollte er ihr Zeit lassen, ihre Entscheidung zu überdenken. Sie hatte Geheimnisse vor ihm, das sah er. Der Ausdruck in ihren Augen verriet es ihm. Manchmal konnte er kaum das Verlangen unterdrücken, sie bei den Schultern zu packen und zu schütteln, bis sie ihm alles sagte. Doch dann fiel ihm ein, was sie seinetwegen hatte durchmachen müssen, und er traute sich nicht einmal, sie anzufassen.

Sie war die vorbildlichste Frau gewesen seit ihrer Rückkehr – sie stellte keine Fragen, sie forderte nichts, sie äußerte kein einziges vorwurfsvolles Wort. Und er wollte sie zurückhaben.

Leise öffnete er die Schlafzimmertür – und blieb verblüfft stehen.

„Ich dachte, du würdest überhaupt nicht mehr heraufkommen." Lächelnd ging sie auf ihn zu. „Du arbeitest zu viel."

„Ich habe eine Menge zu tun."

„Das Leben besteht nicht nur aus Arbeit."

Von seinen Gefühlen überwältigt, strich er ihr übers Haar. „Ich dachte, du würdest schon schlafen."

„Ich habe auf dich gewartet." Sie stellte sich auf die Zehenspitzen und küsste ihn. „Du fehlst mir, Keith. Ich habe Sehnsucht nach dir. Komm zu mir. Ich möchte so gern mit dir schlafen."

„Ich habe noch etwas zu erledigen."

„Kann das nicht warten?" Lächelnd fing sie

an, sein Hemd aufzuknöpfen. Dabei glaubte sie deutlich, seine Reaktion zu spüren. In diesem Augenblick war sie sicher, dass er sie begehrte. „Wir haben schon lange keinen Abend mehr für uns allein gehabt."

Er sah die Verbände an ihren Handgelenken, und schlagartig kehrten seine Schuldgefühle zurück. „Es tut mir leid", sagte er. „Aber ich bin nur heraufgekommen, um nachzusehen, ob es dir gut geht. Du solltest jetzt schlafen."

Die Zurückweisung tat ihr weh. Sie trat einen Schritt zurück. „Begehrst du mich nicht mehr, Keith?"

Wie konnte sie ahnen, was in ihm vorging? Woher hätte sie wissen sollen, dass sein Verlangen ihn fast um den Verstand brachte? „Ich will dir nur Zeit lassen, dich zu erholen. Schließlich hast du eine Menge durchgemacht."

„Du auch. Umso wichtiger ist es, dass wir wieder etwas Zeit miteinander verbringen."

Er strich ihr flüchtig über die Wange. „Geh jetzt schlafen." Im nächsten Augenblick hatte er das Zimmer verlassen.

Sekundenlang konnte Cathleen nur dastehen und die geschlossene Tür anstarren. Dann drehte sie sich um und löschte traurig die Kerzen.

Cathleen schloss sich in ihr Büro ein, um Zuflucht bei ihren Zahlen zu finden. Bei ihren Büchern wusste sie wenigstens, woran sie war. Wenn sie zwei und zwei zusammenzählte, erhielt sie ein logisches Ergebnis. Im Leben war das nicht so einfach. Vor allem nicht mit Keith.

Als Travis anrief, um ihr zu sagen, dass bei Dee die Wehen eingesetzt hatten, freute sie sich nicht nur für ihre Cousine. Endlich passierte etwas.

Sie konnte die Abwechslung gut gebrauchen. Nachdem sie hastig eine Nachricht für Keith aufgeschrieben hatte, verließ sie ihr Büro. Falls er sie suchen sollte, würde er die Notiz finden. Und wenn er sie nicht vermisste, dann konnte es ihm egal sein, wo sie war.

Sie hatte inzwischen noch eine Erkenntnis über die Liebe hinzugewonnen. Jeder Partner sollte seine eigene Unabhängigkeit bewahren. In guten Ehen wirkte sich das positiv auf die Beziehung aus, in schlechten war es eine Überlebensfrage.

Während sie die Auffahrt hinunterfuhr, betrachtete sie im Rückspiegel das Haus, das langsam hinter ihr zurückblieb. Ihr Leben lang hatte sie von einem solchen Haus geträumt. Und jetzt, da sie endlich in ihrem Traumhaus lebte, war sie unglücklich. Dabei hätten Keith und sie so viel aus ihrem Leben machen können. Ihre Ehe könnte mehr sein als ein nüchternes Zusammenleben. Irgendwann musste Keith sich entscheiden, ob und wie er diesem gemeinsamen Leben einen neuen Sinn geben wollte.

Den ganzen Tag hatte Keith daran denken müssen, wie bezaubernd Cathleen am Abend zuvor ausgesehen hatte. Es war ihm so schwergefallen, vor ihr – und seinen eigenen Gefühlen – davonzulaufen. Darüber hinaus waren ihm plötzlich Zweifel an seinem Verhalten gekommen. Tat er ihr überhaupt einen Gefallen damit? Eines stand fest: Sich selbst richtete er damit langsam, aber sicher zugrunde.

Vielleicht war der Zeitpunkt für eine Aussprache gekommen. Eine sachliche, nüchterne Diskussion konnte er bewältigen, zu mehr würde er sich wahrscheinlich nicht durchringen können. Er brauchte Cathleen, ohne sie wäre sein Leben sinnlos. Wie er in diese Abhängigkeit geraten war, wusste er nicht. Es war ganz einfach eine Tatsache, die er akzeptieren musste. Was ihm zu schaffen machte, war die Frage, ob sie ohne ihn auskommen konnte. Was hätte sie aus ihrem Leben gemacht, wenn sie frei und ungebunden gewesen wäre? Er hatte ihr jede Chance genommen, das herauszufinden.

Ja, sie mussten miteinander reden. Und nachdem er diesen Entschluss gefasst hatte, wollte er ihn auch auf der Stelle ausführen. Er ging in ihr Büro, und als er sie dort nicht fand, in den Innenhof, wo Rosa gerade die Geranien goss.

„Rosa, ist Cathleen oben?“

Rosa schaute kurz auf und widmete sich dann wieder ihren Blumen.

„Die Señora ist vor ein paar Stunden fortgegangen."

„Fortgegangen?" Das ist doch kein Grund zur Panik, dachte er, obwohl ihm vor Angst fast der Atem stockte. „Wohin?"

„Das hat sie mir nicht gesagt."

„Hat sie das Auto genommen?"

„Ich glaube ja. Keith, warte", fügte sie nun hinzu, als er schlecht gelaunt gehen wollte.

„Ja?"

Lächelnd stellte sie ihre Gießkanne ab. „Du hast heute genauso wenig Geduld wie damals als zehnjähriger Junge."

„Ich will nicht, dass sie allein ist."

„Du lässt sie doch ununterbrochen allein." Mutig begegnete sie seinem finsteren Blick. „Glaubst du, ich sehe nicht, was hier vorgeht? Deine Frau ist unglücklich. Und du bist es auch."

„Cathleen geht es gut. Und mir ebenfalls."

„Das hast du früher auch immer gesagt, wenn du mit einem blauen Auge nach Hause gekommen bist."

„Das ist lange her."

„Versuch nicht, dir etwas vorzumachen, Keith. Du kannst die Vergangenheit nicht vergessen. Genauso wenig wie ich sie vergessen kann. Wenn du dir eine Zukunft aufbauen willst, musst du erst mit der Vergangenheit klarkommen."

„Warum sagst du mir das, Rosa?"

In diesem Moment tat sie etwas, das sie seit ihrer Kindheit nicht mehr getan hatte. Sie ging zu ihm hin, um ihre Hand an seine Wange zu legen. „Deine Frau ist stärker, als du denkst, mein Bruder. Und du besitzt nicht annähernd ihre Kraft."

„Ich bin kein kleiner Junge mehr, Rosa."

„Nein, aber damals warst du nicht so schwierig."

„Ich war schon immer schwierig."

„Weil unser Leben schwierig war. Aber du hast dir inzwischen ein besseres Leben geschaffen."

„Vielleicht."

„Deine Mutter wäre stolz auf dich gewesen. Bestimmt", fügte sie hinzu, als er zurückweichen wollte.

„Das Leben hat ihr keine Chance gegeben."

„Nein. Aber dir hat es eine gegeben. Und du hast mir eine gegeben."

Er machte eine wegwerfende Handbewegung. „Ich habe dir Arbeit gegeben."

„Du hast mir etwas geschenkt, was ich noch nie in meinem Leben besaß: ein richtiges Zuhause. Bevor du gehst, möchte ich dich etwas fragen. Warum lässt du mich hier wohnen? Sag mir die Wahrheit, Keith."

Er wollte ihr keine Antwort darauf geben, aber sie hatte schon früher immer diesen direkten Blick gehabt, dem man nicht ausweichen konnte. Sie schaute ihr Gegenüber so lange an, bis sie ihre Antwort bekam. Und vielleicht schuldete er ihr die Wahrheit. Vielleicht schuldete er sie sich selbst. „Weil Mutter dich liebte“, sagte er. „Und weil du auch mir etwas bedeutest.“

Lächelnd wandte sie sich wieder ihren Blumen zu. „Deine Frau wird nicht so lange auf eine Antwort warten. Sie ist nämlich genauso ungeduldig wie du.“

„Rosa, warum bist du all die Jahre bei mir geblieben?“

Sie zupfte die Blätter eines Farns zurecht. „Weil ich dich liebe. Auch deine Frau liebt dich. Wenn du nichts dagegen hast, möchte ich jetzt ein paar Blumen fürs Wohnzimmer pflücken.“

„Ja, sicher.“ Er überließ Rosa ihren Blumen und ging in Cathleens Büro zurück. Noch nie hatte er darüber nachgedacht, warum er Rosa all die Jahre um sich geduldet, warum er ihr Arbeit gegeben hatte, damit sie sich nicht in ihrem Stolz verletzt fühlen musste. Jetzt wurde es ihm klar. Sie war seine Schwester. So einfach war das – und so schwer zu akzeptieren. Sie hatte recht gehabt, als sie sagte, dass Cathleen nicht so lange auf eine Antwort warten würde.

Er musste mir ihr sprechen. Vor allem über seine Gefühle. Nervös blätterte er die Papiere auf ihrem Schreibtisch durch. Sie war wirklich eine fabelhafte Buchhalterin. Alles war zu ordentlichen kleinen Stapeln geordnet, und die Zahlen standen in sauberen Reihen untereinander. Ein Mann konnte sich kaum darüber beklagen, eine gewissenhafte Frau zu haben. Warum hatte er dann das unwiderstehliche Bedürfnis, all die Bücher und Papiere zusammenzuraffen und auf den Müll zu werfen?

Es war die Arztrechnung, die ihn stutzig machte. Er hatte ausdrücklich angeordnet, dass alle Rechnungen, die mit ihrem Krankenhausaufenthalt in Kentucky zusammenhingen, an ihn geschickt würden. Trotzdem war diese Rechnung an Mrs. Logan adressiert. Verärgert nahm er sie an sich. Er wollte nicht, dass irgendetwas sie an den Vorfall erinnerte. Aber als er einen zweiten Blick auf die Rechnung warf, sah er, dass sie nicht aus Kentucky kam, sondern von einem Arzt in Maryland. Von einem Frauenarzt.

Frauenarzt? Langsam setzte Keith sich in den Schreibtischsessel. Schwangerschaftstest, stand auf der Rechnung. War Cathleen etwa schwanger? Unmöglich! Das wüsste er. Sie hätte es ihm bestimmt gesagt. Aber da stand ganz deutlich „positiv". Und dem Datum nach war der Test vor vier Wochen gemacht worden.

Cathleen erwartete ein Kind. Und sie hatte ihm nichts davon gesagt. Was hatte sie ihm sonst noch verschwiegen? Er sprang auf und wühlte die übrigen Papiere auf ihrem Schreibtisch durch. Dabei stieß er auf die hastig hingekritzelte Notiz, die sie ihm hinterlassen hatte.

Keith, ich bin ins Krankenhaus gefahren. Ich weiß nicht, wie lange es dauern wird.
Cathleen.

Keith starrte den Zettel an. Dabei spürte er, wie alles Blut aus seinem Gesicht wich.

„Wie kann Dee nur so ruhig und geduldig sein", meinte Cathleen, während sie nervös im Wartezimmer auf und ab lief.

Paddy blätterte in der Zeitschrift, die er zu lesen vorgab. „Babys werden nicht in zehn Minuten geboren."

„Aber das dauert ja eine Ewigkeit."

Paddy lachte, warf jedoch verstohlen einen Blick auf seine Armbanduhr. „Keine Angst, Dee hat Übung im Kinderkriegen."

„War sie beim ersten Kind auch so gelassen?", fragte Cathleen und legte unwillkürlich die Hand auf ihren Bauch.

„Sicher. Du weißt doch, wie sie ist."

„Ja." Im Stillen hoffte sie, dass sie auch so mutig an die Sache herangehen würde. „Es hilft ihr bestimmt sehr, dass Travis bei ihr ist." Sie hatte gesehen, wie liebevoll Travis sich um seine Frau gekümmert hatte, wie er neben ihrem Bett stand, ihre Hand hielt und sie aufmunterte. Er war das Musterbeispiel des treu sorgenden Ehemannes. „Glaubst du, Paddy, dass alle Männer so sind?"

Würde Keith dasselbe für sie tun?

„Wenn ein Mann seine Frau so liebt wie Travis, dann würde er ihr in dieser Situation auf jeden Fall zur Seite stehen. Musst du eigentlich dauernd hin und her laufen? Du machst mich ganz nervös."

„Ich kann nicht stillsitzen", meinte Cathleen. „Vielleicht sollte ich nach unten gehen und ein paar Blumen für Dee kaufen."

„Das ist eine gute Idee."

„Ich werde dir einen Becher Tee mitbringen."

„Tu das. Es kann jetzt nicht mehr lange dauern." Er wartete, bis Cathleen den Raum verlassen hatte, um dann aufzuspringen und selbst nervös hin und her zu laufen.

Unten stürmte in diesem Moment Keith ins Krankenhaus. „Wo ist meine Frau?", fragte er ungeduldig die Krankenschwester am Empfang. Die Schwester schaltete ihren Computer ein. „Name?"

„Logan. Cathleen Logan."

„Wann wurde sie eingeliefert?"

„Ich weiß es nicht. Vor etwa zwei Stunden."

Die Schwester drückte ein paar Tasten. „Weswegen?"

„Ich …" Was sie vorhatte, war so ungeheuerlich, dass er es einfach nicht aussprechen konnte. „Sie ist schwanger", sagte er.

„Entbindungsstation?" Wieder drückte sie ein

paar Tasten. „Es tut mir leid, Mr. Logan. Wir haben Ihre Frau nicht hier."

„Ich weiß, dass sie hier ist!" Leise schimpfend zog er die Arztrechnung aus der Tasche. „Wo ist Dr. Morgan? Ich will sofort mit Dr. Morgan sprechen."

„Dr. Morgan ist gerade bei einer Entbindung. Sie können zur Schwesternstation im fünften Stock hinauffahren, aber …" Sie zuckte bloß die Schultern, als Keith einfach davonrannte. Werdende Väter, dachte sie. Die sind immer völlig durchgedreht.

Mit der Faust hieb Keith auf den Aufzugsknopf. Er hasste Krankenhäuser. Er hatte seine Mutter in einem verloren. Und vor wenigen Tagen musste er mit ansehen, wie man Cathleen in eins gebracht hatte. Und jetzt …

„Keith, ich habe nicht erwartet, dich hier zu treffen."

Er drehte sich um. Mit einem riesigen Rosenstrauß kam Cathleen auf ihn zu. Ihr Haar war zurückgesteckt, und ihre Wangen glühten. Keith packte sie so hart bei den Schultern, dass ihr fast die Rosen aus der Hand fielen.

„Was machst du hier?", führ er sie an.

„Keith, meine Rosen!"

„Was kümmern mich deine Rosen. Ich will wissen, was du hier treibst."

„Das siehst du doch. Ich habe Rosen gekauft.

Falls du sie nicht vorher zerdrückst, bringe ich sie zu Dee hinauf."

„Dee?" Verwirrt schüttelte er den Kopf. Er vermochte keinen klaren Gedanken zu fassen.

„Ja, Dee. Wenn eine Frau ein Kind bekommt, bringt man ihr normalerweise Blumen. Oder hast du etwas dagegen?"

„Dee? Du bist hier, weil Dee ihre Zwillinge kriegt?"

„Natürlich. Hast du meine Nachricht nicht gefunden?"

„Doch, die habe ich gefunden", murmelte er und fasste sie am Arm, um sie in den Aufzug zu ziehen. „Sie war etwas unklar."

„Ich hatte es eilig. Ich wünschte, ich hätte mehr Rosen gekauft. Wenn eine Frau Zwillinge bekommt, sollte man ihr eigentlich doppelt so viele Blumen schenken." Sie roch an den Blüten und schaute dann lächelnd zu Keith auf. „Ich bin froh, dass du gekommen bist. Vor allem Dee wird sich freuen."

Keith hatte seine Verwirrung noch immer nicht ganz überwunden. „Wie geht es ihr?", fragte er, als sich die Aufzugstüren öffneten.

„Bestens. Paddy und ich sind zwei Nervenbündel, und sie ist völlig gelassen."

Im Wartezimmer kam ihnen nun ein strahlender Onkel Paddy entgegen. „Von jedem eins!", rief er. „Sie hat einen Jungen und ein Mädchen."

„Oh, Paddy!“ Lachend umarmte Cathleen den alten Mann. „Geht es ihr gut? Und den Kindern? Sind sie gesund?“

„Die Schwester sagt, es gehe allen ausgezeichnet. Sie wird sie gleich herausbringen, damit wir sie bewundern können.“

„Cathleen, warum setzt du dich nicht?“, meinte Keith, der sich bereits jetzt Sorgen machte, sie könne sich übernehmen.

„Ich kann im Moment nicht stillsitzen“, erwiderte sie, um sich gleich darauf lachend bei Onkel Paddy einzuhängen. „Mir ist eher nach Tanzen zumute. Komm, Onkel Paddy“, sagte sie und drehte sich mit ihm im Kreis.

Mit dem Rosenstrauß in der Hand stand Keith da und beobachtete die beiden. Er hatte sie schon so lange nicht mehr lachen hören. Und wie sehr er dieses strahlende Lächeln vermisst hatte. Am liebsten hätte er die Blumen in die Ecke geworfen, sie gepackt und nach Hause getragen, um sie stundenlang in seinen Armen zu halten.

„Sie können jetzt rein“, sagte die Krankenschwester und öffnete ihnen die Tür zu Dees Zimmer.

„Da sind sie ja!“, rief Paddy. „Da sind ja die kleinen Racker. Schaut euch das an.“ Er zog ein Taschentuch hervor und wischte sich damit gerührt über die Augen. „Sie sind wunderschön, Dee. Genau wie du.“

Staunend betrachtete Cathleen die beiden Babys, die ihre Cousine in den Armen hielt. „Ein Junge und ein Mädchen! Wie süß und winzig sie sind!"

„Sie werden schnell groß genug. Sie haben kräftig geschrien, als sie auf die Welt kamen", meinte Dee und gab ihren Kindern jeweils einen Kuss.

„Sie scheinen ganz nach der Mutter zu gehen", neckte sie Travis.

„Du kannst von Glück sagen, dass ich keine Hand frei habe! Hallo, Keith. Nett von dir, dass du auch gekommen bist. Ich finde es herrlich, die ganze Familie beisammen zu haben."

„Geht es dir gut?", fragte Keith ein wenig verlegen und gab Travis den Rosenstrauß. „Brauchst du irgendetwas?"

„Ein Käsebrötchen", meinte sie seufzend. „Ein schönes, knuspriges Käsebrötchen. Aber ich fürchte, darauf muss ich noch eine Weile warten."

„Mrs. Grant braucht jetzt aber wieder ein wenig Ruhe", sagte die Krankenschwester. „Besuchszeit ist heute Abend ab sieben Uhr."

„Paddy, bring die Kinder mit."

„Kinder unter zwölf Jahren haben keinen Zutritt zur Wöchnerinnenstation, Mrs. Grant." Dee lächelte bloß und wiederholte ihre Bitte.

Paddy steckte sein Taschentuch ein. „Dann will ich mal nach Hause gehen und mir überlegen, wie ich die ganze Mannschaft heute Abend hier reinschmuggle", meinte er.

„Ruf mich an, wenn du Hilfe brauchst", sagte Cathleen.

„Das werde ich tun." Er küsste sie auf die Wangen und verließ das Wartezimmer.

„Komm", sagte Keith, „ich bringe dich nach Hause. Du warst lange genug auf den Beinen."

„Ich habe aber mein Auto dabei", wandte Cathleen ein.

„Lass es stehen", erwiderte er und nahm sie beim Arm.

„Das ist doch unsinnig."

„Okay. Wenn du glaubst, du kannst es ertragen, mit mir im selben Wagen zu sitzen." Sie verschränkte die Arme vor der Brust und starrte mit finsterem Blick die Aufzugstüren an, während Keith die Hände in die Taschen steckte und genauso verschlossen vor sich hinstarrte.

Auf der Heimfahrt sprachen Keith und Cathleen kein Wort miteinander. Erst nachdem sie ins Haus gestürmt war, blieb Cathleen im Innenhof einen Moment stehen, um Keith mit blitzenden Augen anzuschauen.

„Wenn du nichts dagegen hast, gehe ich jetzt nach oben. Und du, du kannst dich zusammen mit deiner miesen Laune zu deinen Pferden in den Stall verziehen."

Keith gab sich dreißig Sekunden Zeit, um seine Wut zu beherrschen. Als das nichts half, rannte er hinter ihr die Treppe hinauf. „Setz dich!“, herrschte er sie an, während er die Schlafzimmertür hinter sich zuknallte.

Als sie daraufhin nur die Arme vor der Brust verschränkte und ihn abschätzend ansah, packte er sie und setzte sie unsanft aufs Bett.

„Okay, ich sitze. Du kannst mit mir reden, falls du das tatsächlich vorhast.“ Sie warf den Kopf zurück und schlug die Beine übereinander. „Ich bin gespannt, was du zu sagen hast.“ Ihr spöttischer Ton hatte seine Wirkung nicht verfehlt. Die Hände zu Fäusten geballt, schaute er sie mit grimmigem Blick an. „Na los, hau mir doch eine runter“, sagte sie herausfordernd. „Das willst du doch schon seit Tagen.“

„Reiz mich nicht unnötig, Cathleen.“

„Dass mir das nicht gelingt, hat sich doch gestern Abend gezeigt.“ Sie zog ihre Schuhe aus und warf sie in eine Ecke. „Ich denke, du bist so wild darauf, mit mir zu sprechen? Warum sagst du nichts?“

Doch anstatt zu sprechen, wanderte Keith nervös im Zimmer auf und ab. Womit sollte er anfangen? Seine Finger berührten den Ring, den er seit Tagen mit sich herumtrug. Vielleicht ergab sich der Anfang von selbst, wenn er ihr den Ring zurückgab. Er nahm ihn aus der Tasche und hielt ihn ihr schweigend hin.

„Du hast meinen Ring gefunden!“ Doch ihre

Freude darüber wurde getrübt, als sie seine ausdruckslose Miene bemerkte. „Warum hast du mir das nicht früher gesagt?“, fragte sie erstaunt.

„Du hast mich nicht danach gefragt.“

„Ich konnte es nicht. Allein der Gedanke, dass ich den Ring weggeworfen habe, hat mich fast krank gemacht.“

„Warum hast du es getan?“

„Mir fiel nichts anderes ein. Ich wusste, ich hatte keine Chance, ihnen zu entkommen. Sie fesselten mir bereits die Hände.“ Da sie auf den Ring schaute, sah sie nicht, wie er zusammenzuckte. „Ich dachte, wenn jemand ihn findet und dir bringt, könntest du dir denken, dass mir etwas passiert ist. Warum hast du ihn mir nicht zurückgegeben?“

„Ich war nicht sicher, ob du ihn wirklich zurückhaben willst. Ich wollte dir Zeit lassen, darüber nachzudenken.“ Er nahm ihre Hand und legte den Ring hinein. „Die Entscheidung liegt bei dir.“

„Sie lag von Anfang an bei mir“, erwiderte sie. „Bist du mir immer noch böse wegen dieser Entführung?“

„Deshalb war ich dir nie böse.“

„Den Eindruck musste ich aber haben.“

„Ich weiß. Es war meine Schuld.“ Jetzt erst wandte er sich ihr zu. Und zum ersten Mal äußerte er seine Wut und Verzweiflung. „Zwanzig Stunden! Meinetwegen musstest du zwanzig Stunden in diesem Lieferwagen liegen!“

Die Erinnerung daran ließ sie erschauern. Gleichzeitig jedoch horchte sie erstaunt auf. Keiths Worte klangen gerade so, als hätte er sich tatsächlich Sorgen um sie gemacht. „Du warst nie bereit, mit mir darüber zu sprechen. Ich hätte dir so gern alles erklärt, aber ...“

„Du hättest tot sein können. Ich saß in diesem verdammten Hotelzimmer und wartete darauf, dass das Telefon klingelt, und konnte nichts, aber auch gar nichts tun. Und als ich dich dann fand, als ich sah, was sie dir angetan hatten, wie deine Handgelenke aussahen ...“

„Sie sind schon fast verheilt.“ Sie stand auf und wollte zu ihm hingehen, doch er wich zurück. „Warum tust du das?“, fragte sie fassungslos. „Warum gehst du mir aus dem Weg? Selbst im Krankenhaus bist du nicht bei mir geblieben.“

„Ich hätte Durnam am liebsten umgebracht.“

„Keith! Wie kannst du so etwas sagen.“

„Aber es war zu spät.“ Die Verbitterung darüber hatte er immer noch nicht überwunden. „Die Polizei hatte ihn bereits festgenommen. Ich konnte nicht einmal Rache an ihm nehmen. Zur Untätigkeit verdammt, stand ich in diesem Krankenhauszimmer und musste immer wieder daran denken, dass ich dich beinahe verloren hätte. Und je länger ich dastand und dich ansah, desto mehr

Vorwürfe machte ich mir. Ich hätte dich nicht in diese Ehe hineindrängen dürfen. Du weißt ja nicht einmal, an was für einen Mann du dich gebunden hast."

„Jetzt reicht es mir aber! Glaubst du wirklich, ich bin so schwach und unentschlossen, dass ich nicht Ja oder Nein sagen kann? Ich habe mir keine Entscheidung aufzwingen lassen. Ich hatte die Wahl, und ich habe dich gewählt. Und dein blödes Geld hat mit meiner Entscheidung nichts zu tun gehabt." Jetzt war sie es, die wütend im Zimmer auf und ab lief. „Ich bin es leid, dir ständig meine Liebe beweisen zu müssen! Ich will ja nicht bestreiten, dass ich den Ehrgeiz hatte, es zu etwas zu bringen. Und ich schäme mich auch nicht deswegen. Aber lass dir eins gesagt sein, Keith Logan: Ich hätte es auch allein zu etwas gebracht."

„Daran habe ich nie gezweifelt."

„Glaubst du, ich habe dich wegen dieses Hauses geheiratet?" Sie machte eine weit ausholende Geste. „Meinetwegen kannst du es anzünden, es interessiert mich nicht. Und deine Aktien und Wertpapiere? Verspiel sie doch! Und dieser ganze Kram?" Sie zog die Schubladen ihrer Kommode auf und nahm die Etuis mit dem teuren Schmuck heraus, den er ihr geschenkt hatte. „Du kannst dir deine Juwelen an den Hut stecken! Ich brauche das Zeug nicht. Ich liebe dich – warum, das weiß der Himmel. Du glaubst, ich weiß nicht, mit wem ich verheiratet bin?“ Sie warf die Schmuckkästen auf die Kommode, um erregt im Raum hin und her zu laufen. „Ich weiß sehr wohl, wer du bist und wo du herkommst. Trotzdem liebe ich dich, auch wenn das reichlich verrückt von mir ist.“

„Du weißt überhaupt nichts“, sagte er ruhig. „Aber wenn du mal einen Moment ruhig bist und dich hinsetzt, erzähle ich es dir.“

„Du kannst mir nichts erzählen, was ich nicht längst weiß. Warum sollte es mir etwas ausmachen, dass du arm warst und ohne Vater aufgewachsen bist? Oh, du brauchst mich gar nicht so anzuschauen. Rosa hat es mir schon vor Wochen gesagt. Was geht es mich an, ob du in deiner Jugend gelogen, betrogen oder gestohlen hast? Ich weiß, wie es ist, arm zu sein. Aber wenigstens hatte ich meine Familie. Dass du es in deiner Jugend schwer hattest, kann doch meine Gefühle für dich nicht beeinträchtigen.“

„Da bin ich mir nicht so sicher.“ Wieso gelang es ihr immer wieder, ihn aus der Fassung zu bringen? „Setz dich hin, Cathleen, bitte.“

„Ich will mich nicht hinsetzen! Ich habe das ganze Theater mit dir satt! Ja, ich wäre beinahe gestorben. Als ich in diesem Lieferwagen lag und um mein Leben bangte, konnte ich nur daran denken, wie viel Zeit wir mit unsinnigen Streitereien verschwendet haben. Ich schwor mir, falls ich mit dem Leben davonkommen sollte, kein lautes Wort mehr zu sagen. Jetzt habe ich mich tagelang zusammengerissen. Aber auch meine Geduld hat Grenzen. Wenn du Fragen hast, Keith Logan, dann stell sie mir gefälligst. Ich habe nämlich selbst noch eine ganze Menge zu sagen."

„Warum hast du mir denn nicht gesagt, dass du schwanger bist?"

Mit diesen Worten hatte Keith sie aus der Fassung gebracht. Obwohl Cathleen sich die ganze Zeit geweigert hatte, setzte sie sich plötzlich freiwillig aufs Bett. „Woher weißt du das?"

Keith zog die Arztrechnung aus der Tasche und hielt sie ihr hin. „Du hast es schon vor einem Monat erfahren."

„Ja."

„Wolltest du es mir nicht sagen, oder hattest du vor, die Angelegenheit unauffällig zu regeln?"

„Natürlich wollte ich es dir sagen, aber … Was soll das heißen: die Angelegenheit unauffällig regeln? Aus so etwas kann man doch kein Geheimnis machen." Noch während sie das sagte, erfasste sie plötzlich den Sinn seiner Worte. „Du glaubtest, dass ich deshalb ins Krankenhaus gefahren bin! Du dachtest, ich würde das Kind nicht haben wollen." Sie ließ die Rechnung fallen und stand wieder auf. „Dass du überhaupt so etwas von mir denken kannst! Du bist wirklich ein Schuft, Keith Logan."

„Was hätte ich sonst denken sollen? Du hattest einen Monat Zeit, es mir zu sagen."

„Ich wollte es dir am ersten Tag sagen. Ich bin zu dir gekommen, um es dir zu erzählen, ich konnte es kaum abwarten, dir die Neuigkeit mitzuteilen. Aber du musstest Streit anfangen, weil ich meinen Eltern Geld überwiesen hatte. Geld, ständig ging es nur ums Geld. Immer wieder wollte ich dir meine ganze Liebe geben, und immer wieder wurde ich zurückgestoßen. Aber damit ist es jetzt vorbei. Ich habe endgültig genug." Sie schämte sich der Tränen, die ihr über die Wangen liefen, aber sie war zu stolz, um sie abzuwischen. „Ich werde nach Irland zurückgehen und mein Baby dort zur Welt bringen. Dann sind weder ich noch dein Kind dir im Weg."

„Du willst das Baby wirklich haben?"

„Natürlich will ich es haben, du Idiot! Es ist unser Kind. Wir haben es in unserer ersten Liebesnacht gezeugt. Damals habe ich dich geliebt. Inzwischen bin ich mir über meine Gefühle nicht mehr im Klaren. Vielleicht hasse ich dich sogar. Du hast mich zurückgestoßen, meine Liebe mit Füßen getreten. Nicht ein einziges Mal hast du mich in die Arme genommen und mir gesagt, dass du mich liebst."

„Cathleen ..."

„Wage es nicht, mich anzufassen!" Mit beiden Händen wehrte sie ihn ab. Sein Mitleid konnte sie im Moment am allerwenigsten ertragen. „Ich hatte Angst, du würdest das Kind nicht wollen. Ich fürchtete, du würdest mich zusammen mit meinem Baby abschieben, wenn du herausfindest, dass ich schwanger bin."

Er erinnerte sich an den Tag, an dem sie zu ihm gekommen war, um ihm von dem Baby zu erzählen. Damals war ihm das Leuchten in ihren Augen aufgefallen. Und dann, als sie gegangen war, ohne es ihm zu sagen, war ihr Blick so traurig gewesen, dass es ihm wehgetan hatte. Um nicht noch mehr Fehler zu machen, wählte er seine Worte sehr sorgfältig.

„Wenn du mir das vor sechs Monaten gesagt hättest, vielleicht sogar vor sechs Wochen noch, hättest du vermutlich recht gehabt. Aber inzwischen habe ich einiges eingesehen. Es fällt mir nicht leicht, über meine Gefühle zu sprechen. Und noch viel schwerer fällt es mir, sie zu akzeptieren." Er trat auf sie zu, um ihr die Hände auf die Schultern zu legen. „Ich könnte es nicht ertragen, dich zu verlieren. Ich brauche dich – dich und das Baby."

Sie umklammerte den Ring, den sie noch immer in der Hand hielt. „Warum?", fragte sie.

„Ich wollte nie eine Familie haben. Keine Frau sollte mir je das antun, was mein Vater meiner Mutter angetan hatte. Niemand sollte mir so viel bedeuten, dass ich gefühlsmäßig von ihm abhänge. Dann flog ich nach Irland und begegnete dir. Und wenn du nicht mit mir nach Amerika gekommen wärst, wäre ich noch heute in Irland."

„Aber du hast mich doch mitgenommen, weil du eine Buchhalterin brauchtest."

„Ich brauchte eine vernünftige Begründung – für uns beide. Ich wollte mir nicht eingestehen, dass ich dich mag, dass du meinem Leben einen neuen Sinn gegeben hast. Ich habe dich in diese Ehe gedrängt, weil ich verhindern wollte, dass du dich nach anderen Männern umschaust und womöglich einen Besseren findest."

„Ich hatte genug Gelegenheit, andere Männer kennenzulernen."

„Du hattest aber noch nie vorher mit einem Mann geschlafen."

„Glaubst du, ich habe dich geheiratet, weil du gut im Bett bist?"

Darüber musste er lachen. „Woher willst du wissen, ob ich gut bin? Du hattest doch keine Vergleichsmöglichkeiten."

„Ich bezweifle, dass eine Frau sich erst durch die Betten schlafen muss, um zu wissen, wann sie den richtigen Mann gefunden hat. Sex sollte genauso wenig ein Heiratsgrund sein wie Geld. Wir haben beide einen Fehler gemacht: Ich, indem ich annahm, du hättest mich geheiratet, weil du mich begehrtest, und du, indem du glaubtest, ich hätte dich wegen deines Reichtums geheiratet. Ich habe dir gesagt, warum ich deine Frau geworden bin, Keith. Findest du nicht, es wird langsam Zeit, dass du mir sagst, warum du mich geheiratet hast?“

„Ich hatte Angst, dich zu verlieren.“

Seufzend akzeptierte sie diese Antwort. „Okay, wenn du dich zu mehr nicht durchringen kannst, muss mir das eben genügen.“ Sie hielt ihm ihren Ehering hin. „Der gehört an meinen Finger. Du erinnerst dich hoffentlich, an welchen.“

Er nahm ihr den Ring ab und steckte ihn an ihren Finger. Sie hatte sich ein zweites Mal für ihn entschieden, ihm erneut eine Chance gegeben. „Ich liebe dich, Cathleen“, sagte er. Er sah, wie sich ihre Augen mit Tränen füllten, und bereute es, dass er die Worte nicht eher hatte aussprechen können.

„Sag das noch einmal“, forderte sie ihn auf. „So lange, bis du dich daran gewöhnst.“

„Ich liebe dich, Cathleen, und ich werde dich immer lieben.“ Als er sie in die Arme schloss, war seine Welt plötzlich wieder in Ordnung. „Du bedeutest mir alles.“ Sie küssten sich, und es war ebenso aufregend wie beim ersten Mal. Vorsichtig legte er die Hand auf ihren Bauch. „Wann?“, fragte er zärtlich.

„In sieben Monaten. Zu Weihnachten sind wir eine richtige Familie.“

Er nahm sie auf den Arm. „Ich werde dich nie

wieder enttäuschen, das schwöre ich dir."

„Ich weiß."

„Und jetzt möchte ich, dass du dich hinlegst. Du musst dich schonen." Doch als er sie vorsichtig auf dem Bett absetzte, hielt sie ihn fest.

„Ich lege mich nur hin, wenn du mir Gesellschaft leistest." Liebevoll biss er in ihr Ohrläppchen. „Wie ich bereits sagte, Cathleen, du bist eine Frau ganz nach meinem Geschmack."

– ENDE –